U0087308

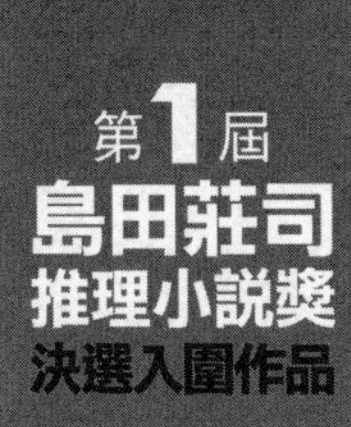

THE FIRST SOJI SHIMADA
MYSTERY FICTION AWARD

冰鏡莊殺人事件

ひょうきょうそう
殺人事件

林斯諺 著

關於第一屆「島田莊司推理小說獎」

華文世界近年來掀起了一股推理小說的閱讀風潮，大量日本、歐美的推理作品被譯介出版，也深受讀者的喜愛，但以華文創作的推理小說卻仍然偏少。皇冠為了鼓勵華文推理創作、發掘年輕一代深具潛力的推理作家，特別徵得有「日本推理小說之神」美譽的本格派推理大師島田莊司先生的同意與支持，與日本、大陸、泰國的出版社聯手舉辦第一屆「島田莊司推理小說獎」，獲得首獎的作品並將首開先例，在四地一起出版，堪稱劃時代的空前創舉！

參賽作品必須符合島田大師對「本格推理小說」的定義，即「在故事的前半段展現具有魅力的謎題，並在故事進行到尾聲的過程中，利用理論的方式加以剖析、解說謎題的這種形式的小說。」

島田大師並期待：「向來以日本人才為中心的推理小說文學領域，勢必將交棒給華文的才能之士。我可以感覺到這個時代已經來臨。」而為了配合第一屆「島田莊司推理小說獎」，皇冠並同步舉辦了「密室裡的大師——島田莊司的推理世界」特展，也希望藉由這些活動，能夠加深一般大眾對於推理文學的討論與重視。

推薦序——

如魔術方塊般的精巧機關

資深影評人、譯者／景翔

以類型來說，《冰鏡莊殺人事件》是典型的本格推理，沿用的雖是所謂「暴風雨山莊」的基本模式，但設計上卻能推陳出新，而整體的結構更是極為繁複而細密。

作者林斯諺是創作力十分旺盛的本土推理作家，作品無論短篇或長篇，有相當大的數量，卻都能維持相當高的品質，而且幾乎都是「本格推理」。他尤其喜歡挑戰「不可能的犯罪」和「密室案件」。單是用「山莊」這個類型就有《霧影莊殺人事件》、《雨夜莊謀殺案》和這本《冰鏡莊殺人事件》。

我在為《雨夜莊謀殺案》寫「推薦序」時，曾經提到其實在小說裡和現實生活中一樣，都沒有真正不可能的犯罪，也沒有真正的密室，推理小說中在這兩方面吸引讀者的地方完全在作者的設計和巧思。所有的犯罪行為和密室案件都要寫來讓人感到難以用常理解釋而顯得不可思議，但在最後解開謎底時，卻必須合乎情理和邏輯，這在《冰鏡莊殺人事件》裡，林斯諺的表現可以說精采到可圈可點的程度。

這類以「山莊」或「館」等建築物為罪案發生場所的推理小說，通常建築物本身的特色占有極其重要的地位。很多的詭局和設計趣味都和建築的獨特之處有密不可分的關係。尤其是各種機關消息，更是不可或缺的要素，作者設計的功力也就在這裡展現。

一般說來，由於建築物內部機關而製造出詭計，在公平性上多少會造成欠缺，卻是幾乎無法避免，也不能深究的問題。《冰鏡莊殺人事件》自不例外，不過雖然在敘述上不能事先讓讀者完全了解其建築結構，卻在山莊的命名上做了相當程度的暗示。而內中的機關設計，在解開謎團時，更會讓讀者發現設計之巧秒與精細，簡直就像立體多面的魔術方塊一樣，唯有高手才能順利解開，旁觀者在眼花撩亂而歎服之餘，卻也能確認這層層謎團都是確實可以合理解決的。

《冰鏡莊殺人事件》中，前後一共發生了八件「不可能的犯罪」，林斯諺很巧妙地把大案和小案並列，顯得變化多端，另外屍體的「陳現」或「消失」的方式，也都極其特殊，保有了自橫溝正史以降，傳統本格推理特色。而除了不可能的犯罪之外，連續殺人、身分變化，甚至部分敘述性詭計……內容正如作者自謂的「多元而豐富」，使這部長篇推理給人感覺十分紮實，事件一樁接一樁，幾乎全無冷場，當然更沒有「拖戲」的缺失。

在看林斯諺上一本長篇《雨夜莊謀殺案》時，我曾因為他還只是第二部長篇推理小說，就在「寫作技巧上精銳盡出」，擔心他會不會如以「靈異第六感」一舉成名的導演奈特．斯雅馬蘭那樣從此難以自我超越，但看了《冰鏡莊殺人事件》之後，才發現自己實在是多慮了。這本新作不僅在謎團的數量上增加了一倍，各種詭局的設計與解謎，也都大有新意，足證只要肯用心，並不見得都如一般推理作者常發的感嘆，說什麼「余生也晚」，好的詭計都被以前的諸位名家使用才能有前人所難以想像的新招。

殆盡。有人說，要想有新的創意，恐怕一定要借重新的科技，才能有前人所難以想像的新招。

《冰鏡莊殺人事件》中，並沒有什麼現代才有的道具或技法，甚至還有很多是極其傳統的東西，卻處處可見創意，也可見出林斯諺的功力和用心了。

目次

序章──密室中的少女

女孩倒臥在房間正中央，面部朝下，長長的黑髮垂落在頸背，幾綹髮絲蓋住面頰，從髮叢的空隙，隱隱約約可望見那睜大的眼眸及彎翹的睫毛。她的雙手高舉過頭伏貼在地板上，兩腿向後伸直，一隻粉紅色的室內拖鞋卡在腳踝，另一隻則懶洋洋地擱靠在桌腳。

她看起來像是對著髒污的地板做著某種膜拜儀式，對著看不見的神祇獻上無比的景仰之心，但從她左太陽穴滲出的紅色濃稠液體，說明了這景仰僅僅是虛假的幻象。

暗紅的冥水攝去了青春的亮藍，在死寂、陰濕空氣的包裹之下，死神的訕笑打破了沉默，飄散瀰漫在這孤寂的小房間。

張鍾明偵查隊長從蹲姿直起身子來，眉頭深鎖，緊緊盯視著那已然凋零的花朵。

女人的哭聲從門外傳進，夾雜著含混不清的言語，抽咽聲中有淚水，有不解，有無奈，還有絕望。

張隊長忍痛將哭泣聲從理智中剝離，快速掃視了整個房間。

小房內有一扇門跟一扇窗，窗戶從內反鎖，房門現在是開的；可以從內上鎖的門門無助地躺在地板上，脫離了原本在門板上的位置。一張矮几、兩張椅子各以不同的姿態翻倒在地上，原本可能是放在矮几上的一盤水果四散掉落，切成粗胖新月形狀的蘋果、芭樂蜷曲在地，諦聽著大地的長眠。

「沒有看到彈殼，也沒有兇槍。」他喃喃道。

「多半是被兇手帶走了，」站在張鍾明隊長身旁，西裝筆挺的年輕人回答道，「這傢伙很聰明的。」

「傷口有燒焦的痕跡，是抵住太陽穴近距離發射的。」

「經過一番打鬥後再抵住太陽穴嗎？打鬥中射殺應該比較合理。」

「也許打鬥之後再制住被害者，然後開槍……」

年輕檢察官搖搖頭，「不，雖然不能立刻反駁你，但我認為打鬥痕跡只是偽裝，先看一下地上那本書的內容就知道了，看看這次他又在模仿什麼詭異的情節！」

「那會要了我的命，我們還是先看看老吳能告訴我們什麼吧。」

當張隊長接到通報說可能是「那個人」幹的時候，一股不祥的預兆立刻從心底升起。終於讓他遇上了，這名瘋狂的罪犯。

正當檢察官神情嚴肅地與吳法醫爭論著犯案現場的細節時，張隊長緩步走到屍體旁，眼神投射在地板上的一本書。那本書緊鄰著屍體的頭部，是一本黃色封面的英文書，上頭點綴著血跡的圖案，書名似乎是The Mystery of the Yellow Room，作者為Gaston Leroux。

「知道這本是什麼書嗎？」他問正在檢查書本的鑑識課人員。

「不曉得，不過鐵定又是另一本推理小說。」

「那個標題應該是黃色房間……什麼的吧？」張隊長摸著下巴，他實在不確定mystery這個字是什麼意思。

「《黃色房間的祕密》。」不知道在什麼時候，檢察官已經來到他身旁，用冷淡的口氣這麼說道。

「好像有聽過，你讀過？」張隊長問。

「當然，裡面講的就是一名女子死在密室之內的離奇故事。」

「這個瘋子，這已經是第三件了……那麼小說中的解法能用來解開現在這個密室嗎？」

「不行，」檢察官搖搖頭，「不過我倒是可以另外想出一打方法來解釋，我想我們最好檢查一下門上的氣窗。」

「確實是他沒有錯了，大名鼎鼎的『密室傑克』。」拿著英文書的鑑識人員一手攤開書本，另一手指著翻開的書頁。

張隊長與檢察官立刻將目光放到書本上。攤開的是第一頁，上半段的頁面應該是作者簡介，下半段原本該是空白頁面，但一行英文簽名字填滿了空白。那是兇手每次都會留下的署名：Jack the Impossible。

第一部

Gathering

聚集

第一章　命運交錯

1

莉蒂亞坐在第六號車廂中段的靠窗座位，但她的眼神不在窗外，而是鎖在手上所拿的報紙。

從臺北開往花蓮的自強號列車快速移動著，午後時分，許多乘客睡起午覺，但她卻是一點睡意也沒有。

報紙上介紹著華建集團的創立人紀思哲的生平，並說明最近紀思哲將董事位置交棒給次子紀維揚，打算隱居到從前他在山中蓋的山莊，專心研究自己感興趣的事。

她將報導掃了一遍，便把報紙摺好，塞到前方座位背後的網袋中。接著，她從隨身的小包包中掏出一份列印文件，翻到其中一頁開始閱讀。

瑞豐公路離奇車禍剖析

我想大家都知道這件事吧！就是一名女子深夜在瑞豐公路上開車，撞出護欄、跌落山谷死亡的事件，上禮拜發生的新聞，一開始只是件不起眼的小事件，但後來警方卻發現重大疑點，認為這名女子很有可能是先被殺害，然後才連人帶車被推落山谷，仔細探討下去是非常耐人尋味的，既然這裡是未解刑案討論區，我就不吝發表我的看法。

警方會懷疑這是偽造意外的理由主要有兩點。首先，女子身上的許多擦傷是死後才造成的，而這些擦傷，乍看之下會誤認為是車子墜崖時在女子身上造成的，但事實上，女子連人帶車墜落時，在駕駛座上的人已經成為屍體了。第二，車上的血跡十分稀少，這似乎意味著，女子先在某處大量失血死亡後，才被放回車子裡。警方在附近山路搜索多時，總算在距離墜落現場一公里處的公路上找到疑似乾掉的血灘，也在附近找到了死者右耳的耳環。至此更可以確定死者是在該處死亡，才被移到墜落現場偽裝成意外。實際上發生了什麼事呢？最有可能的猜測是，女子不知道為了什麼緣故在死亡現場的地段下車，結果因夜晚視線不佳，被另一輛車撞死了，肇事者心生恐慌，故意將這起事故處理成被害者開車不慎墜崖的假象。警方也相當相信這個說法，無奈事件發生在杳無人跡的山區，又是深夜，現場線索又相當稀少，因此到現在還是沒有進展。據警方掌握到的一條線索指出，本案死者死亡時間前後曾有一名騎機車的女子經過現場，據調查，此人很有可能目擊到事發經過，警方呼籲此人盡速與調查人員聯絡，但無結果。另也有網友懷疑此人才是肇事者。但警方不太支持此種說法。

另有一說，認為女子是被謀殺的，兇手把女子帶到該路段，先殘忍地撞死她，再偽裝成意外，這似乎也不是沒有可能，不過比起第一種假設，機率低了點。支持這種說法的人，從女子的人際關係去尋找兇手，根據記者後來的追查才發現，原來該名女子跟……

莉蒂亞掃完後半段的文字，又翻開另一頁的剪報閱讀，翻了好幾頁之後，她闔上整份文件，重新收入提包中。

她的眼神終於轉向窗外。

2

同一號列車的第十節車廂前段靠走道位置，坐著一名叫作李勞瑞的年輕人，他戴著一副金邊眼鏡，煞是斯文。他與莉蒂亞的相同點只有兩個，第一，他們都很年輕，大約二十七、八歲；第二，他們的目的地都是花蓮市。

李勞瑞的注意力全放在手上的書本，那本書的書名是《哲學家的推理遊戲》，是一本兩百五十六頁的平裝書，作者為紀思哲。從內頁的介紹，可以得知臺灣企業富豪紀思哲從年輕時便對哲學、謎團一類的事物十分感興趣，也發表了許多哲學與推理的看法，他閒暇時喜歡書寫類似五分鐘推理謎題的問題集。至於本書所收錄的謎題，跟一般的推理問題略有差異，屬於哲學思維比較重的。也就是說，紀思哲所書寫的推理書籍有兩類，一種是哲學性導向的，一種是一般的偵探推理問題。

李勞瑞專注在書中其中一個哲學問題，是關於藝術哲學的。作者試圖引導讀者去思考，所謂的美醜是否有客觀標準？兩件雕塑品，為什麼大多數人會認為其中一件是比較美的，另一件是比較不美的？這樣是否能夠證明美的判斷有客觀標準？又或者，關於美的判斷其實因人而異，或跟所處的社群文化有關，同一文化的人擁有判斷美的同一標準，因此A文化與B文化對於美就有不同的標準，這意味著，根本沒有真正客觀的判準存在，而這樣的思維，顯然又掉入相對主義的看法中了。

在延伸的討論中，作者開始分析什麼叫作藝術品，必須具備什麼樣的形式才可稱為藝術呢？

讀到這裡，李勞瑞感到眼睛有些疲累，他闔上書本，閉目片刻。

幾分鐘之後他睜開雙眼，目光挪到了隔壁位置前的網袋，裡頭塞著一份報紙。那是隔壁乘客離開時留下的。他一把抽起。

攤開油墨味濃重的報紙，映入眼簾的是社會版，裡頭有一篇文章探討不久前最轟動的新聞：「密室傑克」的案子。

美國大概是連續殺人犯的大本營，其他各國也有不少，不過臺灣一直沒有出現過類似的殺手，密室傑克大概是史上第一個。

去年年初開始，他在三個月之內連續殺了三個人，後來不曉得為什麼突然銷聲匿跡。兇手每一次作案都模仿推理小說中的案發場景，並且會在屍體旁留下該次模仿的推理書籍，並在上面簽上自己的名字：Jack the Impossible。案發現場的密室狀態無法用被模仿書籍的解答來解釋，因為雖然說是模仿，還是有很多細節與書中不同，或許該說是，要在現實生活中找到完全符合書中設定的人物與場景根本是很困難的事吧，也因此無法完全仿照書中的手法來製造密室。此案的專案小組正積極偵辦中，針對目前的三個密室，警方宣稱皆已找到破解方法，不過知道兇手如何出入密室不是重點，因為兇手製造密室似乎不是為了要營造自殺的假象，而只是一種純粹的樂趣，因此就算沒有找出破解的方法，對案情也不會有影響。以享樂為目的而言，這是一位作風相當典型的連續殺人魔。

密室傑克消失已經半年了，關於破案卻還是一點頭緒也沒有。據說警方向國際知名的刑事鑑識專家以及偵探求援，卻也都束手無策。

這名殺手似乎把犯罪看成是一種藝術呢……不知道為什麼，李勞瑞的心中浮現這種感覺。

但是，犯罪真的可以被稱為藝術嗎？至少，在紀思哲的書本中，李勞瑞找不到答案。

3

從李勞瑞坐的車廂往後數算兩節——也就是第八節車廂中，兩對男女各占據了中偏後的四個位置。他們的年紀大約三十前後，正各自沉浸在不一樣的世界中。

在前面靠走道位置的是顧震川，隔壁則是他老婆徐于姍，她正拿著化妝盒及棒刷在妝點顏面；女人搔首弄姿地對著小鏡子做出千嬌百媚、擠眉弄眼的五官組合，一會兒挑眉配合著歪嘴，一會兒鎖眉配合著噘嘴，一會兒皺眉配合著嘟嘴，似乎是認為自己正身處在鎂光燈焦點的舞臺上，要讓臺下的群眾見證豔光四射的每一刻。

顧震川旁若無人地睡著，粗獷猙獰的臉孔沒有因為閉上的雙眼而減淡或趨於柔和。他往後靠在椅背上，吐著沉重的氣息，碩大的頭顱一直往走道的方向倒去，好像他老婆那邊有一股磁力將他反彈似的。

在顧震川與徐于姍之後，靠走道坐的是劉益民，旁邊則是蕭沛琦，兩人結婚剛滿三年。劉益民面頰削瘦，眼睛細小；此刻他的右手在空中舞弄著，只見一枝香菸夾在他的手指間，瞬間手掌一翻，香菸就憑空消失了。

蕭沛琦興趣缺缺地看著窗外，右手不斷擺弄著過肩的長髮。與顧震川的情況相反，劉益民似乎正發出磁力將她彈向窗邊，不過她自己應該會說，是她的磁極與他不合。

「小琦，妳看到了嗎？」劉益民這次變出三枝香菸，將舉在空中的雙手移向女子的方向。
「煩耶，你要我看幾百次啊？不就是那樣？」
「不一樣啊，妳沒看到我這次手動的方向不同嗎？」
「沒看到。我要睡覺了。」說完，她往椅背一躺，身子側向窗邊。
「妳不喜歡香菸魔術啊？好，那我來變個不一樣的，空手出球……」
「你有種就去把總統府變不見，」蕭沛琦冰冷地說，眼神依舊看著窗外，「整天玩那些無聊的魔術，你不倦啊？」
「妳以前不是說魔術很有趣嗎？妳忘了是妳說要我每天玩不一樣的魔術給妳看的耶！」
「但你每天都玩一樣的，況且，以前是以前，現在是現在。」
劉益民一時語塞，他很快地收起香菸，說：「今天我會變一個不一樣的。」
蕭沛琦閉上雙眼，沒有回答。
「就在今天晚餐時，」劉益民自顧自地繼續說，眼神發亮，「會給你們來一個驚奇的魔術。」
蕭沛琦睜開雙眼，瞪了一眼劉益民，但隨即又閉上眼睛，「你可別丟紀思哲的臉啊，可是有很多我們不認識的人會去的。」
「放心，絕對會讓所有人大吃一驚。」
蕭沛琦沒有再理會他，之後便漸漸跌入夢鄉中。她做了幾個夢，但沒有一個夢能預示到，劉益民的話最後成真了，而且是以令人怵目驚心、毛骨悚然的方式呈現。

4

黃色的計程車從花蓮市郊出發，目的地是火車站。雖然中午剛過，空氣卻相當陰冷，陰氣瀰漫的日子已經持續好幾天了。一月的冬寒正籠罩著大地。

坐在後座的若平望著鉛灰色的窗外，用手扶了扶銀邊眼鏡，跌入沉思中。

從這裡到火車站只要十多分鐘的車程，紀思哲的司機會在那裡接他，然後把他送上冰鏡莊——紀思哲的私人山莊。

他回想起一個禮拜前的畫面。當時他正要上臺北參加學術會議，出發的前一天接到一通電話，是紀思哲的長子紀劭賢打來的。對方在電話中表明有事要跟若平當面談，希望他能上臺北一趟。由於若平正好要上臺北，於是便跟對方約了時間見面。

當他人在華建集團辦公大樓上層的高級會客室中時，他感到侷促不安、格格不入。面對房門的是一大片的落地窗，可以俯瞰臺北市，窗前是數張棕色皮沙發，圍繞著一方矮桌，上頭擺放著茶點。

極度奢華的籠罩下，他意識到自己的寒酸，就在遲遲不敢落坐之時，一名年輕人打開門走了進來。

那是一名留著短髮、笑容十分明亮的青年，有著清晰整齊的五官；他穿著白襯衫及黑長褲，朝若平伸出結實有力的右手。

「林若平先生你好，我是紀劭賢。」一邊握手，青年一邊說道，「請隨便坐。」

問。

「謝謝。」

紀劭賢在若平對面坐下，示意他用茶點，「大學教授都像你這麼斯文年輕嗎？」對方笑著問。

「我應該也不年輕了。」若平乾笑著，啜了一口茶，打量著對方。

在見面之前他有先做過功課了，紀劭賢是紀思哲的長子，國小時期就在父親的安排下移居到美國求學，直到今日。據說當時紀思哲不滿臺灣的教育制度，才會有如此做法，不過次子紀維揚卻一直留在臺灣，似乎是紀思哲後來的想法改變，認為讓孩子在臺灣成長也不算壞。紀劭賢因為適應了美國的生活，反而不適應臺灣文化，聽說很少回來；又據聞，因為紀劭賢不打算回臺灣定居，而且對繼承公司也沒興趣，因此紀思哲才會讓次子紀維揚接手華建集團。

「真不好意思，讓你大老遠跑一趟。」紀劭賢笑著說。

「不會，我本來就有事要上來的。」

「我爸跟維揚因為有很重要的事要處理，無法前來，剛好我回來臺灣，就由我來替你說明要委託你的事。因為這個緣故，我爸要我先跟你道個歉。」

「不，這沒有什麼的，你太客氣了。」

「你不在意就好。」

「那麼，關於委託的內容，究竟是什麼事呢？」這實在是他最感興趣的。

「你知道Hermes這個人嗎？」

聽到這個名字時，若平倒抽了一口氣。他微微點頭。

「其實我也是回臺灣之後才聽說的，他前年才剛犯下一件殺人案，被你偵破。」紀劭賢說。

「他是一個危險人物，原本是個只偷書的雅賊，卻不知為何犯下了謀殺案。」

「我對Hermes所知不多，你可以多說一點嗎？」紀劭賢露出感興趣的表情。

若平清了清喉嚨，說：「我有理由相信他是一名心智不健全的罪犯。他兩年前在幾個月內連續犯下五次偷竊案，偷的物品都是稀有的書籍，犯案前會先寄發預告函給書籍主人，預告偷竊的時間。但他在第六次犯罪時卻殺了人，時間是前年十二月一號晚上。警方只知道他是一名二十六、七歲的年輕男子，其他的一概不知。Hermes這個名字是來自希臘神話中的神祇，也就是掌管偷竊的神。」

紀劭賢點點頭，「也就是說，他的偶像可能是亞森・羅蘋了，自以為優雅的紳士怪盜。唯一的差別是他殺了人。」

「差不多是如此。難道這次的事件與他有關？」

「是的，我爸收到了這個。」紀劭賢從口袋中掏出一個乳白色橫式信封，遞給若平。

不祥的預感愈來愈濃重，若平打開信封，抽出一張乳白色小卡片。卡片其中一面印著一個他再熟悉不過的圖案：一根展著翅膀的權杖上頭纏繞著兩條對望的蛇，那正是神話中Hermes的魔杖caduceus。怪盜Hermes將這個圖案拿來當作自己的簽名。

卡片的另一面印著幾行黑色的字：

紀思哲先生你好：

我將於本月七號晚間九點鐘至十點間盜走你的康德❶哲學手稿，務必做好萬全準備，我不會手下留情。

Hermes

「賊也會對哲學有興趣，」若平搖搖頭，意識到這個世界真是充滿了可能性。康德是歷史上最偉大的哲學家之一，但他懷疑有多少人曾讀完那本哲學巨著《純粹理性批判》。

「這手稿是我爸以高價購得的，」紀劭賢說，「你也知道，我爸對哲學極度感興趣，他收集了很多哲學家的相關書籍。」

「Hermes是在逃殺人犯，你們應該報警才對，我不確定我能幫得上忙。」

「我爸不喜歡警察，所以警方不能介入。」

「我想我有義務通報警方。」

「不，就是因為你不是警方的人我們才會找上你，」紀劭賢加重語氣，「這是我爸想玩的一個小遊戲。」

「什麼意思？」

「你或許也知道我爸是個脾氣很古怪的人，我媽就是因為這樣才吵著要跟他離婚的……」似乎意識到偏離話題，紀劭賢趕緊接口道：「他不喜歡被別人踩在腳底下，而且喜歡親手懲罰惹怒他的人。Hermes的動作太挑釁了，我爸打算親自逮住他。」

「怎麼做？」

❶Immanuel Kant，一七二四－一八〇四，德國哲學家，《純粹理性批判》是他的哲學代表作品。

「康德哲學手稿原本是收藏在我爸位於陽明山的宅邸中的，恰好接下來的週末他打算到花蓮山上的別墅去休養，會把手稿一起帶去。預告函中的七號正是我爸上山後一天的日子。」

「你說的別墅是冰鏡莊吧？難道令尊打算把Hermes引誘上山？」

「是的，如果把手稿帶到冰鏡莊，無論如何Hermes也只能進入孤立的山莊中才能下手了。好像有一句成語叫什麼來著……請君……什麼的。」

「請君入甕。」

「呵呵……」紀劭賢摸著頭，「對，我的中文已經快不行了。」

「如果令尊已經設下陷阱，那我應該也幫不上什麼忙吧。」

「不，請你來一方面是希望你能代表警方當這樁計謀的見證人，確保我爸沒有施用任何不法手段，一方面是希望你到時能當場提供有用的意見。另外，如果有突發狀況時，也只有你這個偵探能夠隨機應變。」

「如果是要玩追逐戰捉人的話，警方可是比我在行。」

紀劭賢擺擺手，眼神嚴肅起來，「我說過我爸不喜歡警察，而且更重要的是，你一定要記住，冰鏡莊對我爸來說是一個非常神聖的地方，不是隨隨便便就可以進入的，他絕對不允許一票不認識而且拿槍的武裝部隊在那裡追逐逃犯。你能受到邀請真的是相當了不得的事，要知道，能受邀到那個地方的人屈指可數。」

「我了解，但是在知道令尊私下設陷阱誘捕殺人犯的前提下，我卻不通報警方，這對我的身分來說有點說不過去。」

「你不是警方的人，有什麼好說不過去的？」

「話不是這樣說——」

「就算這次失敗了，Hermes也還會繼續再犯案，警方要逮他有得是機會。」

「但——」

「這次委託的事件，我爸給你的酬勞是三百萬。」紀劭賢氣定神閒地說。

若平半開的嘴巴原本要吐出什麼話語，此刻卻連聲音都發不出來，只是呆然張著雙唇，身子一瞬間僵住。

「怎麼樣，太少了嗎？我爸說可以再增加兩倍。」

「不，」他慌忙揮手，「事實上，太多了，這實在是——」

「既然如此，那就成交了，」紀劭賢從口袋掏出一張紙，緩緩推到若平面前。

當對方的手從紙張上移開時，他才看清那是一張三百萬元的支票，上頭有著紀思哲的簽名。

「我猜我是別無選擇了。」若平嘆了口氣。

「有些時候不要太堅持，」紀劭賢站起身來，「這樣你的人生會過得愉快些……七號下午我爸會派人到花蓮火車站接你，把你們載上山，詳細的時間會再打電話通知。」

「還有別人要去？」若平也站了起來。

「我爸似乎也邀了一些朋友，總之，會是一個愉快的週末的。」

「你也會在嗎？」

「我明天就要回美國了，」紀劭賢再次伸出右手，若平握住它，「很高興認識你，也很抱歉用這種強迫的方式。我爸的脾氣就請你多容忍了，到時候若有什麼不愉快的事，我在此先向你道歉。」

「你太客氣了。」

之後，若平離開了大樓，結束北上之行。不久之後果然收到紀思哲那邊的通知，要他在七號下午四點半到火車站，並準備三天兩夜的衣物與行李。

從回想中回神，他看著窗外的街景。再過幾分鐘就到火車站了，不知為何，心中一股不安感竄升著。

Hermes知道紀思哲會把手稿帶到冰鏡莊嗎？這對神通廣大的雅賊來說應該不是問題。不過，紀思哲究竟設下了什麼陷阱？事實上，要不是因為負有通報警方的義務，光是設計誘捕這點誘因就足以讓他一口答應委託了。如果能夠跟紀思哲合力逮住Hermes，或許未嘗不是一件好事。

但他們面對的畢竟是一名殺人犯，這件事還是有風險，希望不會有什麼節外生枝的意外發生……

計程車來到火車站前，若平付了車資，下了車，便拖著行李來到大門前。這邊臨停了許多車輛，根據對方的說法，要找一輛白色的廂型車，司機穿著黑色衣服。

就在他轉頭梭巡時，看到出口處對面停放了一輛白色廂型車，一名身穿黑衣、戴著墨鏡的男子正靠站在車門邊，往他這邊看過來。

若平緩步走過去，兩人間還有幾公尺距離時，對方就先高聲開口了：「林若平先生嗎？」

「是的。」他走到對方面前。

「我是紀思哲的私人司機，請你稍等，其他人還沒到。」

「他們是搭火車過來的嗎？」
「對，再兩分鐘火車就進站了。」
「除了我之外還有多少人？」
司機掐指算了算，「六人。」
「都是些什麼樣的人物？」
「都是紀先生的朋友。」
沒過多久，火車進站，一群人從出口處湧了出來，陸陸續續有人脫離人群往他們走過來。很快地，六人都到齊了。在司機確認每個人的身分時，若平得知了他們的名字。
其中有四人顯然是早已認識並且一道來的，看起來似乎是兩對年輕夫妻。叫作顧震川的人面貌相當猙獰，短髮短髭、高頭大馬，看起來像是自由搏擊的冠軍選手，但一面對老婆時馬上變成洩得一口氣也不剩的氣球；徐于姍——也就是他老婆——則打扮得像埃及豔后，不斷用眼神媚惑著周遭的人，散播著在文化議題中，繼語言暴力之後最讓人反感的眼神暴力。另一對夫妻是劉益民及蕭沛琦，前者的目光有些狡詐，不說話時很陰沉，習慣斜眼睨人，好像他的眼球本來就是歪的；後者留著披肩長髮，臉蛋豐滿，面容姣好，臉上也塗著妝，但不及徐于姍厚重。蕭沛琦無疑是標準的「美女」，是那些從同一個蛋糕模子中印出來的千萬個複製人中的其中一個。她看若平的眼神帶著輕蔑，好像在抱怨他開的車怎麼不是ＢＭＷ。
他們這群人根本沒有正眼瞧他過。這個四人團體處在自己的世界中。
另一名單獨前來的男子叫作李勞瑞，戴著一副金邊眼鏡，頭髮整齊側分，長相斯文。若平沒有注意李勞瑞太久，並不是他不感興趣，而是第六個人完全奪走了他的注意力。

那是一名年紀跟他差不多的女孩，雖然跟蕭沛琦一樣都留著過肩長髮，但臉頰比較瘦削，眼神也沉穩明亮許多，她的兩邊耳垂下各串了一圈銀白色的圓環，紫色毛衣外頭罩著一件銀色外套，下半身是深黑色的牛仔長褲，腳蹬一雙黑白相間的休閒鞋，右手搭在黑色行李箱的拉把上。隱約中分的兩半頭髮以不同的角度盤據著；右半邊的髮絲以近乎直線的姿態貼在右臉頰上，部分末端髮梢並不彎翹，自然垂落在肩前，有些則往外勾起，有些往內捲曲；左半邊的髮瀑趦過左半臉時拋了個優美的弧形，才往下垂散。當她沉默時，周遭凝了一層冰網，一層令人不自覺想用體溫去融解的冰網；當她開口時，所吐出的字串似能勾纏住馬不停蹄的時間後腿，灑下了幾分神入、恍惚的停佇。

若平試著去歸納她聲音的顏色。每一個人的聲音都有一種顏色，聲音與顏色的關係，沒有規則可言，完全取決於瞬間的體察。有些人的聲音會令你聯想到某種特定的顏色。他覺得，她的聲音是桃紅色，嚼起來帶點水果香；不過於清純，也不極度迷炫，半分朦朧，萬種幽情。

司機稱呼女孩為莉蒂亞，似乎是工作上用的英文名字。她明顯不是外國人，大概是在外商公司上班吧？

「請各位上車。」一幫大家放好行李後，黑衣司機說道。他已經拉開了後座的車門。

站在靠近前座車門的李勞瑞直接上了副手座，後面兩排座位總共還有六個位置，徐于姍、蕭沛琦、劉益民依序占了最後一排，莉蒂亞則選了前一排、駕駛座後面的位置。顧震川斜睨了若平一眼，見他沒有動作，便逕自上了去，擠到女孩身旁。若平嘆了口氣，上了最後一個位置。

「窗戶怎麼全封了起來？」後面尖細的聲音叫道，是徐于姍的聲音。

若平這才注意到，除了正前方、正後方以及駕駛座旁的玻璃之外，其餘兩面的車窗都用銀色遮陽簾擋住了，因此車內顯得陰暗。

「拆下來不就得了。」劉益民說。

「等等！」黑衣司機從座位上轉過身來，臉上的墨鏡像兩個黑洞，「請不要任意拆卸。各位聽我說，由於冰鏡莊的確切位置必須保密，所以各位從現在起必須戴上眼罩，」若平這才注意到司機手上拿著黑色布條，「你們每一個人都必須纏上這個，直到抵達冰鏡莊。窗戶會封起來也是怕有人挪開眼罩偷窺。我可以從後照鏡看見你們的動靜。紀先生交代，如果有任何偷看的動作，便取消入莊資格。」

「哪有這種事！」徐于姍尖叫道，「這是哪門子的待客之道？老公，你跟紀思哲交情不是很好？怎麼連我們也要受這種待遇？」

「請各位原諒，」沒等顧震川回答，黑衣司機便說：「沒有別的意思，純粹只是不想讓冰鏡莊的位置洩漏而已，請你們配合。車程大概兩個小時左右，你們可以趁這段時間好好休息。」

若平持續聽到徐于姍嘀咕的抱怨聲，其他人倒是沒多說什麼。拿到布條後，若平取下眼鏡，收在胸前口袋，再將布條繞纏在頭部。

廂型車以平穩的姿態開始移動，在這個完全黑暗的時刻，只有心靈之眼能夠活動。若平靠著椅背，開始試著思考事情。

他突然發現自己很難集中注意力。他是一個嗅覺很敏感的人，任何隱晦的氣味都逃不過他的鼻子。此刻，若平正察覺到一旁的顧震川身上不斷散發出令人難以忍受的羊騷味，打散他的注意力、殺死思考細胞。他只好盡量往右邊靠，並試著半轉身子，但情況沒有好轉太多。

車行一段時間，原本後頭還會傳來一些交談聲，但現在全沒了，取而代之的是規律的呼吸聲；顧震川也不遑多讓，倒頭呼呼大睡，鼾聲像默契不佳的交響樂團，歡天喜地般地鳴奏；碩大的頭顱不斷朝若平的方向倒過來，一頭油亮的頭髮用蠻橫的方式問候他的左耳，順勢送上道地的空氣狀羊奶。

他試著思考一些美好的事物來轉移自己的注意力，例如莉蒂亞的影像。結果還頗奏效，一段時間之後便跌入夢幻世界中，意識飄飄然。但奇怪的是，女主角並未出現，映現在眼前的人影是他的警察好友——張鍾明偵查隊長。

張隊長那稜角分明的臉龐顯得憔悴，他正站在一具屍體旁……一具女性的屍體，左邊太陽穴開了個血孔，面部朝下，卻仍可瞥見睜大的眼眸。那是一個空氣沉滯的房間，飄散著陳腐的死亡氣息。

「若平，」張隊長說，「你有什麼意見可以給我們嗎？這是第三件了。」

「我還沒有頭緒。」

他踱步到屍體旁，戴上塑膠手套，彎腰拾起地上的一本書——Gaston Leroux寫的The Mystery of the Yellow Room。他翻開內頁，第一頁有一行簽名：Jack the Impossible。

突然，那簽名化成一灘血水，滴流了下來，沾到若平拿著書的手。他驚呼一聲，書本掉到地上。碰到血水的皮膚開始潰爛，他的右手握著潰爛的左手放聲大叫。接著，整個視野突然爆裂開來……

「各位，可以拿下眼罩了。」平板的聲音說。

這時才意識到自己身在何處，欲往何方。若平緩緩取下布條，睜開雙眼。方才怵目驚心的噩夢歷歷在目，令他渾身打顫。

從前面的擋風玻璃望出去，外頭是一片連綿的綠，他們似乎正行走在一條相當狹小的道路上，鐵定不是公路。

「快到了嗎？」李勞瑞問。

黑衣司機點點頭，「各位貴賓，睜大你們的雙眼吧，冰鏡莊就在前方不遠處了。」

第二章——魔盜之手

1

從有限的視野望出去，他們似乎在一片密林裡頭，遠方可以看見連綿的高山，光線有些陰沉，天空略微陰暗，地面凹凸不平。

「看來山上天氣不好。」黑衣司機喃喃道。

廂型車拐了幾次彎，坑洞的土地讓車身劇烈搖晃，車上的一群人像煎盤上的麵餅被拋上拋下，只差沒三百六十度翻面。最後車子總算出了森林，來到一片平地，左右兩邊都是高聳的山壁，前方則橫陳著一波丘陵，在丘陵之後不遠處隱約可以看見兩道山壁夾著一棟水藍色建築。

建築似乎是嵌在山壁中呢，若平暗忖。那就是冰鏡莊嗎？

前方丘陵的中央開了一個小口，看起來像是隧道，寬度與廂型車差不多。

車子很快駛入隧道中，隧道長度並不長，不遠處的光亮說明了出口就在前方，黑衣司機連車燈都沒有開就駛出這條短短的黑暗通道了。車子往前滑了一段距離才停下來，透過擋風玻璃可以看到前方有數座似乎是石雕的物體。

「請下車吧。」司機說道。

若平第一個跳下車，因為他就坐在車門邊，不先下來的話，其他人無法出來。下車之後他立刻感到一股涼意，這的確是高山的氣息。依照他的登山經驗來判斷，這裡的海拔少說有兩千公尺。他的眼睛很快地掃過周遭環境。

他們正身在一個梯形的開放廣場上，而下底中央便是隧道出入口。沿著梯形兩邊各排列著長度比邊長略短一些的一層樓冰灰色建築，隔著廣場相對望。兩排長形平房建築中段各有一個開口，開口兩邊壁面上裝設著火把形的夜燈。

載送若平他們來的廂型車此刻停在位於廣場中心的五座灰色石雕前。其中四座散布於四個方位，可以連線成一個十字形，第五座則位於十字中心，站立於高聳的基座上，基座高度約等於其他四座石雕的高度。站在基座上面的是一尊女性石雕，她穿著一襲長袍，頭戴半月冠，右手拿著火把，面容平和安詳。女石像面對著隧道口，從太陽的位置來判斷，隧道口是南面。位於女神像左右兩側的是古代士兵石雕，看起來像希臘士兵，真人大小，東側的拿著長劍，西側的則維持立正的姿勢；兩座石像皆被雕刻成頭戴鋼盔、身著鎧甲的模樣，背對著女神石雕的基座，面目嚴肅地望著前方。

站在女神像面前的是一隻女性的半人馬獸，上半身是留著長髮的裸體女子，下半身則是馬的身形，兩隻前腳與兩隻後腳底部分別雕塑成兩個圓盤，看起來像兩隻小圓柱。至於女神像背後的石雕，從這個方向看不太清楚，不過似乎是躺臥在大石塊上的裸女石像。人馬獸與裸女石雕比士兵雕像大了一點五倍。

「花崗岩石雕。」李勞瑞喃喃道，眼神在雕像上梭巡。

「你有研究？」若平問。

對方不好意思地微微一笑，「只是湊巧知道罷了。」

司機幫所有人把行李拖到房門口。客房是廣場左手邊——也就是西面——那一排建築，站在車邊可以望見黑衣司機把一箱箱的行李拖入左翼房的大門，動作相當迅速。

也就是在這個空檔，若平注意到了廣場兩側高聳的岩壁，上面覆滿了綠色植物。梯形廣場的兩邊是兩道約三層樓高度、近乎九十度的岩壁，南北向延展開來，於上底處與一棟水藍色三層樓建築的左右兩端接壤，靠下底的一端終止於東西向的丘陵（圖一）。近前觀看，水藍色建築的確是嵌合在山壁中。

這座建築位於梯形上底的中央，除了一樓部分隱約可見一道門的縫隙外，上頭沒有看見任何窗戶或者裝飾，就像是不透明的結晶體一般矗立在那裡。這棟三層樓的建築是以嵌入山壁中的方式建造的，也就是說，往岩壁的內側挖了一個空間，再把樓房填塞進去，它本身也成了山的一部分。

這梯形廣場多半是個小型的谷地，被丘陵及山所圍繞，而紀思哲在這邊打造了一個與世無爭的聖地。

這個聖地，就是冰鏡莊。

「這地方看起來好像還不錯，」徐于姍環視著周遭，打了個噴嚏，「只除了有點冷。」

「行李都放好了，」黑衣司機走出左翼門廊，「現在請跟我來，我帶你們去見紀先生。」

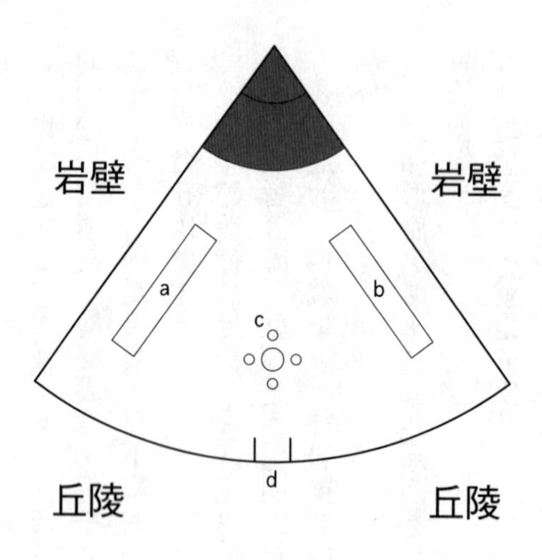

(a)左翼房
(b)右翼房
(c)石雕
(d)隧道口
灰色部分為展覽館

圖一　冰鏡莊平面圖

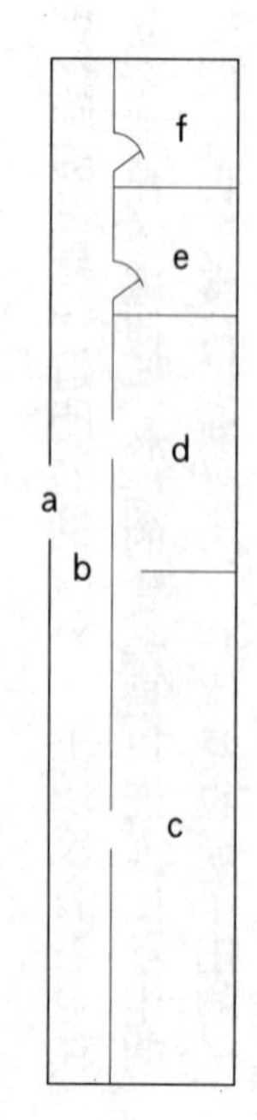

(a)大門
(b)走廊
(c)交誼廳
(d)餐廳
(e)9號房：梁小音
(f)10號房：紀思哲

圖二　右翼房平面圖

在對方的領路下，他們一行人走進右翼平房建築的大門，裡面是一條封閉的走廊，房間沿著走廊排列（圖二）。他們朝南側最底邊的房間而去。

黑衣男子將房間的門往左右兩邊拉開，映入眼簾的是一方寬敞的長方形空間。這是一間看起來相當雅致愜意的客廳，正對房門的牆上開著兩扇窗，窗外是綠色岩壁的片斷形影；左手邊盡頭擺著一架鋼琴，牆上吊掛著許多畫作，若平認出其中包括有拉斐爾的「雅典學院」、林布蘭的「沉思的哲學家」等名畫。房間正中央橫放一方長桌，四側環繞著沙發，一名頭髮花白的男子從長桌左端的沙發上轉過身來。

有一瞬間若平以為自己看錯了，那座沙發竟然跟著轉動，但事實證明他的眼睛沒出錯。

直到看到男子的下半身之後，他才明白，男子其實是坐在一張輪椅之上，只不過那是一張像董事長坐椅般豪華的輪椅，完全不同於擺在長桌三側的沙發。那張帝王之椅不但椅背高聳，往後斜傾，並包覆著厚重的黑色皮革，從側面看倒是類似ㄅ字的延伸形狀，只不過開豎與末豎的傾斜角度正好相反，整個椅墊的填充看似柔軟實則硬實；椅背還高出紀思哲的頭部一個頭的高度，頂端平貼著一片長方形的銀色金屬片。輪椅的兩側大型的銀色扶手上撐著男子瘦小的手臂，右扶手盡頭裝設著一個方形裝置，上頭排列一些紅白色按鈕，似乎是控制機器輪椅停動的機制。扶手邊還吊掛著一個白色布袋。與上半部椅子的厚實不同，下半部接合著令人眼花撩亂的鋼架與輪軸，黑色的大輪子此刻前後輕晃，靠立在桌邊。這是一張將摩天大樓中豪華董事椅下盤加以改造而成的高級輪椅，整體來看甚至比一般的董事椅大了一點五倍，象徵著坐椅主人的身價不凡，而這位主人正用深邃的黑眼打量著來客。

紀思哲應該已經超過六十歲了，不過看起來精神仍十分抖擻；白色的髮絲十分茂密，沒有因為歲月的流逝而稀疏；一撮山羊鬍子從下巴垂瀉，像個用腳練習單槓的三角形。他的體格瘦小，眼神慧黠，流露出不可捉摸的深沉。當你以為在他的眼中捕捉到一點光亮時，下一秒才發現那不過是上一刻的殘像；他眼中的許多暗沉，似乎也只是為了機巧的靈光所鋪設的煙幕。快速轉動的眼珠子不像劉益民予人狡詐的印象，相反地，他象徵著一種更高格調的思考藝術。

紀思哲包裹在一件灰色毛衣之下，短小的身子在大座椅中顯得單薄。這或許是因為，他的上半身之下所銜接的，只有下半身的一半。

這麼描述十分拗口，事實上，紀思哲只有一半的下半身，他膝蓋以下的部分是一片空無。

這件事若平早就聽說了，這名企業家將近二十年前發生一場悲慘的車禍，在某一個風雨交加的夜晚，他突然發狂似地駕車狂駛——沒有人知道這瘋狂舉動背後的原因，也許大家都認為這只是古怪老頭的古怪脾氣——最後車子撞毀在路旁的電線杆。由於救護時間的延遲以及傷勢本身的嚴重，他被迫截肢，從此在輪椅上開展他的餘生。此刻他的兩條大腿像火腿般地擱在黑色皮面上，黑色褲子的開口紮起，沉默而無聲。

「這位想必就是這個墮落社會中難得的愛智象徵了，」老人直盯著若平，嘴角有著一抹微笑，「敬柏拉圖偉大的洞穴神話。」他從桌上拿起一個玻璃杯，高舉著，杯中有著褐色液體。若平一開始有點不知所措，這才注意到桌上已經擺好了七個半滿的杯子。

「坐吧，你們這些洞穴中的可悲囚犯，」老人用一種帶著笑意的咆哮聲說道，「我猜你們之中除了這位偉大的哲學家之外，沒有人聽過柏拉圖傑出的洞穴理論……請自己找位置坐。」

顧震川等四人占據了長桌的其中一邊，若平已經不自覺在另一邊的左側落坐，手上多了一個玻璃杯，啜飲著，並發現裡頭裝的是他最不喜歡的酒。李勞瑞、莉蒂亞依序在他的右側坐下。黑衣司機則站在一旁，用墨鏡打量著牆邊的鋼琴。

「噢，你可以下山了，」紀思哲不耐煩地揮揮手，「你那身黑衣像鬼影一樣擾人，下次穿亮一點的衣服。」

黑衣人那對墨鏡背後的眼神似乎動搖了一下，他想說些什麼，但吞了下去；短短的一瞬間若平捕捉到黑衣人投向紀思哲的奇怪眼神，似乎帶著惡意，但也有可能是他想多了。司機不聲不響地出了房間，背影予人一種不安感。不久後外面傳來汽車的引擎聲，接著聲音遠去。

「現在來個自我介紹吧，」紀思哲飲了一口酒，「或者是你們都相當熟悉彼此了？」

一開始沒有任何人答話，若平握著玻璃杯的手指有些僵硬，他思索著自己是不是該說些什麼，不過在那之前，顧震川先開口了。

「紀兄，不需要介紹了吧？我們都已經——」

「是你們互相介紹，不是介紹給我認識，」紀思哲的山羊鬍子抖動著，「倒不如就由你開始如何？」

「我……這……」這彪形大漢突然扭扭捏捏起來，對於這有如小學生般的自我介紹感到無所適從。

「還是要我來幫你說？」

「不，算了，」顧震川忿忿地咧著嘴，暴露出一排黃牙，「這真是有夠白痴的……不過，我叫顧震川，這位是我老婆徐于姍，我們在經營畫廊，也會常常跟畫家合作辦展覽活動。最近因為生意上跟紀兄有來往而結識，他邀請我們來這裡……作客。旁邊那位小眼睛的是我的朋友劉益民，我們是老朋友，他本身是在做通訊行的，不過他也是業餘魔術師。紀兄說可以帶朋友一起來，我就邀他跟他老婆一起來了。對了，他老婆叫蕭沛琦……其實我們四人早就跟紀兄都見過面了……」顧震川那獅子般的臉失去威風般地看著紀思哲。「這樣可以了吧？」

「很敷衍馬虎，不過算你過關，」紀思哲用杯子指著劉益民，後者的臉頰縮得像黃鼠狼，「魔術師是吧？等等可有問題要好好請教你……」老人用左手指比畫著，「以順時針方向來說，就該輪到那位有月神瑟琳娜氣質的美女了。」

莉蒂亞微微前傾身子，用桃紅色的聲音開口道：「我叫莉蒂亞，現在是雜誌《Mystery》的採訪編輯，這個名字是我的筆名。前一陣子向紀先生採訪，報導他的推理謎題新書。這一次則是應他的邀請來現場採訪另一樁mystery。」

她在最後那個英文字上加重了語氣。不知道為什麼，她兩次mystery的發音聽起來很像道地的美國人。她外語能力大概不錯吧？另外，一聽到這個雜誌，一種奇怪的感覺湧上心頭。

莉蒂亞簡短的介紹結束，紀思哲的視線轉向李勞瑞，「該輪到那位戴著金框眼鏡的斯文先生了。」

李勞瑞用指尖碰了碰鏡框，清了清喉嚨，報上自己的姓名後，說：「我曾經是雕刻家，不過現在已經不做了，改寫藝術評論之類的文章。我讀了紀先生在美術雜誌上的評論，便寫信跟他交流因而結識。很高興這次有幸受邀前來，紀先生大概是想跟我聊聊廣場上的那幾座雕像，另外我也想參觀他的蠟像館。但這次來主要應該還是為了一場有趣的見證，我想您稍後會說明。」他露出一個簡短的笑容，表示自我介紹結束。

沒等紀思哲開口，若平便有些慌張地像莉蒂亞一樣前傾了身子，學李勞瑞扶了扶鏡框，清了清嗓子，才開口道：「我是林若平，天河大學哲學系助理教授，這次受邀前來是……」他瞥見所有人的目光都落在他身上，讓他有些不知所措，「也是為了那場見證。」

「相當年輕的助理教授，」李勞瑞那雙藝術家的眼眸打量著他，「你還不到三十吧？」

「快了，」若平含糊應道，「歲月如梭。」

「現在你們都知道彼此的身分了，」紀思哲眨眨眼睛。若平原本還擔心對方會向所有人揭露他是業餘偵探的事實，不過顯然老人沒有打算這麼做，而在場所有人也對「林若平」這三個字沒有太大反應。這令他鬆了一大口氣，看來媒體的傳播力道有時比他想像得還要來得小。「那我們進入正題吧。」紀思哲的聲音把若平喚回。

他偷眼瞄了瞄對面四人，顧震川正表情不耐地苦飲著玻璃杯中的棕色液體，眉頭深鎖，讓他的猙獰面孔皺縮得像隻拳獅狗；徐于姍兩手翻弄著膝上的衣裙褶飾，眼神渙散，當她的專注力從身上的濃妝撤離時，臉上頓時多了衰老十年的倦紋；蕭沛琦無神地直視前方，當她眼神失焦時，視線卻還是帶著冷酷，她的蓬鬆黑色長髮以柔美的弧形圈住那無懈可擊的鵝蛋臉，就像殘酷天使的光環；劉益民右手在胸前舞弄著，將一枚硬幣空拋，接住，使其消失，再讓它出現，他的表情無精打采。

若平沒有轉頭看李勞瑞和莉蒂亞，他讓自己的注意力回到紀思哲身上。

「邀請諸位前來除了一些個別的私人小理由之外，」老人有些低沉的嗓音在室內迴盪著，「最主要還是為了一場有趣的遊戲，這件事只有若平、勞瑞和莉蒂亞知道。」

「紀兄，這怎麼搞的？」顧震川把玻璃杯重重摔在桌面上，「你沒有告訴我，卻反倒告訴他們？」

「我怕說了你們那兩位美麗的女士就不敢來了。」紀思哲乾笑道。若平注意到老人在笑的時候，胸膛會大力地抽動，這似乎是他的習慣。「你們聽過Hermes這個名字嗎？」紀思哲說，他擎起酒瓶又替自己倒了一杯酒。

「喝咪死，」顧震川苦著一張臉，喃喃道，「從來沒聽過。小姍，妳知道嗎？」

「我怎麼可能不知道，」徐于姍整張臉亮了起來，金色鬈髮像爆米花跳動著，「就是愛馬仕啊！愛馬仕是法國著名的時裝品牌，我就有一個愛馬仕的包包，那是我在巴黎——」

紀思哲用他那幫浦式的乾笑切斷了這時尚女性的巴黎遊記，但隨即正色道：「徐太太，我不說妳錯，但我所說的Hermes指的是一個人，他是希臘神話中的一個神祇，我想神話中的Hermes，在場除了顧先生一行四人之外，其他人應該都知之甚詳。勞瑞，你替他們四個來點人文素養的課程吧。」

顧震川脹紅了臉，不過立刻像洩了氣的皮球般往椅背靠躺，其他三人則面無表情，目光各自望著不同的方位。

既然他們早就認識紀思哲，若平暗忖，大概也早就知曉這名老人譏誚的說話方式吧？不過要適應這種談話還真不容易，至少對若平而言，紀思哲每次出牌都令人捉摸不著，偏偏他又有著一種說不上來的王者霸氣。

「Hermes是希臘神話中奧林匹亞的神祇之一，」李勞瑞用不疾不徐的口吻說，「他是神祇間的信差，他掌管旅行者、畜牧、演說、發明、度量衡、商業、運動……還有竊盜，他是全天下最機巧的偷盜之神。」

「完全正確，」紀思哲接口，「我對現代社會那些不讀希臘神話還自以為走在時代前端的年輕人感到可悲啊……當然不是指你們，顧老弟，你們已經不年輕了，對吧？」在徐于姍開口抗議之前，紀思哲洪鐘般的聲音已經繼續：「幾年前倒是出現了一位偷書賊，自稱是Hermes，連續犯下多起偷竊案，最後還殺了人。」

「原來你是說那個荷米斯！」顧震川叫道，「紀兄你不早說，關於他的新聞報導我倒是讀過。」

「原來是那個沒格調的偽魔術師。」劉益民漠然地讓硬幣消失，空手抓出一條香菸。

「你終於開竅了，」紀思哲說，「就是他，我們請若平補充一下細節吧。若平，告訴他們Hermes幹了什麼好事。」

「Hermes專門偷竊稀有書籍，行動之前會寄出預告信函給書籍主人，預告偷竊的日期與時間，目前已經六次犯案得逞，並在最後一次犯下謀殺。我們只知道他是年約二十七、八歲男子，其餘一概不知。」

「這些我都知道，」顧震川低吼道，「問題是這瘋子干這次聚會啥事？」

「我收到了這個。」紀思哲從桌底下抽出了一個白色信封及白色卡片，拋到桌上。

顧震川搶先奪走卡片，瞪著銅鈴大眼，不可置信地叫道：「不、不會吧！」

「事實就是如此，」紀思哲笑道，「我們今晚的餘興節目就是，看神通廣大的Hermes如何突破我設下的重重關卡，順利取得他要的東西。而在場諸位都會是見證者。」

2

「這個鐵盒子，」紀思哲從桌底拉出一個面積約B４大小、高度約十公分的老舊容器。它的外觀一片漆黑，盒邊中間三側有一條黯淡的銀線，另一側有鉸鏈，「我從前會把一些重要文件鎖在裡頭，今天倒可派上用場。」他左右手各擰住黑盒上下，然後輕輕一扳，打開了盒子。黑盒現在呈現兩個對靠的長方盒攤在桌上，裡頭一片灰色，沒有什麼鏽斑，這個上下對開的盒子似乎兩邊都可以是盒蓋或盒身。

紀思哲把盒子蓋上，拿出一個迷你型掛鎖，將掛鎖的馬蹄形銀條穿過盒子開口處的穿孔。「今晚我會把手稿裝入盒子上鎖，然後我們一群人圍著這盒子，等待Hermes盜走裡頭的手稿。」

「這樣他只能用暴力的方式奪取啊！」顧震川說，「他搞不好會亂槍掃射我們，再把盒子整個帶走……紀兄，這不成，他是個殺人犯呢！」

「他不會這麼做的，」紀思哲笑道，「在偷竊方面他是高尚的紳士，愈難到手的東西他愈喜歡挑戰，我要看看他有幾分能耐。」

「你在引誘殺人犯作案！」徐于姍顫抖地說，「老天！我要離開這裡！」

「請放心吧，」紀思哲冷笑，「這裡沒車子可以下山，這絕對是沒有危險的遊戲，何不放開心胸來玩玩？」

迎著老人凌厲的目光，徐于姍放棄抵抗，縮回沙發中。

「我想問問魔術師的意見，」紀思哲轉而盯視著劉益民，「在我剛剛描述的狀況，有什麼辦法能夠竊取一份被鎖在鐵盒子中，又被一群人監視的文件嗎？」

劉益民搖搖頭，「除非丟一顆催淚彈把所有人弄昏，然後強行奪走盒子。」

紀思哲滿意地點點頭，「在我們觀賞Hermes的魔法之前，我們得要先用晚餐，七點鐘開飯，我記得劉老弟跟我提過飯後要來個有趣的魔術表演，我們到時可以先來看看他葫蘆裡賣的什麼藥……在那之前，我會先帶李勞瑞先生去參觀蠟像館，有興趣的可以跟我們一起走。」

顧震川等四人顯得意興闌珊，兩名女性因為舟車勞頓，表示想先回房休息，於是便先離開了。

「小音！」紀思哲往廚房喊道。

一名女子從通往餐廳的門出現。

「這位是冰鏡莊的管家，」紀思哲說，「叫作梁小音，這幾天的伙食就交由她來料理。」

梁小音的年紀與若平差不多，眼睛細長、面頰削瘦，身高一百六十公分左右。她的髮長及肩，穿著深藍色長褲與白色上衣，頭部微微低垂。當紀思哲介紹她的時候，女孩勉強擠出一個微笑，便避開眾人的目光，她的臉龐過於清瘦，也許頭髮再長一些的話，會相當神似日本恐怖片中

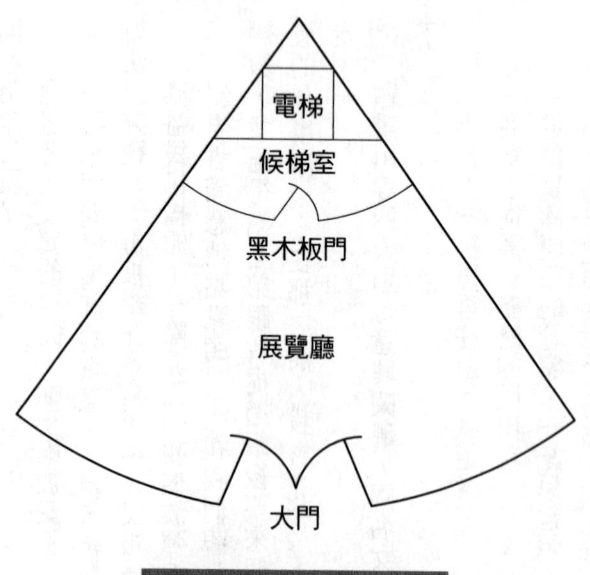

圖三　展覽館一樓平面圖

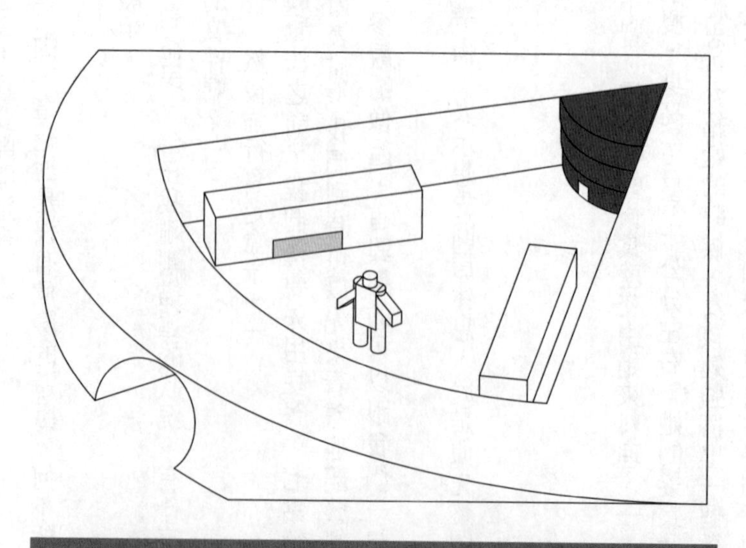

圖四　冰鏡莊立體圖（灰色部分為門，深灰部分為展覽館）

的女鬼。

「妳跟我一起帶領客人們去蠟像館。」老人說。

「是的。」女孩微微低頭，兩手緊握。

在梁小音的帶領下，一行人出了右翼房，來到廣場上；經過中央的石像群時，若平才看清北面的雕像雕塑的是臥躺在巨石上的Siren——希臘神話中於海上唱著媚惑之歌的女妖。其他幾座塑像想必也是出自希臘神話。

展覽館前有一片緩升的木造斜坡，東西向延伸覆蓋整個一樓的壁面，止於兩側的岩壁。梁小音上前將雙扇大門往內推，然後入內開了燈，黑暗的空間頓時大放光明。

走進裡頭，迎面有一座木頭展示櫃，上頭平攤著展覽館的平面圖，包括一樓、二樓與三樓的簡單構成。二樓是蠟像館，一樓則是大廳與文物展覽室，三樓是空的樓層（圖三）。若平看了看一樓的平面圖，展覽館的形狀有點接近扇形，一樓的展覽廳左右兩側是展示區，中央則為他現在所站之處，設有休憩的桌椅。二樓跟三樓的基本格局跟一樓一模一樣，只除了上面兩樓沒有大門。

在平面圖展示櫃的後方是一個長方形的玻璃展示櫃，裡面的實體模型呈現了冰鏡莊的地理位置。如模型所示，冰鏡莊位於一凹陷谷地，空中俯瞰貌似梯形，北邊是展覽館，左右兩側連接著綠色岩壁，向兩邊延展，再接上東西向的丘陵，中間打通一條隧道。廣場中央的石像群則只用一個小人模型當代表（圖四）。

梁小音推開北側一扇黑木板門——此門沒有門把，它是個類似進廁所或酒吧時常見的推門，只不過高度長了些；只要一放手，門會回彈至原始位置。門的上下各留了約十五空分的空間。

穿越黑木板門，後邊是一個昏暗的小空間，右邊牆上有著小壁燈。這裡顯然是候梯室，因為眼前便矗立著紅色的電梯門。帶頭的女僕按下電梯鈕。

門開之後，眾人陸續進入。紀思哲先讓其他人都進了電梯後，他才按下扶手上的按鈕，讓輪椅滑入。

紀思哲進入電梯的瞬間，一陣警報響起。

「怎麼回事？」李勞瑞問。

「該死，」老人咬著牙，「超重了，這個電梯設計本來就不是開放給公眾用的。」他退出電梯，「你們先上去吧，我隨後跟上。」

關閉的電梯門把老人的身影隔絕在外，警報聲也瞬間停止了。

若平站在莉蒂亞身旁，一股言語無法形容的香氣在空氣中躍升，攀上了他的鼻息。搭電梯的時刻總是瀰漫著緊張，沒有人說話，每個人眼神盯視著前方。若平感受到自己「洩密的心臟」❷撞擊著胸腔。

來到了二樓，電梯門開啟，他們穿越一個跟樓下一模一樣的候梯室；梁小音打開廳堂中的電燈，光線落下時，詭異的景象映入眼簾。

眼前有一群人，全部穿著布衣及涼鞋，看起來像是從古希臘的城邦走出來的人，站在街頭，在他們中央是一名獅子鼻的男子，舞動著雙手，正在與人辯論的樣子。

在這街景之後，則排列著許多陳列架以及大小不一的展示舞臺，全部陳列著栩栩如生的蠟像。若平曾在泰國的蠟像館看過與真人相差無幾的蠟像，顯然在這裡收藏的蠟像也是同樣等級的作品。

「這是蘇格拉底吧？」李勞瑞摸著下巴，興味盎然地看著面前的街景。

這的確是在雅典街頭與人對談的哲學家蘇格拉底，其餘的蠟像也都各自展示著著名哲學家的生活樣貌。

紀思哲不久後上樓，立刻與李勞瑞談起有關蠟像的藝術細節，老人似乎是想要向藝術家討教關於蠟像的一些美學理論。這議題顯然他們之前已經在電子郵件中討論過。

因為不想打擾他們，若平自己往東側晃開了。他瞄了一眼莉蒂亞，發現對方漫步到西側，似乎沒有跟他聊天的打算。

他在西側展覽架徘徊了很久，就在他躊躇著要不要慢慢晃到東側，然後找個話題跟女孩攀談時，赫然發現西側靠牆處放著一具紫色的棺木。

那棺木被置放在一個黑色臺座上，棺蓋上還有能瞻仰死者遺容的小窗口。在死氣沉沉的蠟像群中出現這麼一個更加死沉的物品，他不自覺地吞了口口水。

正當他想要走過去瞧個仔細時，背後傳來梁小音的呼喊聲，告知他紀思哲與李勞瑞已經談完，準備下樓吃晚餐了。

3

晚上七點整，所有人移動到餐廳。交誼廳左側——鋼琴邊有一扇門，穿越之後便是飯廳。

❷ "The Tell-Tale Heart"，艾德格．艾倫．坡（Edgar Allan Poe）的短篇小說。

這裡的空間與客廳差不多大小，同樣是長方形空間，中央置放做工雅致高尚的長桌，靠門廊處另有一扇對開的大門，可以通到外面的走廊。正對大門的牆壁擺靠餐具櫃，旁邊則是流理臺、烤箱、微波爐及一些廚房用具。

紀思哲碩大的輪椅率先領軍進入餐廳，輪子輕巧地滑動，絲毫不因為體積的龐大而顯得笨拙。餐桌上已擺滿了待會兒拜訪他們胃部的訪客，那是裝在精緻盒內的菜餚，令若平聯想起飛機上的盒餐。原本他以為會是火鍋或者是合菜之類的菜色，沒想到是這樣的簡便的食物。

眾人落了坐，紀思哲、劉益民分別占了長桌兩端，其他人則散布在兩邊。若平的左手邊是李勞瑞，右邊是莉蒂亞，當他拿起精緻餐盒兩旁的餐具時，手指有些顫抖。

晚餐並沒有附湯，取而代之的是酒和果汁。若平一邊嚼著雞肉與白飯，一邊思索著該怎麼打開話題。當他轉向莉蒂亞，第一個字正要溜出嘴唇時，反而是李勞瑞先開口了。

「若平兄教授什麼哲學？」金框眼鏡後冷靜的雙眼這麼問道。

若平有些喪氣地將頭偏向左邊，盡可能地掩飾自己的不快，「我的專長是分析哲學。」他考慮要不要再多做解釋。

「原來如此，分析哲學方面的美學我也略有涉獵，不過大多接觸的還是以歐陸觀點評析的藝術哲學。」

「撰寫藝術評論也需要大量涉及美學嗎？」他會這麼問是因為在他的印象中，一般藝術圈子的人是不需要藝術哲學家的，就如同科學家不需要科學哲學家一樣。

「還是會用到，只是程度的差別而已。」

接下來他與李勞瑞談了一些美學理論，他驚訝地發現對方懂得也不少，令他對這個人的印象更為深刻。

「各位！」紀思哲的聲音如一把利刃切斷所有的聲響網絡，「劉益民先生為我們帶來餘興節目，請好好欣賞。」

若平的目光隨著其他人轉向長桌的另一端，也就是紀思哲座位的相對位置。劉益民身穿白襯衫、黑禮服，再配上黑長褲與皮鞋，頭戴黑色大禮帽，揮舞著一支黑色手杖，不知在何時已經換成了一副魔術師的裝扮。

一直到這一刻，若平才真正用心觀察對方的面部構成，這名業餘魔術師生得尖嘴猴腮，倒三角臉，眼睛細小，目光狡猾猥瑣，眼角充滿血絲，不開口的時候總會讓人覺得他在動歪腦筋，不過一套上魔術師的行頭，在臺上倒也有一番別開生面的自信。

此刻，他正附和著頗有魔幻味道的音樂，站在桌邊，兩手舞動著，一條手帕憑空而現。若平注意到梁小音在一旁操作著收音機。

劉益民在音樂的襯托下又做了一連串的小魔術，顯然這些都是魔術師出場的例行性組合表演，劉益民已經相當熟練了。當他注意到在場的人都沒有什麼反應時，不禁怒目道：「掌聲呢？沒有掌聲我要怎麼表演下去？」

李勞瑞率先鼓掌，若平也砸了幾個響拍，其他人才陸陸續續跟進。只有蕭沛琦右手仍拿著湯匙，扒著最後一口飯，好像其他人正在注視的事物是幻象一般。

「這才像話，」劉益民停止手上的動作，「等等有更驚奇的把戲。現場有人帶手機嗎？有帶手機的請都拿出來吧。對了，記得要先關機。」

猶豫了一陣子，只有李勞瑞跟顧震川遞出手機，其他人多半把手機留在房間裡的大行李箱內了。

「很好，」劉益民把兩支手機放在桌邊，「這個是壓軸戲，我們先來看看一些其他的吧。」

接著，他變起撲克牌魔術，在這期間，梁小音默默地收拾餐盒、餐具，在餐桌與櫥櫃間來回走動。

坦白說，以業餘魔術師的標準來看，劉益民的技術算不錯了，至少若平看不出什麼破綻，顯然是經過一番苦練的成果。在音樂的烘托及掌聲的鼓勵下，劉益民陶醉在幻術中無法自拔。若平轉頭看了看牆上的時鐘，七點四十分，離Hermes預告行竊的時間還有八十分。

在表演完一個繩結魔術之後，劉益民拿起一旁被遺忘的兩支手機，說：「現在我為各位獻上今晚的最後一個節目。各位知道什麼是瞬間移動嗎？是的，有看過《七龍珠》的人都知道，不過我今天要表演的是物體的移動，而非人體……」他把兩支手機立在桌沿，「如各位所見，我要將這兩個物體在一瞬間移動到，」他走向一旁靠牆的餐具櫃，一把拉開最下層的抽屜，「這裡面！」抽屜是空的。

劉益民把抽屜推回去，回到桌邊坐下，眼神因興奮而發亮。他從黑禮服內側抽出一條紅色絲巾，甩了甩，將其輕輕罩上站立的手機。

「看清楚了，」他說，「靠念力進行的瞬間移動，喝！」

劉益民的右手快速從罩住的絲巾一抓。說也奇怪，原本蓋住手機的絲巾竟然噗的一聲隨著右手的抓握而皺縮，就好像原來它所包覆的物體突然消失了一樣。魔術師鬆開右手，把紅絲巾攤平在桌上，兩支手機已經不見蹤影。

「怎麼……可能？」徐于姍忍不住驚呼。

「已經被傳送過去了。」劉益民得意地站起身，走到餐具櫃旁。他拉開剛剛展示給大家看的抽屜。

裡面躺著消失的兩支手機。劉益民把它們取出來，關上抽屜，他把手機遞還給顧震川與李勞瑞，掩飾不住得意的笑容，說道：「因為次元轉換電波的干擾，暫時無法開機，請晚點再使用，今晚謝謝各位。」

一陣還算熱烈的掌聲響起，雖然有些稀稀落落的，但多少比先前幾次好多了。蕭沛琦的眼神總算亮了許多，她似乎也被最後那段瞬移的把戲給震懾了。

「各位可以回房洗個澡，」紀思哲說，「八點五十務必準時於展覽館大廳集合，展覽館就是那棟嵌在山壁的建築。」

一群人就這樣散開了。若平瞥見蕭沛琦緊抓著劉益民，竊竊私語不曉得在說些什麼；徐于姍挽著顧震川的手走上門廊了；梁小音沉默地收拾著收音機與杯盤；紀思哲已經不見蹤影。他發現自己與李勞瑞同時踏出餐廳，莉蒂亞則放慢腳步跟在他們後面。

「剛剛的魔術你有看出什麼端倪嗎？」若平隨意地問。

李勞瑞露出微笑，「你呢？」

「沒有頭緒。」

「就物理上來說，是不可能辦到的，不過那種魔術，只有一種解釋。」

「你的意思是……」

「嗯，我們就替劉先生保個密吧。」李勞瑞眨眨眼睛。

他們穿越廣場，走進左翼房。長長的走廊就像一條拉直的黑蛇，在廊道的夜燈照射下蟄伏著。有幾個行李箱還擺在房間門口沒有收進去，顯然是若平、李勞瑞還有莉蒂亞的，他們剛剛都還沒回房過。李勞瑞的房間在他左手邊，莉蒂亞——右手邊（圖五）。

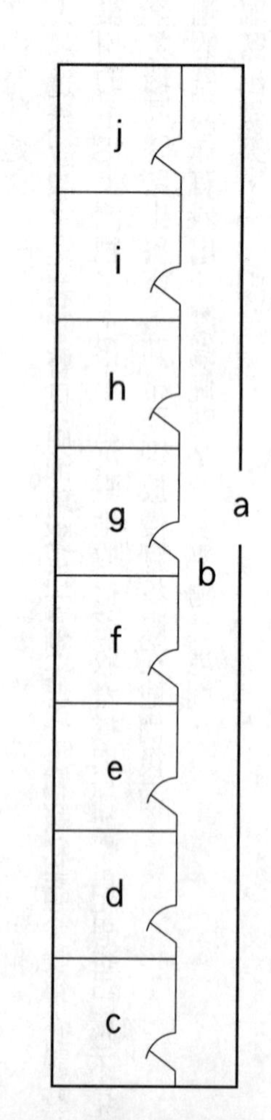

(a) 大門
(b) 走廊
(c) 1號房：空房
(d) 2號房：空房
(e) 3號房：顧震川、徐于姍
(f) 4號房：空房
(g) 5號房：劉益民、蕭沛琦
(h) 6號房：李勞瑞
(i) 7號房：林若平
(j) 8號房：莉蒂亞

圖五　左翼房平面圖

「待會見。」李勞瑞微微一笑後，便打開門進房了。

若平望見房門鑰匙已經插在門把中，他取下鑰匙，伸手去轉動門把。莉蒂亞在這個時候來到隔壁房間門前。

若平故意放慢速度，期待著她會說些什麼話。不過女孩不但連話也沒說，眼神更是從頭到尾都沒有投射過來的跡象。在轉瞬之間便閃入房中了。

他盯著她過往幾秒的身影半晌，才打開房門進入。

4

（密室傑克的獨白）

任誰都想不到我就混在山莊賓客之中。

這個絕佳的機會與殺人舞臺，讓我的血液翻騰，雙手蠢蠢欲動。壓抑已久的慾念，終於等到解放之時。

無知的人們即將見證偉大的犯罪藝術，一想到他們睜著遲滯的雙眼，嘴唇半開的驚惶模樣，便讓我的興奮度加倍。除了殺人的快感之外，逍遙法外及製造奇蹟都讓我有猶如置身在天堂的感覺。

這次有趣的是，沒有人知道我的存在……

稍早坐在客廳以及晚餐時，沒有半個人知道連續殺害三人的殺手就坐在他們身旁距離不到幾公分之處，這種掌握全局的窺視感大概只有上帝才有資格擁有。

偷偷注視著這些獵物的面容，想像著他們被殺之前的驚駭臉孔，更重要的是，以完全不可能的方式被殺死，這才是樂趣之所在！

晚餐後回到房間，簡單洗了個澡，我迅速做好準備。凝視著手中那把黑色的手槍，讓我意識到這又是一個殺戮的夜晚。

我拿起放在桌上的一本書，書名是The Burning Court，作者為John Dickson Carr。

我小心地把書塞進外套內側的口袋，把槍放在外側口袋，然後吸了一口氣。

幾分鐘後一切準備妥當，我邁向房門，像準備出征的士兵，心中滿是溢滿緊張的激昂。

殺人魔術即將開演。

5

若平坐在床沿，思索著是不是要先洗澡。深綠色的行李箱靠在腳邊，還沒打開，像一隻溫馴不動的忠犬。

客房還算寬敞，進房門之後右手邊是浴室，洗手臺上整齊地擺放著包裝好的盥洗用具及沐浴乳、洗髮精等物品，角落有著小巧的淋浴間，半開的拉門內敞露著高掛的蓮蓬頭。浴室瓷磚的色調是偏暗紅色的，滲透出一股詭異的陰森感。

房間的組成與一般的旅館沒有太大差異，浴室對面擺放著一個衣櫃，裡頭零星放著幾個衣架，毗鄰著衣櫃的是一張寫字桌，牆壁上貼著一面鏡子，桌前擺一張椅背呈九十度的僵硬木椅，桌子對面的牆前攤著一張雙人床，粉色系床單，兩個枕頭，厚重的棉被摺成豆腐狀置於床中央。

床邊有一放電話的櫃子，一具乳白色電話沉默地盤據其上。暗黃的夜燈如鷹般雄立於牆上，一左一右護著大床。

在昏黃夜燈的渲染下，略顯空曠簡陋的房間愈發沉默，高山上的寒溫因夜而加劇，他不自覺地拉緊了衣領。

總覺得好像有什麼事會發生似的，他的第六感並不特別準確，因此也沒有太放在心上。最後若平決定先洗個澡，讓身子舒服些。

幸好水溫夠熱，不然在這樣的低溫下沖洗身子實在是一種折磨。沖完澡之後，若平躺在床上休息片刻，並不時注意著床頭對面牆壁上的時鐘。

在床上發呆到八點四十，他穿好衣服，套上鞋子，離開房間。

若平走出走廊，來到開放的廣場，五座石雕冰凝在空氣中，如蟄伏的人影。除了從兩側建築門廊開口滲出的微弱燈光與展覽館大門散出的光線外，就只剩下月光了。

他走上小斜坡，推開展覽館的雙扇門，進入。

紀思哲碩大的黑皮輪椅閃現在玻璃展示櫃後的圓桌邊，顧震川與李勞瑞坐在一旁，三人圍著一張圓桌，桌上擺著稍早紀思哲展示給眾人看的鐵盒子。

若平走過去的時候，聽見顧震川在抱怨，對象是紀思哲，「阿民那小子不曉得搞什麼鬼！變那什麼空間轉移的魔術，手機拿回來之後就開不了機，怎麼按都不行！」

「他不是說了嗎？」紀思哲悠悠地回答，一邊把玩著鐵盒子，「受到什麼空間電波的影響，晚點才能開機。」

「我才不信！」顧震川咆哮，「剛剛去敲他房門，沒人應，房間也沒燈光，不曉得人跑哪去了，連他老婆都不見了。」

「魔術師不神祕就不叫魔術師了，」紀思哲轉頭迎向若平視線，「過來坐吧，若平。」

若平在李勞瑞身旁落坐，後者對他點頭致意。

「再過幾分鐘好戲就要上演了，」紀思哲右手探向輪椅扶手，從掛著的布袋裡面掏出一份文件，「這正是偉大哲學家的心血結晶。」

那破爛的簿本用塑膠套加裝保護，泛黃的封面可見黑色的字體。

「這是《純粹理性批判》第三版的手稿，」紀思哲露出驕傲的微笑，「不要問我是如何取得的。」

「真是不可思議。」若平說。

這時李勞瑞說要回房拿東西，先離席了，同一時間，莉蒂亞與徐于姍依序走進來。

「你有看到阿民他們嗎？」顧震川劈頭就問。

「阿民？沒有。」徐于姍搖搖頭，整了整她的黑色大毛衣。

「奇怪了。」

以座位而言，紀思哲是坐在圓桌的南側，也就是面對北側，朝向電梯的方向，他的右邊依序是顧震川、徐于姍、空位、李勞瑞、若平，以及更多空位。莉蒂亞站在桌邊觀望著，似乎正在思考該坐哪裡，最後她走過若平身邊的諸多空位，在李勞瑞旁的位置落坐。當她走過若平身邊時，一陣淡香飄起，她的長髮有點淡漠地貼在臉頰邊，襯托著同樣淡漠的眼神。

紀思哲看著女孩，笑道：「莉蒂亞小姐，從現在開始請妳多費心了，這次的實地採訪必定會相當精采。」

女孩微微一笑——這可是他第一次看到她笑呢，「我倒是擔心紀先生你把題目出得太難了，反而讓Hermes不敢出手呢。」

「我相信愈有挑戰性對方愈喜愛，請妳務必在稿子中強調這點。」

「我會的。」

不愧是採訪記者，與大企業家對談的姿態相對自然，她的眼神沒有分歧。

眾人閒扯一番後，李勞瑞回來了，走進來時說了聲抱歉，當他繞過紀思哲背後往自己的座位前進時，突然發出一聲驚呼，讓沉浸在沉思中的若平嚇了一跳。

不只若平，所有人都被這突如其來的舉動給嚇著了。

「怎麼了？」顧震川瞪著眼質問道。

「電梯那裡好像有人。」李勞瑞微微喘著氣，眼神看向遠方。

所有人的視線都轉向通往電梯的黑木板門。

「什麼都沒有，」紀思哲咕噥，「你眼花了嗎？」

「我也沒看到東西。」顧震川說，轉頭不斷觀望。

「別嚇人，還會有誰？」徐于姍白著一張臉，緊拉住顧震川的胳膊。

「我真的有看到，」李勞瑞說，「你們看，地板上那是什麼？」

眾人順著他手指的方向看過去，在那扇黑木板門前方不遠處的乳白色地板上躺著似乎是紙片的東西。

「那是什麼？」紀思哲皺著眉。

「我去看看。」李勞瑞走了過去。

這時候梁小音進來了，一臉疲憊的樣子。她有點膽怯地瞄了瞄其他的人，才轉頭對紀思哲說：「我剛剛去叫過所有的客人，好像只剩下劉先生與他太太不在……」

「妳敲過門了？」顧震川抬頭道。

「是的，我以為他們已經過來了，可是他們好像不在這裡……」

「我就說奇怪了。」顧震川一手捶著桌面。

「是撲克牌。」李勞瑞拿著兩張紙片走過來，展示給大家看。

那是梅花五跟紅心六，背面是藍色的條紋。

「我這裡沒有撲克牌，」紀思哲低哮道，「我的意思是，冰鏡莊裡沒有這種撲克牌。」

「是劉益民的嗎？」李勞瑞問，眼神看向顧震川。

「我不知道，」顧震川一臉惱怒，「誰會去注意撲克牌的式樣？小姍妳知道嗎？」

女人搖搖頭。

「你剛剛真的看見人影？」紀思哲尖聲問，「是從電梯走出來嗎？」

「我不確定，」李勞瑞說，「究竟是進去還是出來，總之門前有人影就是了。該不會劉益民在樓上吧？」

「這倒是有可能！」紀思哲叫道，「我看他八成是想用樓上的蠟像變什麼古怪的大衛魔術。顧老弟，上去把他給揪下來吧！」

顧震川站了起來，露出嫌惡的表情，啐道：「老是搞這種飛機。」

「小音，跟他一起去，」紀思哲命令道，「妳比較清楚樓上的格局，上去幫他一起搜。

對了，顧老弟，看到樓上的蠟像可別嚇著，那是做得相當逼真的，我怕你上去看到第一個人就扯過來猛打，最後才發現是假人。另外，樓上放著一具高級棺木，展覽用的，可別嚇到了。」

「嗄？」顧震川呆滯了半晌才恢復猙獰的面孔。他大步邁開朝黑木板門處去，像一隻顛簸的熊。梁小音瘦小的身影黏在後面，兩人很快消失在門後。

「時間遲了，」紀思哲在椅上前傾身子，看了一眼桌上的手錶，「離預告的時間已經過了五分，我們開始吧。」

他拿起桌上的手稿，打開黑盒子，將手稿放入盒中。

「等等，」若平說，「那手稿是真的嗎？我沒有別的意思，只是你要不要再檢查一下？」

紀思哲瞇著眼睛看著他，「頭腦還真仔細，嗯？」他把手指從盒中取出，翻了一遍，說：「百分之百是真的，沒被掉包。」

「抱歉。」若平說。

「不，這樣更能證明Hermes所面對的是多麼困難的挑戰了，」紀思哲將文件再次放入盒內，蓋上盒蓋，將掛鎖穿過蓋片上的孔，再轉動鑰匙鎖緊，「成了，我們慢慢等吧。」他把小鑰匙緊握在手中。

有一段時間沒有人說話，圍著圓桌的這群人默默瞪著那個鐵盒子，好像隨時都會有兔子從盒中蹦出來，穿著晚禮服，吹著大喇叭。但暫時什麼都沒有發生。

「我在想我們是不是該——」紀思哲撮著他的山羊鬍，說道。

「啊！」一聲淒厲的尖叫聲截斷他的話語。每個人都直起身了。

「那、那是什麼？」徐于姍兩手緊握在胸前，臉上失了血色。

「小音的叫聲嗎？」紀思哲呆然望著黑木門，「搞什麼——」

「應該是樓上傳來的沒錯，」李勞瑞說，「難道出事了？」

「我上去看看好了。」若平推開椅子，站起來。

「不，你必須在這裡坐鎮，」紀思哲高聲道，「萬一是Hermes的調虎離山——」

「但你們都還在這裡，應該不會有問題。」他拉拉外套衣領，「我還是上去看看比較保險。」

「你確定？」紀思哲挑高眉毛，右手緊握在扶手上，「這真的不是什麼計謀嗎？」

若平暗罵了一聲。紀思哲說得對，他不該這麼輕舉妄動，那慘叫聲很明顯是要把他們所有人給調離圓桌，也許是Hermes所裝出來的叫聲，但萬一不是的話……

黑木門被粗魯地推開，顧震川扶著梁小音匆忙走了出來，後者用右手撐著額頭，步伐非常不穩。

「發生什麼事了？」紀思哲叫道。

顧震川喘著氣，嘴巴似乎想要說話卻又吐不出來。莉蒂亞與李勞瑞正要起身上前幫忙攙扶梁小音時，若平立刻要他們坐下，看好鐵盒子。他自己則離開座位上前去與顧震川一同將女孩安頓在紀思哲旁邊的空位。

顧震川站著，雙拳緊握又放鬆，他眼神狂亂地掃過在場所有人後，才用高亢的嗓音說：「阿民不在樓上，但他老婆在……」

「他老婆在？」紀思哲兩眼圓睜，嗔道：「那她怎麼沒下來？」

大個子回答的聲音有如槁木死灰，迴盪在空寂的大廳中。

「她在……在棺材裡，死了！」

第二部

Murders

謀殺

第三章——活屍與紫棺

1

一般說來，躺在棺材裡的人當然是死了，不會有活的——除了少數死而復生的案例——因此顧震川的最後兩個字顯得多餘，但沒有那兩個字的話，似乎又沒有人聽得懂他在說些什麼。

「死了？」徐于姍失聲道，「什麼意思？」

「還會有別的意思嗎？」顧震川粗紅著脖子吼道，「斷氣了，心臟不動了！」

「顧先生，請你慢慢說，」若平盡量讓自己的語氣平靜，「你跟梁小姐上去，然後發生了什麼事？」

對方瞪了若平一眼，試著調整呼息，他深吸一口氣後，用較為平穩的聲音道：「我們上去後，要不是紀兄有先知會過我，還真會被嚇著，因為蠟人做得跟真人一樣！我差點就要把幾個背影跟阿民相像的捉過來賞他一拳！總之，我們找遍了整個地方，直到看到角落那具紫色棺木，」他吞了一口口水，吞嚥聲異常清晰，「我看見一頂黑帽子放在棺蓋上，仔細一看，那不是阿民變魔術時戴的禮帽嗎？」

「等等，棺蓋是蓋上的？」若平打斷他。

「是蓋上的，」顧震川揮揮手，「我把帽子拿開，底下是一面窗，可以瞻仰死者容貌那種的，」他的手按住心臟，「然後我就看到了，一張睜大雙眼、扭曲的臉！」

「這不可能！」紀思哲斷然道。

「我真的看到了，」顧震川跺腳，「我立刻把棺蓋掀開，老天——沛琦就躺在裡頭，手上抓著一本書，一條繩子纏在她頸部，我探了探她鼻息跟心臟，沒反應。」

「真的是這樣嗎？」紀思哲問梁小音。

女孩虛弱地點點頭。

「我幹嘛說謊？」顧震川吼道，「不信你們自己上去看！」

「我想，」若平說，「我真的該上去了。」

「等等，我跟你去，」紀思哲咬著嘴唇，「這是了不得的事，一定要親自看看。」

「但——」

「顧老弟，這裡就交給你了，」紀思哲的輪椅轉動起來，「若是有任何人想強行拿取鐵盒子，不要客氣賞他一拳。」他對著若平眨眨眼，「走吧。」

若平沒有再多說什麼，便快步往黑木門走去。他推開門之後讓紀思哲的輪椅先滑過，候梯室牆上亮著黃色的燈，面前則是紅色的電梯門。若平按下電梯鈕。門很快打開。

兩人進入後，電梯到了二樓，若平率先踏出。

再次來到蠟像館，說不上來的死亡氣息籠罩著。

蠟像本身做得栩栩如生，其上的毛髮看起來就跟真的沒兩樣，但此刻他無心探究蠟像製作的技術，一雙眼睛放亮梭巡，搜尋著讓顧震川捲入狂亂的棺木。

「右邊。」紀思哲說，椅子滑了過去。

他們穿越了許多姿勢各異的蠟人，有一瞬間他陷入人聲鼎沸的錯覺，但意識到自己空洞的腳步聲後，才倏然醒悟，這些假人所挾帶的是一片死寂。

他瞥見角落處那個臺座，上頭架著一具紫色的棺木，棺蓋正像個鋼琴蓋般掀開，靠在旁邊臺座高起來的部分；棺蓋上面有一扇探視死者遺容的小窗，臺座邊的地板上擱著一頂黑色禮帽。

不用走得太近便可以看見裡頭裝了什麼。在紫色波浪泡棉形狀的內襯中，填塞著一具人體，她整齊地躺臥在內，兩手置於腹部之上，抓著一本書。當若平注意到書名及作者時，整顆心涼了半截，一股惡寒倏地襲上心頭。

那女人無疑是蕭沛琦，原本怡人的長髮此刻僵直地豎躺在臉頰兩側，她粉嫩的臉龐因充血而呈紫色，與紫棺形成詭異的呼應；她的雙眼圓睜，嘴巴半開，整張臉極度扭曲，就算生前再怎麼迷人、擄人心神，在這死亡的當下她與塵土無異。

一條紅色細繩紮在女人的頸部，若平定睛一看，覺得似曾相識，然後他才猛然記起，那繩子似乎是稍早劉益民在餐桌旁表演繩結魔術時所用的道具。

「可惜了一個美女，」紀思哲喃喃道，「她真的死了嗎？這該不會是劉益民的另一個魔術？」

「死透了，」若平檢查過女人的呼息後說道，「似乎看不到什麼屍斑，也沒有死後僵硬的現象，應該死了不到一個小時，不過我不是法醫，這些都只是臆測。」他看向紀思哲，「我們該報警，哪裡有電話？」

「該死！冰鏡莊內沒有電話，我只有手機。」

「我記得房間裡有電話。」

「那只能在山莊內的房間互撥，不能撥出去的。」

「你有帶手機嗎？」

「我放在房間。」

若平思考了一下，說：「那我們先下樓，看誰有帶手機。這樓層還有其他出入口嗎？」他發現這裡好像沒有窗戶。

「沒有了，只有電梯可以出入這層樓。」

「沒有樓梯？」

老人露出惱怒的表情，「要樓梯幹嘛？我又用不著。」

「說得也是，抱歉，我們下樓吧。」

他們很快循原路回到大廳，圍著圓桌的一群人神色焦急地望著他們。

「怎麼樣？」顧震川問道，他一手揩著額頭看不見的冷汗。「她真的死了嗎？」

若平點點頭，「如果我判斷沒錯的話，應該是被勒死的，也就是說是被謀殺的。」

「謀殺」這兩個字一出，就像投下了沉默的原子彈，好一段時間沒人說話。

「顧先生，」若平打破沉寂，「纏繞在蕭太太頸上的那條細繩，是不是劉益民先生今晚表演繩結魔術用的道具？」

「我、我不知道，」顧震川結巴道，「不過你這麼一說，倒是有點像。」

「你們剛剛上樓，有把整個樓層找遍嗎？」

「當然！誰想得到棺材裡會裝屍體？我是看到阿民的魔術帽才發現不對勁的。」

「你能百分之百肯定劉益民不在樓上？」

「這……」顧震川似乎被惹惱了，「至少我沒看到他！但如果他有心要躲的話——」

「我知道了，」若平打斷對方，「誰有帶手機？報個警吧。」

「我的手機報銷了，」顧震川說，「是阿民那手機魔術搞的鬼。」

「其他人呢？」

搖頭。顯然洗完澡後，大家都把手機放在房間裡了。

「這下可好了，得有人回去拿才行，這種案件一定得報警。」若平說道。

「你不能自己回去，」紀思哲說，「萬一被兇手襲擊怎麼辦？」

「兇手！」徐于姍叫道，她的聲音尖銳得刺耳，「你們說得還真有一回事，但到底是誰殺了沛琦？是阿民嗎？誰來告訴我——」

「閉嘴！」顧震川吼道，「因為看起來的確是他幹的，那傢伙神經本來就不太正常，跟蕭沛琦感情也不好，他們一定是吵了一架，然後阿民發了什麼魔術瘋把她給塞進棺材裡，自己又躲了起來！」

「誰要跟我回去拿手機？」若平疲憊地說。

「我跟你去好了。」李勞瑞站起身來。

「紀先生，這邊就麻煩你繼續看顧了。」若平說。

「快去快回，」紀思哲握著手錶，「離十點還有二十分鐘，目前還沒有動靜。」

「五分鐘後回來。」

他跟李勞瑞快速離開大廳，拉開展覽館的大門，來到荒涼的廣場。一路上兩人沒多說話，只是快步走進左翼長方形建築的入口，來到封閉走廊上。當若平將鑰匙插入門把中時，突然感到不太對勁。

一旁的李勞瑞似乎也注意到了，他拔出鑰匙說：「門鎖好像被解開了。」

「奇怪。」若平推開門，打開裡頭的電燈。

黃光瀉落，裡頭的景象讓他們倒吸一口氣。

床上一片混亂，兩顆枕頭胡亂地擺著、棉被攤開散在床單上，他記得早先沒碰過枕頭跟棉被。顯然有人動過。

他的黑色行李箱不見了，原本擺在床邊。他繞遍了房間都沒看到，床底下也沒有。若平懷著不祥的預感打開浴室的燈，裡頭一片狼籍，毛巾掉落在地上，沐浴乳、洗髮精等瓶子通通消失了。他皺著眉，看看放衣服的架子，連換下來的衣服也不見了。

正當他滿懷疑惑地踏出浴室時，李勞瑞正好走進來，一副憂心忡忡的模樣。

「你這邊也一樣嗎？」他問。

「嗯，一片混亂，行李被偷。」

「真奇怪，手稿沒事，反而偷起我們的行李，這賊到底在想什麼？」

「找到手機嗎？」

「沒有，我擺在桌上，現在也不見了。」

「快十點了，我們還是先回展覽館吧。」

「好。」

回到走廊上時，若平改變主意，他快速走到顧震川跟徐于姍的房間前，試了試門把，打開門，用最快的速度視察房間。

接著他出了房間，來到莉蒂亞門前，考慮了一下，伸手轉動門把，李勞瑞面無表情地看著他。

若平只稍微探視了一下便退出來，「兩間房的狀況都一樣，我們最好看一下劉益民的房間。」

魔術師的房間出乎意料地整齊，枕頭、床單一絲不苟地疊好，浴室中的毛巾也好端端地擺在架子上，洗髮精等小瓶子排在洗手臺角落。一切看來都很美好，但房間裡就是沒有劉式夫婦的私人用品。

唯一讓人怵目驚心的是，在雙人床那側的牆壁上，有人用紅色噴漆噴了三個英文字。

「這是……」李勞瑞皺著眉。

若平看著那排文字，心中不祥的預感升到了極點。

Jack the Impossible。每一個字母的下緣都被刻意漆出液體滴流的形狀，扭曲的紅色文字如鮮血般黏膩在灰白的牆上。

「這……難道……」李勞瑞雙眼發亮，語氣充滿了訝異。

「我們先回展覽館吧。」若平說。

出了劉益民的房間後，他改變主意。他試了試隔壁空房的門把，門沒鎖。

「這裡有很多間空房，我們最好查看一下裡頭的情況。」

空房總共有三間，但並沒有異狀。裡面的寢具整齊地擺放著，浴室內也沒有擺放盥洗用具，一切看來安然無恙。

「看來只有有住人的房間被洗劫。」李勞瑞總結道。

「走吧。」若平說。

在滿懷疑惑的沉默中，兩人再度穿越廣場，推開展覽館的深藍色大門。若平眼神越過玻璃展示櫃，看到那群人還圍在桌前。

紀思哲的臉很陰沉，好像有一朵烏雲罩在上面似的；其他人則是不安地看著迎面而來的兩人。

「如何？報警了嗎？」顧震川問。

若平一五一十地敘述剛剛的發現，但保留了牆上噴漆文字的事。

「這是怎麼搞的？」顧震川叫道，「這裡什麼事都沒發生，反而是行李被偷了？這、這沒道理啊！」

「我知道了，」徐于姍按著眼瞼用含混不清的啜泣聲說，「一定是這個遊戲把Hermes惹毛了，他乾脆偷走我們的行李洩憤！」

「對！一定是這樣！」顧震川附和道，「Hermes根本偷不走盒中的手稿，於是他把玩笑開在我們身上以示懲罰！這下可好了，偏偏現在阿民殺了他老婆，手機也一併被偷走了……」

「搞了半天似乎是我不對，」紀思哲用低沉的聲音說，「該被譴責的是那該死的賊！該下地獄的賊——」

「等等，」若平說，「先看看手稿是不是還在，如果不在的話，Hermes似乎就沒理由偷行李了吧。」

「差兩分十點，」李勞瑞看了一眼手錶。

「那我們就再等一下吧。」說完，若平在梁小音旁的空位坐下。

他掃了一眼在場所有人。梁小音頭髮散亂，臉色仍舊十分蒼白，瘦長的手則撐著凹陷的臉頰，用焦慮的眼神盯著桌面中央的黑盒子；紀思哲的臉色更陰沉了，方才的消息似乎增加了他的不快，他臉上的皺紋猶如刀割一般深刻，與糾結的白鬍銀髮形成灰撲臉龐上的顯眼地標；莉蒂亞似乎是最不受亂流干擾的人，她冷靜地直視前方，看不出視線的焦點，但眼眸的深處似乎有著暗潮浮動；徐于姍一張化好妝的臉已經哭花了，配合著那頭鬈髮，看起來就像從動物園落荒而逃的鬃毛獅，此刻她扯著一條手帕，繞著手指，躁動不安；顧震川陰著一張獅子臉，右手食指在桌上來回彈動，他的眉頭時而糾結時而放鬆，就像有人扯著他太陽穴兩邊的皮膚拉扯似的；李勞瑞金邊眼鏡後的雙眼略顯陰滯，他時而拉動著襯衫衣領，似乎想藉此紓解緊張，並不時用左手扶正眼鏡鼻架。

若平注視著圓桌上的黑鐵盒子，以及紀思哲放在一旁的金錶，另外還有李勞瑞稍早在黑木板門前撿到的兩張撲克牌——梅花五跟紅心六。這一切都像一場荒誕不經的噩夢，令人難以置信。棺木中的屍體，詭異的闖空門，還有盜取手稿的遊戲……他意識到許多自相矛盾又無法解釋的斷片互相撞擊著，但現在似乎不是理出一絲頭緒的時候，因為「可能」有事即將發生……

猶如兩年之久的兩分鐘——合計一百二十秒的時間流逝而過，在不知道是誰呼了一口鬆弛的呼息之後，所有人瞬間都從緊繃中解放。

「讓我們來看看，」紀思哲手中搓著小掛鎖的銀鑰，「這盤棋的最終結果。」

他把鐵盒子放在自己的殘肢之上，快速解開了鎖，打開盒蓋。

在那黑色的空間中，名貴的康德哲學手稿仍好端端地躺在那裡。

2

「現在事情很明白了，」顧震川用一種權威式的斷然姿態說，「Hermes偷不了這盒中的東西，惱羞成怒下偷了我們的行李。紀兄，我想現在最重要的就是趕快找出阿民，並想辦法報警，追回我們的東西。」

紀思哲似乎想回答什麼，但半開的嘴唇沒有吐出任何話語。他抓起盒中的手稿，蓋上盒蓋，氣呼呼地把盒子拿起，準備塞進吊在扶手上的袋子。這時，老人突然蹙眉，把盒子重新放到桌上，然後從袋中抽出一張卡片。

「這是什麼東西？什麼時候被放在我的袋子裡？」

所有人倒吸了一口氣。

那是一張純白色卡片，上頭畫著一把長著翅膀、被蛇纏繞的權杖，圖案旁邊有著草寫簽名：Hermes。

「難道他還是辦到了？」李勞瑞緩緩地說，「這是Hermes的卡片。」

「不、不可能！」紀思哲氣急敗壞地說，「在什麼時候……」

「趕快檢查一下手稿，你確定手稿還是同一份嗎？」

就著這句話，緊張的氣氛又被燃起，紀思哲低呼一聲，抓著手稿拋到桌上，李勞瑞伸手將稿子翻開。

「被掉包了。」他把手稿翻過來展示給所有人看。那頁紙看起來還很新，上面卻是一片空白。

「怎麼可能！」徐于姍叫道，「放進去前還是真的呀……」

「這……簡直是瘋了！」顧震川嚎叫。

紀思哲默默不語，雙眼充滿暗色的憤慨，他的山羊鬍抖動著。

若平此刻腦袋也瀕臨混亂邊緣，他調整思考的步調，說：「看來用電話或手機通知警方是不可能了。紀先生，從冰鏡莊到最近的公路要多久？」

紀思哲沉吟半晌，才說：「靠兩條腿的話，大概要一小時，但問題是沒人知道怎麼走。」

「什麼意思？」顧震川呆然道。

「上下山都是我的私人司機開車接送的，我怎麼可能知道路？只有他知道！」

「看來摸黑下公路是不可能了，」李勞瑞說，「強行下去的話很容易迷路，要試也得等到明天早上。」

「那Hermes那傢伙是怎麼下去的？」顧震川吼道，「難不成他搭直升機？還是滑翔翼？像那柯南卡通的怪盜基德一樣？」

「也許他在山上某處紮營吧。」李勞瑞說，語調沒有開玩笑的意思。

「別管那賊了！」徐于姍尖聲道，「重點是我們現在該怎麼辦？」

「網路呢？」若平說，「冰鏡莊有沒有網路？我們可以用網路求援。」

「我不用電腦。」紀思哲冷冷地說。

可能是「不會」用電腦，若平暗忖。像紀思哲這樣年紀的人，不會用電腦是正常的。

「當務之急應該先找出劉益民。」若平建議，「紀先生，剛剛我離開這裡時，二樓有任何人下來嗎？」

紀思哲瞪著他，「你說呢？」

「我了解了，我建議先上三樓找，看看劉益民是不是還躲在樓上。」

「剛剛不是找過了？」顧震川道。

「但我們都不能肯定他真的不在上面，況且剛剛李勞瑞先生看到黑木板門前有人影，或許那正是上樓的影子也說不定，如果是的話那他就一定還在上面。」

「好！我要上去。」顧震川說。

「我們留一些人守在這裡，以防萬一。紀先生跟女士們留在這裡吧，其他人跟我一起上去。」

分配妥當後，若平與顧震川、李勞瑞等人推開黑木板門，他按下電梯鈕，一群人進入電梯。若平感受著空間上升的壓力，心臟怦怦直跳。他們很快來到三樓。

「你們搜左側，我來搜右側吧。」若平說。

其他兩人沒有異議，於是他們便分頭進行。

雖然劉益民有混雜在蠟像中的可能，但就算蠟像再怎麼栩栩如生，只要仔細檢查還是不至於搞混的。若平接連搜過了許多著名的哲學家，但沒有看到不對勁的臉孔。一段時間後，當他來到棺木邊時，突然覺得不太對勁，他轉身朝棺木看去。地板上那頂魔術師的帽子不見了。

他心頭一緊，立刻衝過去，當他的雙眼落在棺木內部時，眼珠子幾乎要瞪出眼眶外。

紫色的襯裡中只躺著一樣東西，那是稍早蕭沛琦死寂的雙手抓在腹上的英文書，而至於死屍本身，則不見蹤影，就好像它從頭到尾都不曾存在過似的。

3

他不知道自己在那裡僵立了多久，直到背後傳來腳步聲，他才回過神來。

「找不到。」顧震川咕噥，「喂，你──」

若平轉過身，背後兩個人的眼神盯著紫棺。李勞瑞的眼鏡往下滑了半公分，顧震川的下巴則掉了幾吋。

「這……」他喘著氣，「屍體呢？你把它藏哪去了？」

「我過來的時候就不見了，」若平說，「我正想問你們有沒有看到它。」

「帽子也不見了，」李勞瑞說，「這到底是怎麼回事？」

「我不確定，但我建議我們再把這地方搜一遍，除了留意有沒有人躲藏之外，還要特別注意牆壁或地板有無暗門或祕密機關之類的。」

三個人又動作起來，若平連那具棺木也檢查過了，以厚度而言，就算有夾層也不可能藏起屍體，更重要的是，他相當確定那是一具單純無機關的棺木。

不知道過了多久，三人灰頭土臉地在電梯前碰面。

「什麼都沒有，」顧震川拍拍褲子上的灰塵，「我跟你賭，屍體絕對不在這裡。」

「天花板呢？」李勞瑞說。

若平抬頭，天花板十分平整，看不出有任何縫隙，以高度而言，就算他奮力一跳，恐怕也摸不到頂。至少有六公尺高。

「這裡沒有任何梯子，也沒有臺座可以踏腳往上爬。」他說。

「但如果下面都沒有，」顧震川說，「那就有可能是天花板了。一定有密道。」

「就算有也沒有方法可以爬上去，」李勞瑞說，「況且屍體要怎麼弄上去？」

「你們有仔細檢查蠟像嗎？」若平問。

「當然，但看不出異狀，」李勞瑞答道，「這些蠟像都很正常。」

「三樓呢？有沒有可能被搬到三樓去？」若平突然想起蠟像館並不是頂層。

「這倒是個可能性。」李勞瑞點頭表示同意。

「看來一定在上面了！」顧震川喝道，立刻轉身往電梯奔去。

三個人搭了電梯上了三樓，但結果令人失望。

這一層樓是空無的一片，只除了中央擺放著一張跟一樓一模一樣的圓桌，以及幾張座椅；只要望一眼便能知道這裡不可能有任何屍體。連一隻老鼠的影子也沒有。他們稍微檢視了一下，牆壁跟天花板都沒有異狀。

「這不可能！」顧震川瞪大雙眼，「屍體消失了！」

若平說：「我們先下樓——」

這時，這層樓的黑木板門被推開，一道人影閃現，若平很訝異地發現來者竟然是莉蒂亞。她蹬著那雙帆布鞋，神色匆忙地走了過來。

「你們找完了嗎？」她問，沒有特別對著誰說。

「差不多了，發生了什麼事嗎？」若平說，發現這是他第一次對著她說話。

「我們聽到門外傳來奇怪的爆炸聲，但又不敢隨便離開去查看。」

「爆炸聲？」三人異口同聲道。

「嗯，聽起來像是。」

「這真是瘋人院般的夜晚，」顧震川抱怨，「接下來還會有什麼？拿著青龍偃月刀的唐老鴨嗎？」

「我知道了，」若平沒理會顧震川，而是對著女孩說道，「我們立刻下去。」

四人進了電梯，即刻來到樓下，紀思哲一臉憂煩地在輪椅上扭動身子。

「你們可還上去得真久，」他咆哮，「今晚真是多災多難，剛剛門外好像有什麼東西爆炸，好像是從廣場或隧道那邊傳來的，大概是Hermes打算炸掉這整個地方。」

「我出去看看，」若平說，「你們兩個也一起來吧，多一點人比較安全。」

「需要手電筒的話在交誼廳的桌子底下。」紀思哲補充。

三人推開展覽館大門，冰冷的氣溫讓人直打哆嗦，廣場上的光線來源除了月光外，就是來自兩邊建築入口處的夜燈，裝設在各自大門兩側的牆上。那幾尊凝結的雕像在黑暗中猶如張牙舞爪的怪獸，伺機吞食掉路人。
「好像沒發生什麼事啊？」顧震川張望著，扭動他那顆碩大的頭顱。
「你們看。」若平指向廣場中央。
定睛一看，聚集的五道黑影似乎少了一道，原本在南面的人馬獸不見了，只留下泥土地面上四個深深的圓形凹痕。
沒人說話。
「五百公斤，」李勞瑞靜靜地打破沉寂，「我是說那具花崗岩的重量，保守估計有五百公斤，沒有機器協助的話，只有傑克魔豆中的巨人才搬得動。」
「我受夠了！」顧震川咆哮，「這完全——」
若平在草地上瞥見奇怪的痕跡，他趨向前彎身查看。
從人馬獸原本站立之處延伸出一條痕跡，那是圓盤狀的壓痕，從廣場中央行經左翼房北部，消失於左翼後部。
「這是什麼鬼東西？」顧震川叫道。
「好像是人馬獸的腳印，」李勞瑞說，「原本雕像站立之處的壓痕較深，延伸出來的腳印壓痕較淺……難道是雕像自己走動了？」
「真荒唐！」顧震川喘著氣，「它走去哪了？」
「好像是左翼後部，」若平說，「你們在這裡等著，我去客廳拿手電筒。」
留下李勞瑞跟自顧自咆哮的顧震川後，若平往右翼房奔去。不久後他在交誼廳長桌底下找到了一枝手電筒，於是再回到廣場上。一行三人沿著腳印而去。

他們來到左翼房北側，建築後面是與岩壁夾成的小通道，手電筒的光線往前打去，不遠處，腳印的終點，女人馬獸猙獰的面孔出現在光暈的輪廓中，她面向通道開口站立著，空洞的雙眼直視著他們，地上長長的雜草掩蓋著她的四肢（圖六）。

「她是活的嗎？」顧震川低聲道，「跟這種怪物打起來我可沒信心……」

若平走上前去，將燈光打在人馬獸的頸子上。一條紅色細繩纏在上頭，另一端的線頭垂在雕像胸前。

「那是……」李勞瑞說，「劉益民的……？」

「看起來很像是殺害蕭沛琦的兇器，」若平說，「不過我不確定。」

「老天！」顧震川將雙手往天空一拋，「這到底是怎麼回事？」

若平伸手推了推石像，從觸感來看，是貨真價實的石雕。

李勞瑞也走上前來觸碰雕像，他像是能了解若平心思般地說道：「不是假的。」

「我們去隧道看看，」若平壓抑住內心的波動，「先找出爆炸來源。」

「小子，你還真冷靜，」顧震川揮舞著拳頭，「我都快瘋了！」

「再耗在這裡也不是辦法，先去看隧道吧。」

他們繞過人馬獸——行經石像時若平微微打了個冷顫——從左翼後部往南走，繞出左翼房來到隧道口，那條黑暗通道就像深不見底的水平無底洞，彷彿只要一跳入便回不來；若平率先走進，手電筒的光線掃開了巨闇，黃色的光刀劈開重重的墨色夾層。

前行了一段路之後，光線突然打在意料之外的物體上，那是石塊。前方的路被大量崩落的黑色石塊給堵住了。

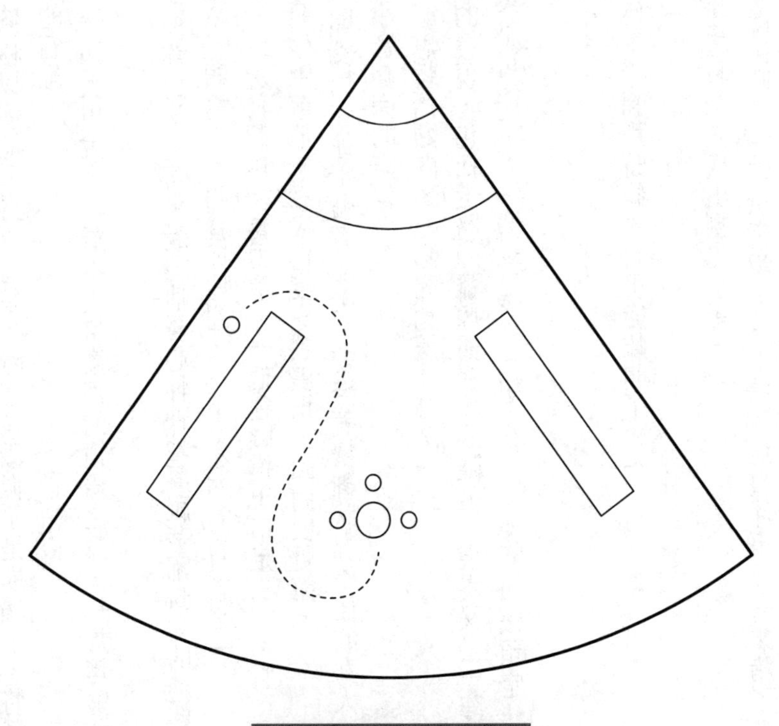

圖六　雕像移動圖（1）

若平將光線上下挪移以便能看得更清楚。隧道後段似乎是崩塌了，將通道塞得一個縫隙也不留，眼前盡是坍落的石堆。

「這下可好了，」顧震川說，語氣中夾帶濃烈的憤慨之意，「炸垮隧道，我們真的惹毛了那小子！」

「不，不是Hermes幹的。」若平說，他憂心忡忡地凝視著那封死的通路。

「你是什麼意思？」顧震川不明就裡地問，「不是他還會有誰？」

「先回去再說吧，這邊我們無能為力了。」他往隧道出口走去。

其餘兩人默默無語地跟著他，三人再度穿越廣場，回到展覽館。

進入展覽廳後，顧震川在徐于姍旁落坐，安撫著精神狀況不佳的女人；李勞瑞則回到原本的座位。若平拉了梁小音身旁的空位坐下。

「結果如何？」紀思哲抬頭問，「那究竟是什麼？」

若平報告了他們的發現，包括走路的雕像與崩塌的隧道。現場又是一陣長長的沉默。

「現在下山是更不可能了，」若平說，「紀先生，你的司機預定什麼時候會過來接我們？」

「禮拜一早上。」

「也就是說，我們得等到那時候才有可能離開了。」

「看來是這樣。」

「在那之前，我建議我們先找出劉先生。」

「你怎麼說就怎麼做吧，」紀思哲說，「不過，這整件事你有頭緒了嗎？走路的雕像代表什麼？聽起來一點道理也沒有！」

「說到那個雕像，」若平說，「冰鏡莊內有任何工程用的搬運器具嗎？可以用來搬花崗岩石雕的。」

「老天，當然沒有。」

「如果雕像不是自己走動的話，那就是被移動的，腳印也有可能是事後偽造的……問題是，光靠人力要把那尊沉重的雕像搬走是不可能的，就算我們九個人合力可能也辦不到，李勞瑞先生說那雕像至少也有五百公斤重。」

「你的意思是……」

「我的意思是，除非這又是魔術師的另一個把戲，否則我找不到任何物理律則來解釋這件事。」

4

「這是場噩夢，」顧震川喃喃道，「今晚的一切我懷疑是一場夢！先是上鎖鐵盒子內的手稿被偷，然後是屍體消失、隧道崩塌……現在是活過來的雕像……夠了！真的夠了！」

「阿民一定是瘋了，」徐于姍又淚眼汪汪起來，「他搞不好想把我們全殺掉……」

「這案子疑點太多了，」若平說，「我不認為像我們表面上看來這麼容易。」

「難道你是說劉益民不是兇手？」紀思哲厲聲問。

「我不知道，我只是覺得有太多疑點，重點還是要先找出劉益民。」

「我想情勢改觀了，」紀思哲哼著鼻子，「竟然有人敢在我的地盤撒野。若平，從現在起我正式委託你調查在冰鏡莊發生的詭異事件，揪出劉益民，破解所有該死的謎團，在禮拜一早上之前，我們能倚賴的只有你了。」

「紀兄，」顧震川呆然道，「你在胡說什麼？這個小伙子看起來是很冷靜沒有錯，但委託他辦案？你腦袋沒燒壞吧？」

「你不知道他是誰嗎？」紀思哲斜睨他一眼，「他是解決過多起殺人案件的大學教授業餘偵探。記得幾年前的霧影莊殺人案嗎？還有去年七月轟動一時的泰國靈異照片殺人案，都是這個小伙子破的。」

若平不太喜歡這種時刻，因為每個人看他的眼神都改變了。他不知道莉蒂亞的表情是什麼樣，因為他沒看她。

「什麼！」顧震川睜大雙眼，「難道是那個叫作……什麼平的……」

「他自我介紹時你耳朵到底放哪？」紀思哲不耐煩地說，「好了，若平，你覺得我們現在該做些什麼？」

「你們繼續待在這裡守著，我跟李先生還有顧先生再上樓搜一次，先把劉益民找出來再說。」紀思哲開口回答之前，若平又問：「這個館內有任何祕密通道嗎？比如說天花板的夾層。」

紀思哲呆了一呆，回答：「當然沒有那種東西，不信你可以自己檢查看看。」

「那好，請你們留在這裡的人眼睛務必放亮，留意周遭的動靜。李先生、顧先生，我們走吧。」

顧震川帶著不情不願的囁嚅站了起來，顯然受到一個比他年輕的傢伙指使令他感到不悅，不過他沒多說。

三人搭了電梯再次上樓，蠟像館的空氣十分沉滯，晃了幾圈後便確定這裡沒有問題。三樓的情況也是一樣。

三人無功而返，來到一樓時，若平建議再把一樓搜一遍，於是三人分頭進入兩邊的展示區尋找，但什麼人影都沒看到。

當他們再回到圓桌時，若平喪氣地宣布：「可以百分百確定蕭沛琦的屍體還有劉益民本人可能在世界上的任何角落，但絕不會在這個展覽館內。」

「這不可能，」李勞瑞撫摸著下巴，「進出二樓的通道只有那座電梯，但出入口一直有人把守著。在我們發現屍體到屍體消失之間，沒有任何人進出啊。」

「我知道，」若平低垂著眼神，「我有很糟的事情要宣布，在我們離開這裡之前，我要上樓拿一樣東西，你們等我一下。」

還沒等其他人有所回應，他已經快步走向黑木門，搭了電梯上二樓。蠟像館的恐怖氣氛在電梯門再度開啟時撲在他臉上。他穿過冷冷的廳堂，走到棺木旁，將裡頭那本書撈了出來，然後再回到一樓。

「現在，」他對著疲憊的眾人說，「我建議每個人回到自己房間，仔細檢查自己的行李是不是全部都不見了。紀先生，尤其你得留意你的手機是不是像其他人一樣被偷了。如果檢查完沒有什麼問題的話，立刻到交誼廳集合吧，到時候請小音送上一些熱茶，我再把壞消息告訴大家。」

於是他們一起離開展覽館，分成兩路前往左右翼建築。

若平回到自己房間，大致看過後，確定行李箱絕對不在房內。他洗過澡後的其中幾件換洗衣物稍早塞回行李箱中，因此也跟著不見了，但奇怪的是，他自己帶來的盥洗用具——杯子與牙刷、牙膏，原本擺在洗手臺上，也都不見了。包括掛在浴室內的內衣褲也不翼而飛。

這些事令他耿耿於懷，但他沒多想，出了房間，來到走廊上。他往交誼廳走去。

沒多久，一群人再度圍著長桌坐下，梁小音端上了一些熱開水，然後便逕自在鋼琴邊的椅子坐下。

眾人報告的結果並不意外，除了紀思哲的房間外，其他人都被洗劫過，不但枕頭棉被散亂，浴室用品也全數失蹤。紀思哲因為三不五時會上山來，房間並非一般客房的設置，因此沒有所謂的行李；他說他的房門並未上鎖，因為這裡等於是他的家，為什麼要上鎖？他也承認，自己擺在桌上的手機的確是不見了。梁小音帶上山的行李也不翼而飛，不過她並沒有手機。

「各位，」若平開口，啜了一口水，「等一下我會總結一下目前我們知道的事實。在那之前，有幾個問題要釐清。首先，晚餐散會之後還有人再看到劉益民跟蕭沛琦嗎？」

所有人面面相覷。

「誰最早到展覽館？」

「我，」紀思哲回答，「八點四十左右我過去開燈，沒多久顧老弟跟勞瑞就一起出現了。」

「這麼說，蕭沛琦一定是在那之前就上到二樓了，不論她那時死了沒。」

「看來是這樣。」

「很好，」若平停頓了一下，說：「以目前的狀況看來，似乎是劉益民殺了他老婆然後藏匿起來，但我在意的是，為什麼行李會失竊？稍早顧先生提到行李失竊的原因是Hermes打算報復，但問題是如各位所知，他並沒有理由這樣做，因為他的偷竊並沒有失敗。我不認為行李的事是Hermes幹的。」

「偷行李這件事毫無意義可言，」李勞瑞說，「弄亂房間也一樣，除非……」他意味深長地拖長語調，「這是某種藏葉於林的把戲。」

「你說得對，這裡面有很大的問題，我認為行李失竊與房間被入侵的理由目前還很隱晦，不過至少行李失竊這件事達到了一個目的，就是偷走手機。我會這麼說是基於隧道被封閉的事實。很顯然地，有人希望困住我們，因此封閉了出口；既然不希望我們脫困，那麼隔絕我們對外聯絡的方式就相當重要了，要做到這點，當然是取走所有人的手機。」

「那他只要偷手機就行了，何必偷走整個行李？」顧震川道。

「如果有時間壓力的話，帶走整個行李會比較方便，要打開行李搜索勢必要花很多時間。」

「但拖著近十個行李箱難道會比打開行李搜手機來得方便？如果他真的把每個人的行李都拖出房了，那要怎麼處理？我們至今可沒看見這些行李箱啊。」

「這麼說好了，偷竊行李的人竊走行李的理由可能有好幾個，或甚至只有一個，但取走手機必定包含其中。而為了不讓山莊內的我們取得手機，當然得把行李放到山莊外，我想這個人把行李從房間拖出來後，便把它們集中拉到隧道外了。客房離隧道不遠，而且大家的行李箱都有滑輪，要完成這件工作應該花不了太多時間。行李全拖到外面後，他再讓隧道崩塌。」

「難怪我們找不到行李，」顧震川頷首，「原來已經被拖到山莊外了。」

「這只是我的猜測，但十分有可能。另外，關於隧道的崩塌我覺得有些疑點。如果這個人使用炸彈，他如何能夠精準地計算崩塌的範圍與力度？只憑一次性的爆炸就能確定落下的土石能完全封鎖通道而不發生意外？我總覺得這樣的算計太精準了些，也太靠運氣了。再者，要炸坍隧道，這樣的爆炸應該是相當猛烈的，但爆炸發生時，我與李先生等三人在樓上都沒有聽見，是莉蒂亞小姐上樓來通報我們才曉得這件事，這是令我不解的第二點。

「無論如何，重點是隧道的確被封閉了，而這麼做的用意無非是要困住我們，因此暫且不去追究讓隧道崩毀的確切方法，來思考我們被困住的理由。答案似乎很明顯，這裡發生了殺人事件，而我們對外求援的管道全被斷絕，這代表兇手打算繼續殺人。」

在眾人起騷動之際，若平自顧自地繼續說：「必須要注意的是，這裡同時發生了Hermes的事件，有必要予以區分開來，我認為Hermes與殺人事件並沒有關係，無論Hermes用什麼方式取走手稿，他所做的事也僅止於取走手稿；我有理由相信，山莊內的其他事件都是另一名兇手所為。這理由稍後陳述。

「換句話說，我們可以把Hermes的事件，與另一名兇手的罪行分開來看，暫且不管Hermes的話，我們所面對的是一名打算再度行兇的殺手，因此下一個問題是：他是誰？

「答案看起來不言而喻，這裡有一個客人失蹤了，而且案發現場種種線索都指向他是兇手，撲克牌、大禮帽、魔術繩都是此人的物品。但實情果真是如此嗎？」

顧震川不耐地說：「你說了一大堆，把原本很簡單的事弄得這麼複雜！總之就是阿民殺了人，然後他想繼續再殺人！」

「問題就在這裡，你是他的朋友，你認為他為什麼會突然殺了自己的老婆，然後還想繼續殺其他人？」

一陣沉默。

「很明顯地，」若平說，「如果劉益民殺了人，而且用盡手段想繼續殺人，理由是什麼？如果無法回答這個問題的話，我們似乎有理由可以說，劉益民不見得是兇手，而只是看起來像是兇手。這兩個論斷可是差了十萬八千里。事實上，在案發現場的一條線索提示了兇手殺人的動機，也說明了為什麼我肯定山莊內的連續事件除了手稿被盜這件事之外，都是出自同一個人之手。」他把一直擺在桌上的那本英文書拿了起來，展示給眾人看。「這是在蕭沛琦的屍體上找到的，顯然是兇手故意放置的。請各位注意上面寫了什麼。」他翻開第一頁，書名旁的空白處有一行黑色草寫簽名：Jack the Impossible。

第四章 四種可能性

1

「Jack the Impossible。」紀思哲用蹩腳的英文發音重複了一次。

「那、那是什麼？」顧震川呆滯地問。

「啊哈，」李勞瑞扶扶眼鏡，「我開始了解整件事了。」

「這個英文名字，」若平說，「官方翻譯是『密室傑克』，這有讓你們想起任何事嗎？」

「密室傑克……難道……」顧震川雙眼一亮，「是那個——」

「連續犯下……」徐于姍跟著驚叫。

若平點點頭，「去年一月開始，一名自稱密室傑克的男子連續犯下三件兇殺，平均每月一件。殺人對象不固定，但作案模式如出一轍，是相當典型的連續殺人魔，也就是serial killer。學理上所謂的serial killer，一般指的是以一定間隔時間連續殺害三人以上的兇手，並且殺人動機通常是構築在心理上的滿足感。這種兇手的犯案模式固定，所挑的被害者彼此間也有可能有某種關聯。另有一種殺人魔叫作spree killer，中文翻作縱慾殺手，這是指在短時間內連續大量殺人的殺手類型，殺人之間沒有一定的時間間隔。密室傑克不屬於這種。

「一般認為促成連續殺人魔的因素有可能是因為自卑、自暴自棄或童年期遭受的虐待、霸凌或屈辱感，以及成年期的低社經地位及貧困壓力，但也有一說認為連續殺人魔的病理成因是情緒發展遲緩所致，低階的情緒發展會造成破碎人格，殺人對他們來說就像一場實驗，因為他們缺少同情與同理心。這些人多半在青春期就開始展現關於謀殺的幻想，而這些殺人的想像細節通常在之後的實際行動中都會被忠實地呈現。

「ＦＢＩ把連續殺人魔分成兩類：組織型與非組織型。組織型殺手通常有著高於一一〇的ＩＱ，並有計畫地規劃及採取行動，他們通常會在某一地點綁架被害者後，再於另一處棄屍。這類殺手有時會利用被害者的同情心，來引誘對方走入陷阱。最有名的例子大概是Ted Bundy了，他讓一隻手裝著假石膏，然後可憐兮兮地央求女孩到他的後車廂幫忙搬東西，然後再用鐵棒出奇不意襲擊對方，將其載到別處殺害並姦屍。這些殺手通常具備一定程度的鑑識學知識，而且善於控制犯罪現場；殺手甚至會將案發現場偽造成自殺或意外死亡的假象，誤導警方，是屬於高度智慧型的犯罪。最可怕的是，這些人大多社會適應良好，有正常的交友圈甚至婚姻生活，是那種看起來最不可能犯罪的人。他們在犯案之後還會追查新聞動態，看著警方對於自己所犯下的案子束手無策，會讓他們得到極大的滿足感，這是許多連續殺人魔都會有的共通心理。

「非組織型的殺手與上一類正好相反，他們不但有著平均之下的ＩＱ——低於九十——而且犯罪毫無計畫性，通常是衝動殺人，犯行之後也不刻意棄屍，或掩藏犯罪痕跡。這些人通常是社會適應不良者，少有朋友，並可能有心理問題，被周遭的人認為是怪人。」

在若平停下來喝水的片刻，沒有人說話，一種深層的恐懼擴散開來，他們似乎逐漸開始意識到事情的嚴重性——雖然本來就已經很嚴重了。

「連續殺人魔的殺人動機大致上可分為五種，而有些兇手會展現出複合的動機。第一種是

『幻覺型』，這種情況通常是兇手因腦中的某些妄想而去行兇。例如有一個叫作Ed Gein的兇手，用女性屍體的殘骸去製作各式各樣的女性服裝，他認為這樣他就可變身成為他的母親。他後來被關進精神病院，而他的故事也成了許多電影的題材，例如《德州電鋸殺人狂》——幾乎變成了明星殺人魔。

「第二種動機是『使命型』，這種殺手將社會中的某一特定群組的人視為有害，並予以殺除，認為這樣做對社會有利。例如著名的開膛手傑克專門殺害妓女，或者是Dr. John Bodkin Adams，一個宗教狂熱者，專門殺害有錢人以便重新分配財富。這種動機最大的特徵是不帶性色彩。

「另外還有為了獲得利益而連續殺人，或者為了獲得權力與控制的滿足而殺人，這類殺手在童年大多遭受過虐待，他們會性虐受害者，但不是為了肉慾，而僅是為了獲得力量與控制感的滿足。而我們的密室傑克，是屬於第五種動機：『享樂型』的殺人。這類兇手殺人純粹為了樂趣與快感，殺人行為的某個面向讓他們獲得愉快，至於是哪個面向則因人而異，以密室傑克的案例而言，這個面向便是『製造犯案現場的不可能性』。」

現場仍舊沉默，室內愈發陰冷。若平調整了坐姿，繼續說：「現在我就來詳述關於密室傑克的事。去年一月十二號，在宜蘭羅東鎮發生一件命案，一名男子被槍殺於自家臥室，死者坐在椅子上，右邊太陽穴有近距離槍傷，右手則握著一把玩具槍。現場門窗從內反鎖並上了門閂。屍體大腿上放了一本英文書，是S.S. Van Dine的The Kennel Murder Case。當時警方並不曉得書的內容是什麼，也不知道那是兇手刻意遺留的。剛開始還以為那是死者死前在閱讀的書籍。由於玩具槍不可能發射子彈，現場也沒有發現兇槍，因此全案朝向謀殺方向偵查。但現場的密室狀態似乎又指向自殺，讓人傷透腦筋。就在案情苦無進展之際，二月十五號在臺北縣新莊又發生了一件兇殺案。某私立大學的研究大樓頂樓研究室內，一名教授中毒而死，當時已是深夜，樓內只剩死者一人，然而根據監視器的影像，從死者最後確定還活著的時間到毒發身亡的時刻中，沒有人進出大樓，而且現場也沒有發現任何可能摻毒的食品。現場又遺落一本英文書，似乎是死者死前在閱讀的，是Paul Halter所寫的The Night of the Wolf。就在第二件案子之後，警方收到一封信，電腦打字而成，追查不到來源，信的內容，我記得很清楚，因為我反反覆覆大概看過幾百遍了，我複述一次給你們聽：

LADIES AND GENTLEMEN❸——

挑戰各位偵探的推理智商，為我個人帶來的樂趣，筆墨難以形容。

Murder for pleasure，沒有比殺人這件事能製造更大的快感，而伴隨殺人而生的謎團更是令人血脈賁張，把殺人包裝成不可思議的死亡，是一種藝術。

不可能的犯罪——impossible crime，是藝術的極致。

推理小說作家是世界上最聰明的一群人，我很欣賞他們，因為他們的嗜好跟我一樣，他們知道如何享受殺人的樂趣，如何設計讓讀者困惑的謎題。無人能進出的房間內有人慘遭殺害；被害者陳屍雪地，周遭卻無足跡；上了三道鎖的密室中有人被殺；巨大的棺木在封閉的墓室中飛舞；無人能舉起的巨劍成為兇器……當人們驚呼『這怎麼可能？』、『不可能！』、『這不合邏輯！』……當他們睜著大眼、一臉困惑、驚恐訝異於宇宙秩序及物理定律顛倒之時，那是我最快樂的時光。他們的表情、他們的眼神，與躺在血泊中同樣有著扭曲面孔的屍體形成多麼強烈的對比。無知而自以為是能的人們，也會說出『不可能』，讓我打從心底發笑。

宜蘭羅東與臺北新莊的殺人案都是我犯下的，我模仿了密室推理小說中的殺人場景，模仿對象就是留在現場的那些書。但你們別以為只要把書看完就能破解犯罪手法，我不會模仿大師用過的橋段，你們得自己想出解答。傷腦筋吧！偵探們！

我會繼續殺人，繼續看著你們持續吐出『不可能』，並焦頭爛額。

我會繼續享受這種樂趣，直到有一位夠聰明的名偵探能破解所有的謎團，並將我繩之以法。

Jack the Impossible」

在若平背誦完這封半長不短的信件後，有一段時間沒人開口。

「這件事當時的確很轟動，」紀思哲打破沉寂，「接下來還有第三件兇殺案吧？」

「是的，我等等會提到，」若平咳了一聲，「……連續殺人魔在作案後投信警方的先例是開膛手傑克創下的，後來在七〇年代震驚全美的『山姆之子』大衛・柏考威茲也曾投書警方，引起媒體的軒然大波。至今未破解的黃道帶連環命案，被稱為Zodiac的兇手更是直接寄送密碼信挑釁警方。這位密室傑克很有可能是效法他們的做法。總之，這封信當時並沒有對外公開所有的內容，只約略提了大意。經由信中的提示，警方才明白兩件案子中遺留的英文書是兇手所刻意布置。他們在第一本書的書名頁找到了兇手的手寫簽名，在第二本書的某一個章節找到同樣的簽名。這兩個簽名與投書上的簽名相同，因此確定投書者是真正的兇手。因為在許多過去的案子，

❸中譯：各位女士先生們。

會有假冒兇手名義的投書來以假亂真，因此不得不小心。從信中的提示，警方總算明白兩次的犯案都是模仿書中情節，但因為辦案人員中幾乎沒人讀過那兩本作品，而且英文程度太差，只好向大眾求助。果然不久之後便收到推理小說迷的投書，說明兩本作品內的犯罪狀況與手法。在第一件案子中遺留的The Kennel Murder Case，《狗園殺人事件》，作者是美國推理作家S.S. Van Dine，故事便是敘述一名男子死於反鎖的臥室中，太陽穴中槍，右手握著手槍，種種狀況看來只可能是自殺，但事實上是精心設計的謀殺。

「第二本書The Night of the Wolf，《惡狼之夜》，是一本短篇小說集，是法國推理作家保羅・霍特的作品，顯然兇手模仿的是裡面其中的一篇，Murder in Cognac，因為他把簽名簽在這一頁。這個故事說的是被害者被毒殺於無人能自由出入的高塔上。經過仔細調查，這兩個故事的手法都不適用於密室傑克犯下的兩件案子，這令警方相當苦惱。

「到了三月二十一號晚上，第三件密室兇殺案發生，這次地點在花蓮吉安，一名女子死在門窗反鎖的房間中，槍殺，這次現場遺留的是Gaston Leroux的The Mystery of the Yellow Room。卡斯頓・勒胡也就是《歌劇魅影》的作者，《黃色房間之謎》是他最著名的推理作品。故事描述發生於一間『黃色房間』中的完全密室殺人事件，一名女子在完全密閉的房間中遭到攻擊，家人趕到並破門而入後，兇手竟消失無蹤。奇怪的是，密室傑克在犯下這件案子後便銷聲匿跡，就像從人間蒸發一樣，停止了殺人行動。一向留下謎團給別人的他，自己卻成了一個謎。

「就這三個案子而言，雖然兇手盡量模仿書中的殺人場景，但畢竟現實生活中的狀況無法百分百符合故事中的每一個細節，只能在大致的輪廓上相符，很有可能就是因為這樣，故事中的犯罪手法無法適用於現實狀況，畢竟如果要用小說中原本的密室解法，那所有細節都得跟小說一樣才行。當然也有可能如兇手自己在信中所聲明的，他是刻意避免使用故事中的犯罪手法。總之，關於這三件密室的解法，警方有著許多可能的猜測，但卻都無法確定哪一個才是正確的。」

「這太扯了，」顧震川瞪著銅鈴般的眼睛，「真有那麼天才的殺人犯？」

「天才兇手在臺灣幾乎沒有出現過，但在國外是常見的。高智商符合組織型罪犯的特徵，前述著名的連續殺人魔Ted Bundy據說智商有一百二十以上，甚至有人說超過一百四十；『山姆之子』智商也在平均之上；『女大學生殺手』Ed Kemper智商更是超過一百四十。許多心理學家估計密室傑克智力絕對超過一百五十，甚至有人做出一百八十的估計值。不論確切數值為何，可以確定的是他絕非常人。除了高智商之外，密室傑克也符合組織型罪犯的其他特徵。首先，他對犯罪現場擁有高度的掌控性，所有細節都在他的控制之中，犯罪現場就像他的藝術品，是他精雕細琢出來的。每一個密室都是巧手之下的成品，或涵義深邃甚至晦澀的文學作品，令人無法一眼看穿。這或許是歷史上最能掌控犯罪現場的連續殺人魔。另外，他也同其他殺手一樣，會追蹤媒體報導，並對自己的行為感到自豪，看著無能的警方一團亂、社會大眾的恐慌，讓他們得到很大的滿足。尤其是這個面向在本案更顯著，密室傑克是直接挑戰警方的智能，直接誇耀他的藝術品，直接下達戰書，讓滿足感與掌控慾達到最盛。他這種除了殺人還附加其他難題的作風就猶如黃道帶殺手寄密碼信給警方一樣，都是極為挑釁的動作，但顯然是滿足罪犯異常心理很重要的一個行為。這種浮誇的特徵，暗示了兇手可能是名極端自負甚至有可能是自卑的人。關於這心理分析目前說法不一，畢竟人心難測。」

「這些案件難道都沒有破綻嗎？」紀思哲問。

「兇手犯案非常小心，這三名被害者的前兩位都是獨居，而且住的地方很偏僻。第三名被害者與姊姊住，案發時刻獨自一人在家。兇手顯然花了許多時間挑選作案地點與被害者人選，這是很有計畫性的犯罪，不排除事前花了一年以上的籌劃。密室傑克是典型的組織型連續殺人魔，擁有高度智商的犯罪天才。」

「而這個殺手，」顧震川喃喃道，「現在就在冰鏡莊，而且可能是我認識的人。你的意思是這樣嗎？」

「這就是現在最大的問題。我們手頭上有一件兇殺案，而兇手宣稱自己是密室傑克，同時我們有一位同伴失蹤，種種跡象都指向他是兇手……有一件事我沒提，先前我去搜劉益民房間時，他的牆上留有紅色的噴漆文字，寫著：Jack the Impossible。」

「這不就是最好的證據！」顧震川擊掌道，「他自己承認了！」

若平搖頭，「這項證據只是更加確定密室傑克的涉案罷了，其他並不能證明什麼……關於劉益民與密室傑克的關係，很顯然地，有四種可能性。

「第一種可能性，劉益民是密室傑克，也是蕭沛琦謀殺案的兇手。這似乎是目前最有可能的選項，因為看起來像是劉益民殺了人，而案發現場的兇手署名又是密室傑克，因此劉益民就是密室傑克。加上劉益民是個魔術師，以密室傑克不可思議的犯案手法來看，魔術師這個身分更來得可疑。魔術師具備了許多的幻術知識，而這有可能都是密室詭計所需要的。

「第二種可能性，劉益民是密室傑克，但不是蕭沛琦謀殺案的兇手。幾乎不可能成立。要成立的話，只能認為是有另一個兇手在案發現場留下假署名，情況就變成真的密室傑克消失，卻由一個假的密室傑克犯案，而且手法還跟他一樣漂亮。我不支持這個可能性。

「第三種可能性，劉益民不是密室傑克，但他是蕭沛琦謀殺案的兇手。劉益民殺了他老婆，但他不是密室傑克。如此一來，便是劉益民在模仿密室傑克犯案。但從他困住我們的事實看來，他似乎還想繼續殺人，如果能找出他繼續殺人的動機，那麼這種可能性成立的機會就會很大。另一個可能是，劉益民是另一名連續殺人魔。

「第四種可能性，劉益民不是密室傑克，也不是蕭沛琦謀殺案的兇手。這意味著另有一名真兇——很有可能是真正的密室傑克——在背後操弄，而他企圖誤導我們相信劉益民才是兇手。我認為這也是一個很高的可能性，因為目前為止的犯案手法的確是密室傑克才做得出來的。當然，除非劉益民就是密室傑克。」

「說了這麼多，」顧震川茫然地說，「到底哪一種才是對的？」

「這就要問你了，」若平道，「我們試著透過你來了解劉益民這個人，看能不能把四種可能性的範圍縮小。首先，劉益民有沒有殺害他老婆的動機？」

所有人的目光落到顧震川及徐于姍身上。

「這……」顧震川皺著眉，「他不常跟我提他老婆的事。小姍妳覺得呢？」

徐于姍臉色凝重地一邊用手順著蓬鬆的鬈髮，邊開口道：「沛琦跟我抱怨過阿民的事，我只能說他們感情沒有那麼融洽，但應該還不至於到要殺人的地步。」

「妳覺得弄到要殺人是太過了嗎？」若平問。

「是的。」

「蕭沛琦沒有做了什麼足以讓劉益民起殺機的事嗎？」

「就我所知沒有，不過阿民的心理我就不知道了。」

「不管怎樣，老話一句——人心難測，但至少我們知道沒有明顯動機。再請問你們兩位，劉益民有尿床的習慣嗎？」

這個問題一出，兩人都睜大眼睛，其他人的臉上也出現了困惑與驚訝混雜的表情。

「我怎麼會知道？」顧震川咧著獅子嘴，「這是什麼鬼問題？」

「也許蕭沛琦告訴過妳這件事？」若平沒有回答顧震川，轉向徐于姍問道。

女人搖搖頭，「從來沒聽說過。」

「好吧，那劉益民有縱火的習慣嗎？或者是虐殺小動物？」

「好了，」顧震川提高音量，「我實在不懂——」

「這很重要，」若平說，「大部分連續殺人魔在童年的時期會展現出所謂的Macdonald triad，也就是反社會者的三種行為特徵：縱火、虐殺動物、過了尿床年紀仍持續尿床。」

顧震川沉默了，過了半晌他才搖頭，「不，我不清楚阿民是否有這些奇怪的習慣。」

「至少目前為止沒聽過。」徐于姍也搖頭。

「你們不曉得，但還是不能完全排除可能性。」

「我對他的童年不清楚，」顧震川咬著牙，「我們是大學時代才開始來往的。」

「我了解了，那麼只能說在我列舉的四種可能性中，除了第二項機率比較低之外，其他都有高機率成立。目前沒有任何決定性的證據可以判斷。」

「不管是哪一種可能性……」李勞瑞十指交握，說：「劉益民會躲在哪裡？」

「說得沒錯，」顧震川低吼，「難不成他會脫逃術？我倒是沒看他表演過！」

「只有兩種可能，」若平嘆口氣，「第一，他人在山莊內。第二，在山莊外。」

「在山莊外？」顧震川驚呼。

「是的，也就是說，他把行李全部拖出隧道後，就沒有再進來了。然後他設法讓隧道崩塌，但如此一來，他困住我們的動機就不是打算繼續殺人了，可能只是想延遲兇案消息傳到警方的時間，以利於他逃亡。但是朝這個方向去想的話，就沒有辦法解釋案件中的其他部分，亦即，為什麼要用密室傑克的名義犯案？」

「也許他想讓我們認為兇手是密室傑克。」顧震川說。

「如果是這樣的話，他沒必要逃走，不是嗎？而且案發現場留下的帽子與繩子都直接指向他是兇手，那假冒密室傑克殺人就沒有意義了。」

顧震川一時語塞。

「分析到這裡，發現第三種可能性似乎也不太能成立，因為模仿密室傑克殺人的橋段顯得相當多餘……我這裡還有一項證據說明了兇手打算繼續殺人，而既然兇手打算繼續行兇，那代表他人還在山莊內。」他從口袋中掏出一個白色信封，「這封信就夾在蕭沛琦手中那本英文書裡，我已經讀過了，現在給你們看看。我放在桌子上，請你們不要用手碰觸。」他從信封中抽出一張白色信紙，將它平攤在桌上。

眾人湊近了桌子觀看，上頭的內容是用打字而成的：

致冰鏡莊的賓客們：

我將於一月八號凌晨三點鐘於展覽館一樓大廳殺害顧震川。我建議你們做好準備保護他。你們可以分配人手在展覽館門口、展覽館二樓及三樓等三處監視。大廳裡面只准有顧震川一人。如果不照我的遊戲規則玩，我會讓額外的人喪命，而且我對你們夠公平了，只要把守好三處出入口，沒有人可以進入大廳的。

顧老兄，如果你夠有種的話，就當場逮住我吧，不要讓人誤以為你只是隻會吠的小狗。

Jack the Impossible

「可惡！這小子！」顧震川紅著脖子大叫，從沙發上跳起來，「我會親手逮住他，他死定了！」

「顧老兄……？」徐于姍眼神呆滯地看著那信紙，「阿民真的是密室傑克？」

「他不只是密室傑克，他還是個喪心病狂的瘋子！」顧震川揮舞著拳頭，一拳敲上桌子，「跟他來往這麼多年，總算看清他的真面目！不過他囂張不了多久了，因為我會把他的頭塞進他的屁眼裡！」

「要照信中的提議做嗎？」李勞瑞撫摸著下巴問。

「當然！」顧震川吼叫，「我自己一個來應付就行，給我一把鐵鎚——」

「這會不會是陷阱？」莉蒂亞說，她的神色依舊平靜。

「這一定是陷阱。」若平回答。

「但卻可以藉這個機會逮住兇手，」紀思哲接口，「如果照信中的說法去封鎖大廳的話，根本不可能有人可以進入殺人。如果我們事先確認展覽館內沒有任何人躲藏的話，那劉益民——或是密室傑克——就只能從大門進入，或許可以趁這個機會逮住他。」

「會這麼單純嗎？」若平道。

「密室傑克先前犯下的三件案子限制的條件沒有太多，現場總是只有他與死者，在時間跟空間上都有充分的條件讓他掌握犯罪現場。而這次，掌握現場的人是我們。這小子太有自信了，想要挑戰自己的能力，但我看不出他會有勝算，我們就讓他自投羅網吧，等敵人送上門來是逮住對方最有效率的方法。若平你覺得呢？」

「我贊成紀先生的說法，」李勞瑞推了推眼鏡，「雖然有風險，但不大，順利的話搞不好今晚就可以了結這件事。」

「不管你們決定如何，」顧震川又一拳打在桌上，震得玻璃杯跳腳，「三點鐘我會在大廳等那雜種，到時候看沒種的是誰！」

「我知道了，」若平說，「那麼我們兩點半在展覽館大廳集合。為了謹慎起見，還是先把三個樓層都搜一遍，確定沒有人躲藏後，再分散行動。」

「要怎麼分配三處的人馬呢？」紀思哲問。

若平快速掃視在場所有人後，說：「李勞瑞先生與梁小音小姐守在二樓，徐太太、莉蒂亞小姐守在三樓，我與紀先生守在展覽館門口。這樣分配可以嗎？」

「真的不會有問題嗎？」莉蒂亞說，「如果密室傑克是強行突圍，有人受了傷──」

「放心吧，」若平說，「在講信用這點，我們可以相信對方。這或許是高格調罪犯的唯一優點。現在時間是十二點四十分，所有人先回房休息吧，兩點半展覽館大聽見。」

在沉重的氣氛下，圍著長桌的一群人紛紛離去。徐于姍與顧震川一邊爭執著，一邊踏上走廊，前者直抱怨後者的行動太危險，但顧震川置若罔聞；莉蒂亞、李勞瑞跟在那對夫婦之後，沉默地離開客廳；梁小音收拾著桌面，瘦削的身子像道鬼魂。

就在紀思哲的輪椅滑上走廊之際，若平從後叫住了他。

「紀先生，」他走到老人的面前，「能到你房間說話嗎？」

紀思哲有些訝異地抬頭，眼中閃過驚疑的光芒，「是什麼事呢？」

「這裡不方便說的事，」若平瞄了一眼梁小音的背影，壓低聲音，「關於手稿。」

紀思哲停頓了幾秒，答道：「跟我來。」

若平跟著他往走廊另一端走去。紀思哲的高背座椅在他前方像座移動的山，於廊道黯淡的黃光之下潛行。幾近封閉的長廊窒塞著冷冽空氣。若平吸吐著冷意，直到兩人來到最後一間房，紀思哲伸手開了門，椅子滑了進去。若平踏入的瞬間，裡頭燈光亮起。他把門在背後帶上。

「好了，你想說手稿什麼事？」老人的大輪椅在一張寬大的床鋪前迴轉過來，面對著背靠著門的若平。

「那份你放進鐵盒子的手稿，」若平說，壓抑著他的語調，「從一開始就是假的吧。」

2

老人的房間相當整潔，幾乎沒有零星散布的雜物。進房門後右側是洗手間，此刻門扉往內敞開，空蕩蕩的浴室一覽無遺；左手邊是櫃門緊閉的衣櫥；一張雪白大床靠右牆放置著，床對面是一張桌子，桌上排列了數個小置物盒，除此之外桌面上沒有其他雜物。正對房門的牆上開了扇窗，此刻窗簾是拉上的，窗下靠牆並排著兩個大箱籠，顯然是放置衣物或其他物品的大型收納箱。

若平往房裡走了幾步，來到桌子前，轉身面對床鋪前的紀思哲。

「那份手稿從放進去盒子後，到被拿出來之前都一直被監視著，不可能被掉包，因此唯一解釋是手稿從一開始就是假的，換句話說，你撒了謊。將手稿放進盒子前你曾經當著所有人的面說那份手稿是真的。紀先生，你說謊的用意何在呢？這也是你的陷阱之一嗎？」

紀思哲面無表情地凝視著若平半晌，然後滿布皺紋的臉才突然收縮起來，爆出冷笑，「最後還是被你看穿了，我沒有對你提這件事是我認為沒有必要。沒錯，這的確是我的陷阱之一，但到頭來，對方還是魔高一丈。」

「如果我沒猜錯的話，假手稿的放置是為了誤導Hermes吧？」

紀思哲嘆了口氣，「是的，原先我認為將手稿鎖在鐵盒子內並且讓一群人看守著，無論如何Hermes都不可能有機會盜走盒子裡的手稿。但後來轉念一想，萬一對方採取不一樣的手段呢？雖然Hermes以機巧盜竊手段著稱，但也沒有人規定他不能採取激烈的手段，就算他放了一顆煙霧彈然後強行取走鐵盒，也沒有違反任何遊戲規則啊！因此為了以防萬一，我才會用假的手稿來瞞騙，我要讓Hermes相信盒子裡放的是真手稿，如此一來不管他用什麼手段得逞，到頭來他會發現自己白忙一場，而真正的贏家還是我。」

「真的是心機深沉的設計，那真正的手稿在哪？」

紀思哲拍拍扶手右側的袋子，「在你們來到冰鏡莊的一小時前，我就把真正的手稿放進袋裡，之後沒有再拿出來過。」

「那是你最後一次看到手稿嗎？」

「不是，吃晚飯前我還確認了一次，直到你們去調查爆炸聲響時才發現真跡不見了。而那張卡片我真的是後來才發現的。」

「也就是說，Hermes是在晚飯前到爆炸發生這段時間取走真正的手稿了。」

「Hermes通常會信守承諾，在預告的時間內下手嗎？」

「不曉得，在從前的案子中，其中有幾次我們懷疑他預告的時間只是障眼法，他只是試圖讓竊案看起來像是發生在預告的時間範圍罷了。我知道你的意思，看來，手稿被偷的時間可以確定是在晚飯前到爆炸發生這段時間內了。」

紀思哲默默不語，沒有答話。若平逕自說下去：「紀先生，我想你稍早沒有當場在大家面前拆穿假手稿的事，恐怕是為了面子的問題吧。原本你料想，如果Hermes沒有盜走盒內手稿，你可以大方在大家面前宣布對方的失敗，而如果Hermes確實盜出手稿，你可以當場拿出真手稿，說明對方偷走的是假貨。不管是哪一種，你都是意氣風發的贏家……不過當你發現真手稿失竊時，你不敢再說出假手稿的布局，因為Hermes事實上已經贏了這場遊戲，你沒有辦法說破假手稿布局，同時又隱瞞你的失敗，畢竟真手稿已經不在你的身邊，再說出假手稿布局已是無意義。你選擇沉默，就讓大家誤認為手稿被掉包。」

老人陰沉的目光直視著若平，然後別開，「我不知道偵探也是心理學家。」

「有些是，但我不是。我只是覺得如果假手稿的事你可以早點告訴我，或許可以避免後來的遺憾。」

「這是我的疏忽，我沒想到Hermes會用這種不公平的手段。」

若平吁了口氣，「公不公平這只有他知道了。對了，紀先生，關於你將手稿帶上冰鏡莊的消息有公開發布嗎？」

「當然沒有，怎麼了？」

「你怎麼能確定Hermes會知道手稿被帶到冰鏡莊？」

「我原本就不打算確定，如果他不知道的話不是更好？他可能會潛入我山下的房子然後無功而返，如此一來也省得我麻煩。」

「不過你這個週末要上山的消息，是否有公開披露？」

「這倒是有，幾天前關於公司內董事交棒的新聞中有提到我上冰鏡莊的事。」

「所以說，如果Hermes密切注意電視新聞或報紙的話，是可以知道你這週會上冰鏡莊的。而你上冰鏡莊的話，當然很有可能把貴重的手稿帶在身上了。」

「當然。」紀思哲喃喃道，他似乎不明白若平這麼問的用意。

「但你也有可能人去了冰鏡莊，卻把手稿留在山下的宅邸，交給保全人員守護，甚至報警請警方來處理，對吧？Hermes根本摸不準你的行動。」

「我不會報警，」紀思哲咕噥，「我討厭警察，而這件事不是祕密。」

「我知道，我只是想證明Hermes要能順利掌握情況盜走手稿，只有一種可能的方式，或許你也隱約有跟我一樣的想法。」

紀思哲用狐疑的雙眼打量著他，沒有說話。

若平繼續說：「我會試著找回真正的手稿，不過那一定得在即將離開冰鏡莊之際行動才有可能成功。在那之前，先等待吧。」

「我了解了，那麼你認為——」

若平舉手制止，「不，先不要有任何猜測，我仍然認為Hermes與密室傑克的案子應該沒有關係，會有偶然的交點純粹是巧合。」

「好吧。」紀思哲攤攤手，「也只能這樣了。」

「那麼，待會兒見了。」若平微微點頭致意後，便朝門口走去。

他輕輕帶上門，步向走廊的出口，全身突然一陣疲憊。

不曉得為何，有個聲音悄悄地告訴他，現在只不過是噩夢的開端而已。

3

（密室傑克的獨白）

回到房間後……

腦袋浮起的盡是今晚的種種。

這個遊戲實在太有趣了。在冰鏡莊的第一次行動很順利地完成了，太久沒有殺人，雙手興奮得發抖。

當我用紅細繩從背後攻擊毫無防備的蕭沛琦時，心跳加速、腦門充血的快感簡直令人發昏，雙手使力一拉，那女人就像斷頭的紙娃娃般倒了下去。看到她那扭曲的臉龐、充血的頭部，我有種如獲新生的感覺。

這只是第一個，想到後續還有四個人可以殺，我的身子忍不住因雀躍而顫動。

不過，最讓我感到愉悅的仍是戲法的成功。蕭沛琦的屍體從只有一個出入口的密室消失，而出入口有人把守，無人進出……

The Burning Court這本書便是關於屍體消失。被水泥封閉的地下墓室中，一名男子的屍體竟然從棺木中消失！今晚，我讓這幕經典場景完美地重現了。

我想，連林若平也被難倒了，他竟然還以為展覽館二樓有密道，還花了大把的時間在搜尋密道。密道是密室把戲中最卑劣、最不入流、最該被譴責的解答，它曝露了製謎者貧乏陋劣的腦袋。我真的忍不住想走到林若平面前，告訴他：「別找了，你所面對的可不是三流的犯罪者，而是鼎鼎大名的Jack the Impossible！你懷疑有密道對我而言是一種最大的侮辱，換個方向思考吧。」不過我卻不能這麼做，我還不能讓他知道我就是兇手。

話說回來，我倒沒有想到林若平會說了那麼多有關serial killer的事，更讓我訝異的是，他頭腦清晰地分析了四種可能性。的確，答案就在其中。

他們很快就會見到劉益民那小子了，不過屆時他已經是一具冰冷的屍體。在殺掉他之前，得讓他再幫我做一些事。

不過，從林若平的話中，他似乎也參與了我先前那幾件案子的調查，否則他不會知道那麼多細節。他甚至連我那封信的內容都能倒背如流，想必他一定研究了很久。多半是警方束手無策才向他求救的。聽說他是很有名的偵探，不過看來他也是拿那三件案子沒轍，不然不會拖到現在還破不了案。如果連那三件案子都解不了的話，那麼更別奢望他能破解冰鏡莊的事件了。因為這次的「作品」，難度更高。

這樣也好，如果一下子就被他戳破的話，我就享受不到樂趣了，陪我慢慢玩到最後吧……

我看了一眼手錶，距離兩點半集合還有一段時間，我可以再好好反芻一下待會兒的行動。

我對於那封殺人預告函相當滿意，這讓我腦中再次浮現了這次要模仿的作品場景。

「收到殺人預告的被害者躲進密室中，唯一的出入口被人重重把守，但被害者還是在兇手預告的時間被槍殺了，兇手的子彈彷彿能穿越人群與牆壁……」

我彎起嘴角，讓身子顫抖的興奮再度湧起。我舉起右手，緊握著想像中的酒杯，用只有自己才聽得見的聲音低喃：「To mystery writers! Satan himself would be proud of their ingenuity!」❹

4

若平癱在床上，房內的黃光令他有些昏昏欲睡，不過他還是打起精神，勉強撐起上半身，坐在床沿。

他從外套口袋中掏出那封殺人預告信，還有李勞瑞撿到的兩張撲克牌，端詳了半晌，把它們擺到一旁。

他覺得腦袋很混亂，高山上的寒氣在夜晚加劇，他不自覺地再度拉緊了外套。

還好稍早他有穿外套出去，要是連外套都被偷了，那他可能會先被凍死。

腦袋中有一些想法，不過都無法驗證，也許，應該花點時間整理一下整件案子，最好寫下來，這樣會清楚些。

他走到寫字桌前坐了下來，打開桌燈，木頭桌上擺了枝原子筆與幾張白紙，這是他剛剛從交誼廳拿過來的，若平花了一點時間書寫，製成了一份表格。

時間	事件
19：00	晚餐
19：00—20：00	劉益民表演魔術。顧震川與李勞瑞的手機成為表演道具。
20：00—20：40	蕭沛琦到達展覽館二樓。依照屍體現象判斷，很有可能在八點半至九點半之間被殺。
20：40—20：50	顧震川、李勞瑞同時到達展覽館。
20：50	林若平到達展覽館。
21：00	李勞瑞回房拿東西。莉蒂亞、徐于姍到達展覽館。
21：05	李勞瑞回展覽館，發現黑木板門前有人影，並在門前撿到兩張撲克牌。梁小音到達展覽館。（人影是離開二樓還是正要上樓？撲克牌有可能是人影遺落的，會是劉益民的魔術紙牌嗎？）
21：05—21：15	顧震川與梁小音上二樓搜索，並發現蕭沛琦的屍體。
21：20—21：35	林若平與紀思哲上樓檢查屍體。（蕭沛琦確實死亡，屍體不可能造假，死因應

❹「敬推理作家，撒旦會以他們的足智多謀為榮。」這一段英文改自John Dickson Carr讚美Edward D. Hoch的讚詞：“Satan himself would be proud of his ingenuity.”

時間	事件
	因應該是頸部壓迫造成的窒息死亡，兇器疑似為纏繞於頸部的紅色魔術繩，有可能是劉益民的魔術道具。另外，現場也發現了劉益民的魔術大禮帽。屍體手中抓著John Dickson Carr的The Burning Court，即約翰・迪克森・卡爾的《燃燒的法庭》，關於屍體從密室中消失的故事。）
21：35—21：40	林若平與紀思哲回到大廳。顧震川試打手機，電池似乎沒電。
21：40—22：00	林若平與李勞瑞回客房區找手機，發現所有行李失竊，房間一團混亂。似乎只有劉益民的房間沒被弄亂，但行李也不見了。兩人隨後再回到展覽館大廳。（這時廣場的石雕還在嗎？沒人注意到。）
22：00	紀思哲打開黑鐵盒。
22：05	林若平、李勞瑞、顧震川上展覽館二樓尋找劉益民。
22：10	發現蕭沛琦屍體失蹤。劉益民的帽子也不見了，但英文書仍留在棺材內。
22：10—22：25	三人繼續在蠟像館搜尋，直到莉蒂亞上樓告知爆炸事件。
22：25—22：40	三人下樓，出展覽館尋找爆炸聲來源，發現廣場上一座花崗岩石雕消失。循著留下的腳印追查，於左翼房後發現雕像。
22：40—23：00	三人回到展覽廳，再次搜查了二、三樓，仍然沒有找到劉益民。
23：00—23：20	所有人回房確認遺失物品。
23：20—00：40	聚集交誼廳討論案情。
00：40—01：00	林若平與紀思哲密談。其他人回房休息。

他來回看了幾次時間表，翻到第二張白紙，繼續動筆寫了起來。

關於冰鏡莊事件的疑點：

一、為何顧震川的手機在魔術表演之後便無法使用？純粹只是巧合嗎？

二、李勞瑞所看見的人影是誰？那兩張撲克牌又代表什麼？

三、為什麼隧道的爆炸聲沒有傳到展覽館二樓跟三樓？兇手又如何能精準計算崩塌的石塊能完全堵住隧道？

四、行李被竊的原因？房間被弄亂的原因？牙刷、牙膏、沐浴乳、洗髮精等衛浴用品為何被偷？

五、蕭沛琦的屍體是如何從被監視的密室中消失？屍體又去了哪裡？

六、廣場上的人馬獸雕像是如何被移動的？（以雕像的重量，人力絕對無法移動，但山莊內又沒有大型機具可以吊起雕像）雕像為什麼被移動？

七、兇手是誰？劉益民是密室傑克嗎？

八、劉益民（密室傑克？）究竟藏身在何處？

九、密室傑克還打算殺害多少人？為何從連續殺人的模式轉變為縱慾殺人？

寫完第九點後，若平猶豫了一下，才再動筆寫下紙張上的最後一行字：

十、Hermes偷竊手稿的確切時間點？

在冰冷空氣以及亮黃桌燈光線的沐浴下，若平盯視著第一張紙的時間表以及第二張紙上的十個問題。在寂靜的氛圍下，他陷入沉思。

他原本打算從第一個問題開始檢討，但一看到牆上的時鐘，才驚覺已經兩點半了。剛才寫東西花掉太多時間了。

若平關掉桌燈，將房間鑰匙塞進口袋，到浴室上了個廁所，鎖好房門，踏上走廊。

在昏暗的長廊上，隔壁房門被關上，一道身影站在門前，是莉蒂亞。她那對明亮的眼睛正好將視線投在他身上。

「妳要過去了嗎？」若平問。他覺得先開口說些話或許比較好。

「嗯。」女孩點點頭。

「那一起走吧。」

若平往門口走去，女孩跟在他身後，等出了左翼客房後，他刻意放慢腳步，讓她跟上，以便能並肩行走。

她的身上有股淡香，說不上來是什麼氣味，知道那是香氣，就夠了。

她沒有開口說話。

正當若平苦思著話題之際，兩人已經來到展覽館門口，他推開雙扇門的其中一扇，讓莉蒂亞先進去，自己才尾隨其後。

所有人都已經聚集在圓桌旁，一股焦躁不安的氣氛瀰漫著。

「好了，各位，」若平的視線從莉蒂亞的身上收回，「我們先把展覽館搜一遍，確定裡面沒有人事先躲藏；就依照先前的人員分配行動吧，李勞瑞先生與梁小音小姐搜二樓，徐太太跟莉蒂亞小姐搜三樓，顧先生跟我搜一樓，紀先生就在圓桌這裡注意館內的動靜，確定沒有任何可能的人進出展覽館。如果確認無疑後，便請你們待在指定的樓層等待。密切注意任何出入電梯的人，直到我通知你們回來這裡。」

就這樣一群人分散了。若平與顧震川分別前往大廳左右兩翼搜索，後者一邊咒罵著劉益民，一邊動著碩大的身子。從那張牙舞爪的態勢看來，他似乎恨不得啃了對方。

一樓的展覽廳實際上根本沒有可以躲人的地方，左右兩邊的展覽櫃並不多，而展覽櫃本身的厚度根本不足以躲人，只要繞一圈、掃一眼便可以知道一樓只有若平等三人在。這只花了五分鐘時間。

「好了，」若平疲倦地說，「你就待在這裡吧，我跟紀先生會守在門前，如果有任何動靜，你只要呼喊一聲，我們會隨時進來。對了，不要把大門鎖上，不然我們會進不去。」

「我會打爛那傢伙的腦袋。」顧震川喃喃道。他在圓桌旁坐下。

若平與紀思哲出了展覽館，兩人在離門口約半公尺之處停了下來。

他抬頭看看星光熠熠的天，以及懸吊在隧道口上方的彎月，呼了一口氣，雙手插入長褲口袋內。

「這遊戲會不會太冒險了？」靠在椅背上的紀思哲扭動著瘦小的身子說道。

「也只能這樣了，我們別無選擇，你也看到預告信上的內容了，不照他的話做的話，他可能會瘋狂地大開殺戒。」

「那你打算怎麼阻止密室傑克的狙殺行動？」

「展覽館裡面沒有人躲藏，密室傑克要進入只有經由大門，而我們在這裡把守，除非突破我們兩人，否則他進不去。」

「我們兩人擋得住他嗎？」紀思哲似笑非笑地問。

「我不認為他會強行突圍，我們只能死守在這裡。」他嘆口氣，「我不知道密室傑克會用什麼方法殺人，無論如何，都不可能讓顧震川白白送死。在不得不順從密室傑克指令的狀況下，要逮到對方，只能利用他殺人現身的時機。在這件案子中最令人感到無力的就是我們完全不曉得對方有什麼手段、能夠神通廣大到何種地步，我們只能盡量減低顧震川被殺的風險，並反過來利用這種劣勢。」

「難道你有什麼安排？」紀思哲挑挑眉毛。

「稍早離開你的房間後，我去找了顧震川，說了一些事，希望他能照我的安排去做。」

「哦？」紀思哲挺直身子，一雙銳利的眼更亮了，「你要他做什麼？」

「我要他從交誼廳或餐廳找一把能自衛的武器帶在身上，有武器總是比沒有好。」

紀思哲嗤笑了一聲，「若平，你沒搞錯吧？對方可是擁有槍枝啊，一把刀或鐵鎚要怎麼自保？這跟沒有武器沒什麼兩樣。」

「不，我不只是要他做這個，我還要他做一件很重要的事。我告訴他，當他獨自一人在展覽館大廳等待時，不要待在圓桌附近的開闊空間，要待在電梯前的小隔間，就是候梯室那裡。」

紀思哲疑惑地抬起頭，「這麼做的用意是？」

「我說過，我們不知道密室傑克有何能耐，假定他真能躲過監視者的眼睛進入展覽館，或者他打從一開始就在館內——雖然我很難設想這兩種狀況，但不管怎麼樣，當顧震川人在電梯前的隔間時，密室傑克只可能來自兩個方向，電梯以及黑木板門。也就是說，顧震川完全可以掌握殺手的來向。任何從這兩個方向出現的人只可能是想要狙殺他的人，因為其他人都得乖乖地站在崗位上。顧震川可以在對方剛進入隔間、尚未反應過來前就給予迎頭痛擊。當然，這是假設兇手不知道顧震川人就在隔間中，但我不認為他有任何機會得知。

「只有兩種可能。首先，也許兇手來自樓上，他也許躲過了監視者的眼睛，或者把他們給弄昏迷。他以為顧震川人在大廳，於是沒有防備地從電梯走出來。顧震川可以從電梯的聲音預先知道有人下來，在門開啟的那一刻給對方迎頭痛擊。另外，兇手可能來自大廳，當他在大廳找不到人時，所發出的聲響已經足夠讓顧震川提高警覺，守在黑木板門後。對方如果推開門，顧震川可以在那一瞬間利用門板或武器快速攻擊，以他的塊頭跟身手，如果他聽從我的指示好好做的話，這場狙殺應該不會那麼順利得逞。你知道，所謂的暗殺是在敵暗我明的情況下才能夠成功，但如果反過來變成敵明我暗時，情況往往大不相同。更何況，他告訴我他曾是自由搏擊的冠軍呢，要打肉搏戰絕不是問題。」

紀思哲凝重地點點頭，「他的確是很頑強……總之雖然冒險，但不失為背水一戰的好方法，虧你想得出來！」

「有點算是狗急跳牆的做法，不過我也想不出更好的方法了。如果裡面有任何動靜，我們就隨時進去。」他摸了摸口袋裡的一把鑽子，那是稍早從交誼廳的工具箱取出來的，用一把小鑽子對付連續殺人犯有點可笑，但總比赤手空拳要好。

兩人沒有再說話，紀思哲顯得有些煩躁不安，兩隻手一直在身子附近扭動著，他噴著厚重的鼻息，不時用尖銳的目光掃視著若平。

也許是被老人躁動不安的態勢給感染了，若平原本壓抑的心也激動起來。他沒有戴手錶的習慣，因此對時間的流動非常敏銳，約莫再五分鐘就是凌晨三點整了，但密室傑克的時間會與冰鏡莊的時鐘一致嗎？

其實他最擔心的是顧震川沒有照他的吩咐去做，稍早對方在若平說明時表現出一副不耐煩的神情，他似乎想用自己的方式跟殺手對決，他似乎認定這狙殺者百分百就是劉益民，也就是他的死黨，因此他要親自痛打對方一頓。若平說的話有三分之一進了對方的耳朵就值得慶幸了。

太多因素無法掌握了……

半晌後，紀思哲看了一眼手錶，說：「時間到了。」

裡面似乎是沒有什麼動靜。他們又等了一會兒。時間來到三點五分。

「奇怪，」若平說，「難道……」

這時，他隱約聽到兩道沉重的聲音，有點像悶住的重擊聲，緊接著，是一陣急促的腳步聲。

若平趕忙轉身，心臟怦怦直跳。裡面發生了什麼事？該把門推開嗎？直到這一刻，他才發現自己沒有想像中的冷靜。

就在那猶豫的千分之一秒，裡面傳來「喀嚓」一聲，切斷他緊繃的思緒。

他雙手用力推門，雙扇門卻文風不動。

「怎麼了？」紀思哲反轉輪椅，憂心忡忡地看著。

「門閂被拉上了，」他仍舊使勁推著門，「該死！怎麼會這樣！」

若平一陣心慌，他後退了幾步，然後猛向前衝，讓身子重重地撞在門上。反彈的力道快速溢滿他的肩頭，他馬上知道這門的斤兩，不是肉身可勝。

「那扇門撞不壞的，」紀思哲的聲音傳來，「那是……」

但他管不了那麼多，肩撞加上腳踢，重重落在門板上。

若平後退了幾步，「紀先生，請你退開些。」

「你要幹嘛？那門門是合金製，撞不斷的——」

他沒有等紀思哲說完，身子便往前衝去，重重地撞在門板上。銅板製成的門堅硬無比，他的右肩與手臂一陣劇痛。他咬著牙，再度往後退，這次用左肩頂撞。

隨著猛力衝撞，門後響起一陣斷裂聲。他感到驚訝，但沒有讓訝異之情阻斷了動作。若平一腳往門踹去，斷裂聲再起，雙扇門往後退讓。

若平雙手抵住門板，將兩扇門往後推。

他進入展覽館內，很快瞥見顧震川倒在玻璃展示櫃旁，臉上一片血漬。

地上的男人左臉頰與胸口各有一個彈孔，不用檢查便可知道已經死透。更重要的是，亮晃晃的大廳內除了屍體外，沒有其他人影。

第五章——人間蒸發

1

若平快速繞了一遍展覽廳，確定沒有人躲藏後，回到大門前，拉開他剛剛推開的那扇門，示意紀思哲進來。

「小心地上的血跡。」他提醒道。

紀思哲操作著輪椅滑了進來，眼神很快捕捉到躺在地上的屍體；他滑到屍身旁，謹慎地不讓輪子擦輾到地上的血。老人面色凝重地看著屍體。若平放手一推，大門便輕輕地自動關上。

「門閂沒有斷，」紀思哲轉頭看著門，喃喃道，「倒是地上多了兩片斷木板。」

「兇手把木板插進兩扇門的穿洞中，替代門閂。看來他並沒有打算把我們困在外面，大概只是為了爭取脫逃時間罷了。」

「那本書，」紀思哲用下巴指著放在屍體腹部上的英文書，「又是什麼？」

「Ellery Queen的The King Is Dead，」若平嘆了一口氣，「也是一本密室推理小說。」

「我猜裡面的內容符合這次的戲碼囉？」紀思哲一臉鄙夷，「這個喪心病狂！」

「大致上相同。那本小說描述的是一個男子收到謀殺預告函，兇手說明將會在預定的時間殺害他。男子在預告的時間躲進一個密室，唯一出入口有許多人保護監視著，但預定的時間一到，男子還是慘遭槍殺。當然，案發時間沒有人出入密室。」

「所以說，預告函也是小說情節的一部分了。難怪密室傑克這麼堅持要有人監視出入口。」

「沒錯，」若平悲苦地搖搖頭，「恐怕顧震川最後還是沒有照我的話躲在電梯隔間中。他很可能在圓桌附近徘徊，兇手不曉得從哪裡現身，給了他兩槍。他的手槍應該有裝滅音器。我記得隱約聽到兩聲悶聲。接著他快速將木板插入門上穿孔，以防我們立即闖入，這麼做的用意應該是想延遲我們進入展覽廳的時間，以利他脫逃吧。對了，你知道那片木板的來源嗎？」

紀思哲盯著地上的斷片半晌，才回答：「原本應該是放在展覽櫃裡面的廢棄板子。」

「看來兇手應該事先就知道櫃子裡有放木板了，他不太可能殺人後才找工具來擋門。」

「為什麼你不聽忠告呢？」紀思哲對著顧震川的屍體搖頭嘆息，「白白送了一條命……」

若平盯著屍體，「傷口有微微燒焦的痕跡，子彈是近距離發射的。」

「兇手偷偷靠近再襲擊嗎？」

「很有可能，不然我們應該會聽見顧震川的叫喊聲。紀先生，」若平說，「我想我最好把其他人都叫過來，希望他們沒有出事才好。我應該去確認一下。」

「是的，密室傑克只可能往樓上逃去……你快去確認看看！」

若平快速推開前往電梯的黑木門，接著進入電梯，上到三樓。

莉蒂亞與徐于姍兩人坐在圓桌旁，轉過頭來看他，臉上帶著一絲驚訝。

「有任何人來過嗎？」若平問。

兩個女人搖搖頭。

「妳們跟我下去吧。」

「發生了什麼事？」徐于姍問，一臉不安。

「先進電梯。」

在沉默的氛圍中，三人進入電梯。原本若平打算按下一樓的電梯鈕，再按二樓的，讓另兩人先在一樓離開。但他改變心意，直接按下二樓的鈕。

「我老公到底怎麼樣了？」徐于姍擔憂地望著若平，她的金色鬈髮十分散亂。

「等等再說，」若平含糊應道，「我們先下樓找其他人。」

在二樓的李勞瑞與梁小音也是坐在圓桌旁等待，若平向他們確認無人出入二樓後，要兩人一起進入電梯。

當一群人出了電梯來到一樓的候梯室時，若平停下腳步，轉身對徐于姍說：「顧太太，請妳要有心理準備，顧先生他已經遭遇不測。」

女人兩眼瞪大，臉部一陣波動；她尖叫了一聲，一把推開若平，擠出黑木門奔了出去。緊接著是更尖銳的叫聲。

若平默默地領著其他人進入展覽廳。

2

展覽館一樓中央的圓桌旁，由三張椅子拼湊成的臨時床鋪上頭躺著昏迷的徐于姍。若平跟李勞瑞兩人花了一番氣力才將女人抬上去。

「沒什麼大礙，」李勞瑞簡單檢視了女人後，說：「應該等一下就會醒來了。」

「兇手到底還要再殺多少人？」梁小音站得離屍體遠遠的，兩隻手顫抖地壓在胸前，散亂的髮絲半蓋住雙眼。

「不能再這樣子下去吧，」莉蒂亞冷冷地說，「我們得想點辦法。」

「莉蒂亞小姐、李先生，還有梁小姐，」若平說，「你們剛剛守在電梯前時，真的沒有發現什麼異狀嗎？」

莉蒂亞搖搖頭，「並沒有人出入電梯，沒有人從樓下上來。」

「我這邊的情況也是一樣。」李勞瑞說。

「那你們有聽到一樓傳出可疑的聲響嗎？」

莉蒂亞與李勞瑞搖頭。

「由於展覽館沒有階梯相通，」紀思哲說，「除非是很大的聲音，否則樓層間幾乎可以說是處在隔音狀態。」

「我了解了。」若平點點頭。

「讓我弄清楚現在的狀況，」李勞瑞左手撫著下巴，「這又是一次模仿殺人？」

若平把剛剛發生的事再次說明一遍，包括密室傑克的消失、地上的血跡、木板片，以及被模仿的作品。

「Ellery Queen，」李勞瑞帶著興味打量著那本被放到桌上的英文書，「艾勒里・昆恩，The King Is Dead，這本不是《國王死了》嗎？我倒是讀過，已經有中譯的版本了，看來密室傑克是原文書的愛好者。」

「現在不是討論兇手品味的時間，」莉蒂亞打斷他，「已經死兩個人了，我們還會被困兩天才會有人來救援，我們總不能坐以待斃吧？」她漆黑的眸子難得漾著壓抑的急切。

想想也難怪，已經發生了兩件兇殺案，如果是一般人在這種情況下，或許早就像徐于姍那樣崩潰了。在場剩餘的人，似乎只有梁小音做出正常人該有的恐懼反應；莉蒂亞算是很冷靜的女孩，但她的冷靜顯然逐漸在消蝕中；紀思哲脾氣古怪，沒有過激的反應並不足為奇，他甚至連朋友死了也沒有顯示出明顯的哀慟，僅僅只是搖頭嘆氣。至於李勞瑞，他的異常冷靜反倒讓人覺得有些不尋常，雖然與他的形象相符，但金框眼鏡後的沉穩眼眸實在太沉、太冷了。

「盡量團體行動，」若平說，「除此之外，似乎沒有什麼方法了。」

「依我看，劉益民百分之百是密室傑克，」紀思哲吹鬍子瞪眼道，「他不知道用什麼隱身術躲起來了。」

「這個展覽館內一定有密道或暗房，」莉蒂亞道，「這是唯一的解釋。」

「絕對沒有，」紀思哲紅著脖子說道，「我發誓沒有暗門密道，你們自己也找過了！」

「的確沒有，」李勞瑞托著下巴，「這我們都確認過，應該是用其他方法吧。」

「如果沒有密道，」女孩疲倦地放棄爭辯，「我們難道不能做些什麼阻止這殺戮？」

沒有人回答這個問題。

「我建議，」紀思哲說，「我們先把屍體搬走，不能把它丟在這裡，就搬到左翼的空房吧。如果到時這女人還沒醒來，就把她一起搬回房間。」

若平跟李勞瑞兩人合力搬運顧震川沉重的屍首，他們一前一後將屍體拖出展覽館，留下其他三人。

展覽館的大門在兩人身後自動闔上，來到冷颼颼的廣場，白霧靡漫，若平不自覺打了個哆嗦。

就在兩人行經廣場中央的雕像時，他注意到某件事不對勁。

「又有一座雕像不見了。」若平低聲道。

「什麼？」李勞瑞睜大眼睛，轉頭望了雕像群一眼。

這次是面對右翼建築的雕像失蹤了，若平沒記錯的話，那是舉著長劍的士兵雕像。石像原本站立的地面上留下兩個深深的印痕，從那裡延伸出一排印痕較淺的腳印，往右翼房南側而去。

「先把屍體搬進去吧。」若平說。他的心中湧起非常複雜的感覺，一種理性被淹沒的絕望。

他們把死去的人抬進顧震川左鄰的空房，將他安置在床上，用棉被蓋起來，接著出了房間，關上房門，但不上鎖。

「找看看那座雕像去了哪裡。」若平提議。

兩人再度來到廣場，沒花多少時間就找到那座迷途的雕像，它孤零零地站立在右翼底部的牆邊，在交誼廳外側，精確地說，是位於第一座被移動雕像的對角線位置（圖七）。

「這到底是什麼意思？」李勞瑞望著黑暗中的雕像，不解地說。

若平湊近那團黑影，仔細端詳，雖然光線不佳，但隱約能看出石像胸部散布著不規則狀的黑暈。他伸手觸摸，是乾的。

「你在做什麼？」李勞瑞問。

「這石像的胸口好像被潑灑了某種液體，」若平向後退了一步，「你還記得人馬獸脖子上

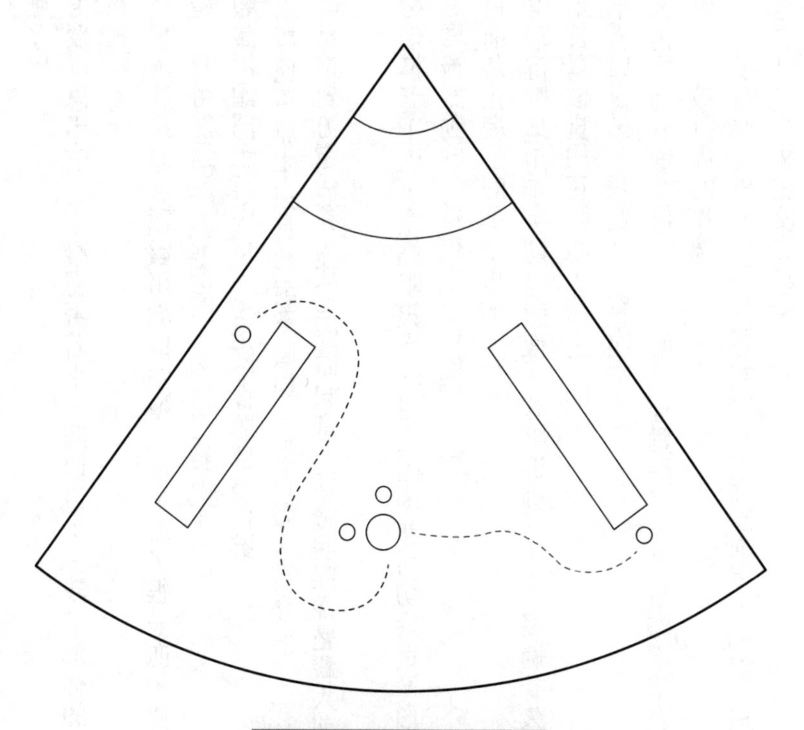

圖七　雕像移動圖（2）

的繩索吧？」

李勞瑞沉思半晌，才凝視著若平，開口道：「我了解你的意思了，這座石雕也被弄成與屍體的狀態相同。」

「我想應該沒錯，顧震川胸口中槍死亡，流了很多血，兇手很可能也在石像上潑灑了不知名的液體，有可能是殺人前灑的，因為已經乾了。」

「顧震川頭部也有中槍，可是雕像頭部沒血跡。」

「大概兇手原本只打算射擊胸口，但在殺人時多射了一槍——多射一槍的可能原因太多了，可能是怕對方還活著，或是臨時起意。這證明雕像是殺人前布置的，他沒料到自己會多射一槍。」

李勞瑞摸著下巴，金框眼鏡上的眉毛因困惑而切成倒V形，「這實在說不通，這麼沉重的石像是怎麼被搬動的？這根本不可能啊。」

「目前為止發生的都不可能。」

李勞瑞沉默地用手去觸碰雕像，若平退到一邊。沒過多久雕刻家便搖搖頭，「跟人馬獸一樣，這是貨真價實的花崗岩，錯不了的。」

若平嘆口氣，「我們回展覽館吧。」

兩人再度回到展覽館。徐于姍已經甦醒了，低著頭深陷在座椅中，蓬亂的金色鬈髮半掩著面容，像一朵被折碎的玫瑰。

若平提了石像的事。紀思哲糾著眉頭，低聲咆哮，「密室傑克到底有什麼意圖？」

「他顯然用石像在模仿屍體。」

「看不出這有什麼邏輯。」

若平沒有答話，他有一個想法，但這個場合不適合說。

「我想今晚到此為止了，」紀思哲說，「我們都需要休息。」沒有人有異議。梁小音與莉蒂亞攙扶著徐于姍走出去，女人腳步十分不穩，嘴中咕噥著聽不清楚的話語。若平與其他三人跟在後頭。

「紀先生，能將展覽館大門上鎖嗎？」來到外頭時，若平這麼說。

「當然，」紀思哲從口袋中掏出一串鑰匙，從中挑了一把，將大門鎖上，「不過這樣上鎖有什麼意義嗎？外面的人進不去，但裡面的人還是出得來。」

「如果裡面有人的話，」若平疲憊地回答，「這是唯一的鑰匙吧？」

「是的。」

若平點點頭後便沒有再答話。

與紀思哲在廣場前分手後，他回到左翼建築，往走廊底端走去，廊上空無一人，顯然其他人都已經回到房間內。

每個人應該都將窗戶鎖上、門閂拉上了吧，他暗想。但窗鎖或門閂是擋不了一名猶如胡迪尼的魔術師的。

來到自己的房門前，看了隔壁一眼莉蒂亞的房門，才將鑰匙插入鎖孔。

進入房間後，他打開燈，轉身把門關上，並插上門閂。他走進浴室，裡頭凌亂如常，上過廁所後，走到床邊。心裡想著終於可以用睡眠來擺脫這個惱人的夜晚。坐在床沿脫去鞋子時，目光無意間投向面前的寫字桌。

桌上一片荒蕪，花了一些時間他才回過神來，理解那空無所代表的意義。

稍早離開房間前，他放在桌上的紙張──那張記載著案件流程和疑點的紙，連同著放在旁邊的原子筆此刻全都不翼而飛。

3

這究竟是怎麼回事？

若平走到桌前，再次仔細審視，桌面上什麼都沒有。他後退一步，看看地板，也沒有掉在地上。

唯一的解答是有人偷走了他留下的紙筆，但這意義何在？紙張上寫著他對案件的歸納以及可能疑點，這對兇手並不會造成任何威脅，他根本沒有寫下任何解答；就算他寫下了解答，偷走紙張這件事本身也改變不了他知道解答的事實；更何況，偷的人怎麼知道他有寫，以及寫了些什麼？至於偷筆就更詭異了，那枝原子筆跟案子有什麼牽連？

腦中突然閃過Hermes的身影，這名行蹤飄忽不定的偷盜之神突然露出訕笑。

如果偷取紙張跟筆的人不是密室傑克，那就只會是Hermes了，但這名怪盜這麼做的用意何在？是不是發生了什麼事讓他在偷走手稿後，不得不再繼續偷東西？或者是他有其他目的？等一下……這件偷竊跟之前所有人房間遭到洗劫有關嗎？都是Hermes下的手？

思緒中突然又浮現李勞瑞稍早「藏葉於林」的說法，但是他理不出頭緒……

愈是深入思考下去，若平的腦袋愈發混亂，每一件事都與邏輯作對！

若平用手撐著額頭，在床邊坐下，他試圖整理思路，卻感到一陣毫無來由的頭痛。理智的線路燃燒了兩、三回便熄滅，他終於放棄，脫了鞋子，鑽進被窩內，很快地被累積的疲累淹沒。

當若平再度睜開雙眼時，室內已經靡漫著光明。一陣敲門聲在外頭彈響，有人開口說：「林若平先生，請起來用早餐。」那是梁小音的聲音。

看來昨晚之後沒再發生事情了，他鬆了一口氣，從床上下來，瞄了一眼牆上的時鐘，九點。

「我知道了。」他一邊高聲回答，一邊坐在床沿彎腰穿鞋。客房內沒拖鞋，而他帶來的拖鞋塞在行李箱內，跟著其他行李一起失蹤了。

「我順便帶了盥洗用具來。」門外的聲音說。

盥洗用具？對了，的確是需要一套新的盥洗用具。

他走到門前，拉開門閂，打開門，梁小音那張瘦臉映現在眼前，她仍穿著昨天的藍色長褲與白色上衣，手上捧著一個透明袋子，裡頭塞著浴室用品。她的眼神黯淡無光。

「謝謝，」若平接過袋子，「我待會兒就過去。」

女孩點點頭，轉身消失了蹤影。若平進到浴室花了點時間梳洗，接著便離開房間，出了左翼客房，穿越廣場，往餐廳的方向走去。

少了兩座石雕的雕像群看起來有點詭異，在白晝之下，地上的兩排腳印更像是撒旦的文字般刺激著視網膜。他瞄了一眼後便跌入深思。

餐廳裡頭梁小音正在收拾桌面，她正把一些垃圾扔進有蓋式垃圾桶。李勞瑞坐在桌邊，右手拿著叉子攻擊一片沾滿鮮黃奶油的吐司；盛著吐司的盤子邊擺著一杯牛奶。

「早安。」藝術家說。

「早。」

若平一落坐，梁小音便將一盤麵包及一杯鮮奶遞到他面前，並擺上餐具。

「謝謝。」

「昨晚睡得還好嗎？」梁小音離開餐桌後，李勞瑞用優雅的姿態邊用餐，邊問道。

「一夜無夢。」若平的叉子刺穿吐司濕潤的腹部。

「昨晚的事真是不可思議，今天一覺醒來，有種做了長夢的感覺。」

「我也希望一切是場夢，不過人生總是不如你意。」

對方用帶著興味的眼神打量著若平，問：「你認為還會再發生命案嗎？」

「有可能，既然兇手有心困住我們，恐怕不會只殺兩個人就罷休，而且……」他停下動叉的手。

「而且？」

「不，沒什麼。」叉子又動起來。

「你顯然有些想法。」李勞瑞的雙眼展現出了藝術式的深不可測。

「算是有，不過只是猜測，未經證實。」

「說來聽聽。」

「我不習慣陳述未經證實的猜測。」

「是嗎？那真可惜，如果不說，我也不勉強，不過多進行討論或許能早些發現破案的曙光。」

若平沉默半晌，啜了口牛奶，發現是溫熱的，然後開口，「我只是在想那些石像的事。」

「嗯哼，或許你想的跟我一樣。」

「你想什麼？」

「你先說你的看法吧。」

「每次的命案後我們都發現一座石像移動了，而且被裝飾成屍體死亡的樣貌。」

「所以？」

「有五座石像。」

「所以，」李勞瑞突然露出一抹微笑，「所以呢？」

「還有三個人會死。」

若平說這句話的時候刻意壓低音量，在流理臺忙碌的梁小音停下沖洗杯子的雙手，然後又動了起來。

「這跟你想的一樣嗎？」若平凝視著金框眼鏡後的深邃眸子。

「一樣。」

若平別開視線，攤攤手，「純屬臆測。」

「很有邏輯性的猜測，往往會成為事實。」

「我倒不希望這個猜測被證實。」

對方仍舊微笑以對，「當然，我們沒有人會希望如此。」

若平沒有再說話，靜靜地解決剩餘的吐司；李勞瑞用一種極為緩慢的速度啜飲著牛奶，彷佛那杯子是個無底洞似的。

「我有一個問題想請教。」若平把空盤子推到一邊，用衛生紙擦了擦嘴。

「請說。」

「昨晚劉益民將手機歸還給你後，手機應該是在關機狀態吧？後來你有再開機嗎？」

「有的。」李勞瑞將椅子往後推，蹺起二郎腿，兩手交握在大腿上，眼神再度轉向若平的方向。

「手機是否無法使用？」

「開不了機。你怎麼會知道？」

「顧震川的手機也開不了機。」

「我知道。你認為那場手機魔術有問題嗎？」

「兇手要斷絕我們對外的一切聯絡方式，所以他炸塌隧道，並偷走手機。手機有可能會放在行李之中，因此他偷了大家的行李。但有些人會隨身把手機帶著，那兇手該怎麼辦呢？」

「我開始了解你的意思了。」

「如果劉益民就是密室傑克的話，我們似乎有相當的理由可以解釋為什麼你跟顧震川的手機會出問題。兇手先計畫好偷竊行李的行動，但他知道即使這麼做，仍然沒辦法一網打盡所有的手機，必須再有另一個方法來收捕漏網之魚。他在晚餐的時候安排了一場魔術，要身上有帶手機的人交出手機，然後藉由這場魔術對手機動了手腳，使其無法使用。」

「他是怎麼辦到的？我覺得手機似乎是電池沒電，他怎麼能一瞬間讓電池沒電？」

「這是魔術的奧祕，我現在也無法參透。重點是如果手機真的被劉益民動了手腳，那麼他跟整件事就脫離不了關係了。他要不是密室傑克，就是共犯。」
「如果真是共犯，似乎比較說不通。案發現場留下的都是指證他的線索，而案件明顯又是密室傑克幹的，如果他只是共犯，沒必要把自己的東西留在現場吧？倒不如相信他們是同一人。」
「這當然是比較合理的說法，不，應該說非常合理。」
「再怎麼看兇手都是劉益民，現在問題是他究竟躲在哪裡？」
「這可是個大問題。」
「你現在還沒有答案嗎？」
若平搖搖頭，「難道你有？」
「我以為答案應該很明顯。既然我們已經搜遍了整個山莊，而這裡也沒有任何密道，那麼結論就只有一個：他人在山莊外。」
若平接觸著李勞瑞的視線，心想這位藝術家還真是出乎他想像的機敏。
「山莊外？你是指他翻出了丘陵或岩壁嗎？」
「那是一種可能性。」
「除非密室傑克是特技演員。」
「我知道那不容易，可是如果有繩鉤輔助，或者上面有人垂放繩索下來的話，倒也不是那麼難。」
「但這兩種說法都讓人覺得不太可能。首先，如果他是用繩鉤爬上去的話，他怎麼能確定一定能順利勾住？萬一行不通或者是他正在試的時候被我們發現，計畫就整個搞砸了。另外，如果是有同黨幫忙的話，那這個同黨又是怎麼上去的？難不成開直升機？」

李勞瑞笑道：「你只是質疑，但不能否證。偉大的福爾摩斯不是說過嗎？『當你把所有的不可能去除後，所剩下來的無論多麼無法置信，必定就是真相。』既然劉益民不在山莊內，那他就只能在山莊外，用某種方法反覆進出殺人。」

「這正是我感到疑惑的地方，」若平困惑地摸著下巴，「為什麼劉益民自己非得失蹤不可？他可以不演出失蹤戲碼，照常用密室傑克的名義殺人，然後不要留下指證自己身分的線索；這樣一來，他的殺人遊戲不但照常上演，他也不必費心再設計讓自己消失的手法，自己更不會成為頭號嫌犯。」

「所以你還是偏向於相信你所說的第四種可能性。」

若平聳聳肩，「一切都只是猜測，但我不否認我的確也較偏向這個說法。」

「我以前讀過關於你的一些事，知道你非常擅於用邏輯解謎，不過這倒有一個危險。」

「哦？」

「你不能用邏輯方法去規束人的心理世界，尤其是異常心理。」

「這我同意，事實上我也盡量避免這麼做。」

「是嗎？剛剛你否認兇手躲藏在山莊之外的說法，便有試圖用理性去解釋異常動機的味道，你如何知道兇手做某件事時，是為了什麼理由呢？」

「按照經驗來推敲，一個人打開冰箱是因為想找食物，這有百分之九十的準確率。不過我知道你要說什麼，你認為我不該用正常的心理經驗去推敲異常心理。」

「是的，這件案子的兇手明顯是個心理異常的犯罪者，要去猜測這種人做事背後的理由，絕對不能根據我們所謂的理性。如果你的推理能盡量避開涉及心理與動機的分析，或許更不容易偏離事實真相呢。啊，真抱歉，偵探這方面我是外行人，竟然敢大言不慚說了這麼多。」

「不，很謝謝你的指教，你說得一點都沒錯。」

李勞瑞突然坐正身子，神色嚴肅起來，「我會說這些，只是突然想到跟藝術的關聯性，因為我常常遇到這種情況，所以感觸特別深，有些人看到一件藝術作品時，會用自己的邏輯框架去評判，所框住的只是作品的影子，而不是作品的真實，他們從來不曉得要真正體會到作品的真實，第一步就是摒棄自己的框架。」

「這是進入異常者心理的唯一途徑。」

「我想是的。」李勞瑞微微點頭，從椅子上站起來，「先失陪了，希望你的跨框架思考會有進展，我去隔壁坐坐。」

李勞瑞走後，若平把杯內剩下的牛奶喝完，坐在椅子上沉思了一會兒。梁小音進來收拾餐盤；當她在若平面前伸出手臂時，若平注意到她的右前臂有一道醒目的傷疤從捲起的袖口延伸出來。

似乎是意識到若平的目光，女孩有點慌亂地抽回拿著餐盤與杯子的雙手，若平趕忙隨意開口道：「謝謝，熱牛奶很好喝，我一開始還以為是鮮奶呢。」

梁小音愣了一下，然後才回答：「你喜歡喝鮮奶嗎？」

「喜歡，不過我對鮮奶過敏，喝了會拉肚子，所以還是喝熱牛奶比較適合。」

「原來是這樣。」女孩抓著餐具呆站著，似乎是猶豫該繼續說話還是轉身做事。

「妳替紀先生工作多久了？」

梁小音稍微偏著頭想了一下，「不長，兩個月吧。」

「妳要不要坐著談？」若平拉開他身旁的椅子。

女孩又愣了第二次，她看看椅子，然後把手中的杯盤放到桌面上，順了順衣服下襬，坐下。

「一開始就在冰鏡莊工作嗎？」若平盡量維持輕鬆的語調。

「不，剛開始是在紀先生山下的宅邸，也是做些打雜的工作，這是我第一次來到冰鏡莊。」

「紀先生以往在冰鏡莊應該也有固定的……呃，幫手吧，怎麼會突然換人呢？」

「這我不知道，反正早就聽說他是個怪人，也許也不需要什麼理由吧。」

「大概吧。那妳這次是跟紀先生一起上來的？」

「嗯，早你們一天。」

「他帶妳熟悉環境嗎？」

「是的，他把我要做的工作還有種種注意事項很詳細地告訴了我。」

「妳的老闆還算好相處嗎？」

女孩再度歪頭沉思，她原本黯淡的雙眼因思考而打破了鬱積的遲滯。「怎麼說呢，他是滿古怪沒有錯，但只要不違反他的規則，他對待員工還是不錯的。」

「他有什麼奇怪的規則？」

「其實也不奇怪，是很多人都有的習慣。他喜歡所有的東西都整整齊齊的。」

「這不是很平常嗎？沒有人喜歡屋子裡亂七八糟的。」

梁小音快速擺擺手，似乎想極力反駁，「要整齊到一種病態的程度呢，譬如說，我剛到這裡的時候，他帶我來飯廳這邊，要我記住所有東西的擺放位置，包括桌椅、餐具，還有冰箱內食品的擺放；然後他告訴我，每一次用完廚房離開的時候，所有物品的位置都要跟進來前一樣，不能稍有不同。」

「哦？」

「像餐具都是放在櫥櫃裡，每一類餐具都有一定的擺放位置，不能隨便亂放。」

「如果亂放會怎麼樣？」

「他說就會解雇我。」

「這麼嚴重？那妳壓力不就很大。」

「當然，昨天的時候戰戰兢兢的，但後來發現其實有點白操心了。因為如你所見，廚房很整潔，沒有多餘的東西，餐具也都在櫃子內一定的位置，冰箱內的食物也不複雜，擺放堆疊都有一定的模式——」

「說到食物，」若平打斷她，「除了早餐外，都是微波餐盒嗎？」

「咦？是的，一盒盒裝好從山下運上來，相當方便。」

「為什麼紀先生不讓妳下廚？」

「這……他說這樣比較省事，冰箱內的物品也會比較簡單些。」

「這樣啊……」

「啊，我得趕快收拾東西了。」梁小音伸手去拿桌上的杯盤，在右手觸碰到玻璃杯的那一瞬間，手臂突然在半空中凝結。

「怎麼了？」若平看著女孩臉上疑惑的神色。

「沒……只是想起一件奇怪的事。」

「什麼事？」

「不曉得跟這裡發生的事有沒有關聯，可是既然你在調查這裡的兇案，或許說出來會比較好。」

「當然要說，到底是什麼事？」

「今天凌晨，我們所有人離開交誼廳後，我把桌上的玻璃杯收回廚房……啊，你要答應我，這件事不能讓紀先生知道。」

「放心，我不會隨便亂說的。」

梁小音點點頭，「在這裡放玻璃杯的時候，我不小心打破了一個，還好大家都離開了，沒人發現，我趕忙把碎片撿起來，扔進垃圾桶，然後把剩下的玻璃杯收進櫥櫃，因為少了一個，所以杯架上有一個空缺。」

「然後呢？」

「我今早準備早餐時，打開櫥櫃，杯架上那個空位竟然又出現一個玻璃杯！」

若平沉默了，一時之間不知道該如何回答。「會不會是有人從別處拿來一個新的擺進去？」

梁小音搖頭，「別處不可能有玻璃杯的，我也說過，紀先生對整個冰鏡莊的物品擺放相當嚴格，玻璃杯就是只會放在餐廳櫥櫃內的杯架，不會放在別的地方。客房內沒有，交誼廳內更是沒有。」

「會不會紀先生把他房間內的玻璃杯擺進去了？」

「更不可能！在房間內有他自己專用的杯子，樣式不一樣，況且如果他發現杯子少了一個，早就把我逐出這裡了。」

「也是，真的是很奇怪的事。」若平托著腮，「那個玻璃杯是昨晚蕭沛琦被殺後，我們聚在交誼廳時妳端出來的，妳還記得是誰用過那個杯子嗎？」

梁小音蹙起眉來，想了一下，「是莉蒂亞小姐的，因為她幾乎整杯都沒喝，所以我才有印象。」

整杯都沒喝？他倒是沒注意到。「了解……我知道妳有事要忙，我再請教一個問題就好。昨天晚餐時劉益民先生表演的魔術，妳知道戲法真相嗎？」

梁小音看了他一眼，然後眼神很快地別開，微微吸了一口氣，用強調的語氣說：「我怎麼可能會知道呢？」

「所以妳不是魔術師舞臺下的助手？」

「你為什麼會認為我是？」她的眼神閃動著。

「那個魔術顯然需要藉助餐具櫃內事先動的一些手腳才能完成，而只有妳會去觸碰餐具櫃。」

「不，」女孩搖頭，「他拉開的那一個抽屜我連碰都沒碰，應該說整個櫃子的下半層我都沒碰。紀先生交代過，用不到、沒有必要打開的櫃門或抽屜都不能隨便碰觸，而餐具只擺在上半層。」

「我了解了，」若平站起身子，「紀先生應該不會介意我碰吧。」

梁小音呆滯地坐在椅子上看著若平彎腰探向一旁櫥櫃的下層抽屜。他蹲下身子，端詳著這座靠牆擺放的餐具櫃。它的基調是深棕色，鑲飾以黑色的邊紋，高度約有一百五十公分，寬度約近於一公尺；上半層是好幾扇可以往外打開的櫃門，下半層以抽屜為主。昨晚劉益民拉開的是最底排抽屜的其中一個。底排抽屜的樣式皆一致，長方形的平面上是深棕色的原木色澤，上頭間或會出現一些黑色糾結的不規則斑點，沒有其他圖樣。抽屜與抽屜之間沒有明顯的間隔，連成一線，若沒有人告知的話，還真看不出來這個櫃子的底部是一排抽屜。

若平伸手探向抽屜底部，用手指感知到了下緣的凹槽，他把手指往上扣進槽內，再往外拉，把抽屜拉出來。

裡面是一個深度約有二十公分的長方形空間，空無一物，他伸手去觸摸內側，是光滑的木頭表面，除此之外沒有發現什麼可疑的機關。

若平站了起來，轉身正準備問女孩問題時，突然發現對方的臉色不太對勁；她面色蒼白，右手在桌面上顫抖，左手在大腿上緊抓著。

若平咳了一聲，女孩迅速回神。「介意我打開上面的櫃門嗎？」他問。

「啊……當然可以，你開吧。」她眨了眨眼，原本的不安切換成緊張的微笑。

若平接連打開了幾扇拉門，每一扇門內上下隔成兩層，擺放著盤子、餐具等物品，分類得井然有序。他注意到杯架上的確沒有任何空缺，總共有十個玻璃杯。

關上櫃門後，若平對女孩說：「謝謝妳提供的資訊，抱歉耽誤這麼多時間，先不打擾了。」

「不，不會。」梁小音帶著一臉困頓捧著杯盤往流理臺去了。

「啊，徐太太有來用早餐嗎？」若平突然想到昨晚備受打擊的徐于姍。

梁小音轉過身來，說：「我把餐點端到她房間去了，她說想在房內休息。」

若平向女孩道別，離開餐廳來到走廊上，優雅的鋼琴聲在此刻響起，似乎是從交誼廳傳來的。他往交誼廳走去，從敞開的大門瞥見紀思哲巨大的輪椅背對著他，面對著鋼琴；坐在鋼琴前面的是李勞瑞，雙手正在琴上舞動，悠揚的琴聲與他沉穩的側影更增添了幾分藝術家的風味。

他決定不打擾他們，轉身朝門口走去。

出了右翼建築，外頭飄著雲霧，早晨的清新空氣湧入鼻腔，令人精神為之一振。若平凝視著那縹緲的霧，突然想到霧都倫敦，然後是開膛手傑克，歷史上最廣為人知的連續殺人魔。為什麼會聯想到連續殺人魔呢？或許是因為這次的兇手就是一名連續殺人魔吧？不同的是，他不需要藉助濃霧來隱蔽自己，而是利用不知名的隱身術。

廣場前的石像缺了兩座，剩下的四座顯得有些寂寥。等等……四座？中央一座月神像，加上四個方位站立的石像，總共五座，發生兩件謀殺案後被移動了兩座，五減二等於三，怎麼還會有四座雕像站在那裡？

環繞著石像的霧突然散去了，其中一座石像動了起來，轉過身來面對他。

是莉蒂亞。

若平微微抽了口氣，壓抑住內心一陣波動，腦中快速盤算著是該直接走回房間，還是上前打個招呼。

女孩仍舊穿著紫色毛衣與銀色外套，包裹下半身的仍是那件深黑色牛仔長褲，黑白相間的帆布鞋踩在廣場草地上。她梳理有致的黑髮垂散在兩肩前後，如果她整夜都站在這裡，而冰鏡莊海拔又更高的話，或許能在那髮絲上見到冰霜的蹤影。她的雙眸濕潤、明亮，墨黑的瞳仁與白色迷霧形成強烈對比；前者像火焰般燃亮了霧影，驅散冷冽；朱紅的雙唇懸在略微瘦削的面頰，封印著那即將被吐出的字句，以及即將被理解，但可能被誤解的意義。

她姣好的臉上沒有任何表情，僅僅只是望著他，似乎並沒有開口的打算。就在她欲收走視線的那一瞬間，若平踏上前打了聲招呼，讓她把他的眼神再度納入她的視線軌道中。

「早安。」他說。

「早。」桃紅色的音調說。

「吃過早餐了？」

「嗯。」她轉頭看著雕像，失去他的視線。

「妳在研究石像嗎？」

「只是看看而已。」

「是不是發現了什麼線索？」

「沒有。」她搖搖頭，一陣說不上來的香氣脫離髮絲爬過冷霧，旋入他吸進的空氣中。

她沒有再說話。沉默是最可怕的武器，因為當沉默在進行任何摧毀行為時，本身也是沉默的。

「妳是Mystery的編輯？」若平問。

「嗯。」她轉頭看了他一眼，隨即別開。

「我記得妳說妳是採訪記者。」

「也是編輯。」

「為什麼會想去雜誌社工作？」

「我對這種文字工作還滿感興趣的，剛好Mystery裡面有人辭職，我就順利進去囉。」

在這段簡短的回答中，若平注意到兩件事，第一件事令他心頭一震，第二件事則激起他更深的疑惑。他決定先問第一件事。

「辭職的編輯因為什麼事而辭職呢？」

「好像是因為結婚了，想暫時辭掉工作吧。」

「妳知道編輯的名字嗎？」

女孩低頭想了一下，右食指抵在下巴，「好像是姓韓，叫作……夏瑀，對，應該是這個名字。」

夏瑀，若平深吸了一口氣。

「怎麼，你認識她？」莉蒂亞轉過頭凝視他，眼神透顯出好奇。

他本想否認，但他知道自己的眼神已經洩了底，況且這種事只要一翻報紙就可以查出來，所以他決定吐實。

「嗯，韓小姐曾經被捲入一樁案子，我們是在那件案子中結識的。」

「什麼案子？」現在她的目光持續停駐在若平身上，從原本的漠然轉變為熱切，讓他有些不知所措。

「幾年前，在中橫公路上的一棟山莊『霧影莊』發生過殺人案，一名推理小說作家被槍殺，那時我跟韓小姐恰巧都是山莊內的賓客，這件案子滿轟動的，妳或許聽過。」

從過往的經驗，當對方聽到「霧影莊」這三個字時，總是會露出恍然大悟的神情，然後猛力點頭，但出乎他的意料，女孩竟然很快地搖頭。

「在昨晚紀思哲介紹你之前，我不知道這件事。」

「哦？」心頭似乎被澆了一盆冷水。不過，他很快地明白女孩搖頭的原因。「我想妳不知道這件事，是因為在美國住過一段時間，對嗎？」

這時盯視著他的視線，從熱切的好奇轉變為驚訝的好奇，他頭一次在女孩的臉上找到了真正的情緒波動，一種非社交式的情感流動。

「你怎麼知道？」她睜大眼瞪著他，但在他開口之前，一陣了悟爬過雙眼，「發音，你注意到我的發音，對不對？」

「嗯，當妳說mystery這個字時，發音方式跟美國人如出一轍。」

「真是的。」女孩聳聳肩。

「在美國待了多久？」

她猶豫了一下，「很久，」停頓，「非常久。」

「留學嗎？」

「我大學的確在那裡唸的。」

「移民？」

「不算。」

他覺得莉蒂亞似乎不太想談搬遷到美國的理由，他不想窮追猛打，於是放棄了這個話題。

「那妳跟韓小姐熟識嗎？」他隨便丟出了這個問題。

「我沒有見過她，我去工作時她已經離開了。」她的眼睛露出探詢的神色，「你好像很在意她？」

「沒有，只是好奇想問問她的近況。」

「你們不是朋友嗎？你可以直接問她啊。」

「很久沒聯絡了。」

「是因為她結婚的關係嗎？」

「算是吧。」

談話又中斷了，他心裡有些焦急，盤算著要不要就此打住，沒想到對方竟然主動開口了。

「都是你在問我的事，該我問你了吧。」

「請問。」

「你真的是偵探？」

「不是，我是大學教授。」

「但紀思哲說你是。」

「我不是正式的偵探，只是偶爾會接受一些私人委託。」

「那也是偵探啊。」

「偵探是一個很專門的職業，但我不是專業偵探。」

「好吧，那你在大學教什麼？」

「哲學。」

「嗯，很特別的科目。」

「一個在臺灣不怎麼受到重視的學科。」

「可想而知，這裡的人文素養比起先進國家還是差了一截。年輕人不會去讀什麼叔本華、齊克果或尼采吧。」

「妳讀過嗎？」

「以前翻過一些，但讀得不深入。我想你應該是滾瓜爛熟吧。」

「不，妳剛剛說的都是歐陸哲學的範疇，我學的是英美分析哲學，我對尼采的了解恐怕比妳還少。」

「原來哲學還有分派別？」

「現在愈來愈多哲學家否認派別的區分了，不過要粗略分還是可能的。」

這時候，兩人邊談邊輕移腳步，來到了隧道口附近，迷幻的白霧在半空中盤旋，像迷途的精靈。

「說真的，」女孩開口：「看了幾本哲學書之後，我還是不太明白哲學到底在做什麼，哲學問題的目的是什麼？」

「哲學家最常爭論的問題之一就是『什麼是哲學』。不過在我看來，哲學的目的很簡單，就是解謎，跟偵探一樣。」

「解謎？」女孩眼睛一亮。「跟偵探一樣？」

「是啊，偵探解謎，哲學家也解謎，只不過謎團的外貌與性質不同罷了。偵探解犯罪之謎，哲學家解決世界根本問題之謎。」

「根本問題？」

「最基本的問題，諸如什麼是對錯、什麼是價值、什麼是時間、什麼是人的本質、什麼是概念……等等，而他們解謎的方法跟偵探完全一樣。如果妳有機會讀過分析哲學家的著作，妳一定會非常驚訝，那根本就跟推理小說沒有兩樣，精采細密的邏輯推理、峰迴路轉的反覆辯證，活脫就是艾勒里・昆恩小說的翻版。唯一與推理小說不同的是，哲學家的書中，解謎篇占了全書的四分之三，問題篇只占四分之一，而推理小說正好相反。」

「真是令人難以置信。」

「這是事實，我強烈懷疑艾勒里・昆恩的作品是否受到當時英語世界分析哲學熱潮的影響，因為邏輯方法正是分析哲學的圭臬。」

「我在紐約時有讀過一些昆恩的書……要不要坐下來？」

冰鏡莊南側，也就是隧道口這一邊，底部是灰色的水泥，約到腹部高度，再上去才是布滿綠色短草的土石，向上延伸到約兩層樓高度，方形水泥基座凸出一小段，兩人靠坐在上頭。

「你乍看之下不是很健談的人呢。」女孩往後坐，右腿優雅地跨過左腿，兩手扶在身側，掌心貼著水泥。

「我昨晚不是說了一大串？」

「你是指分析案情那時嗎？那不一樣，那不是聊天，不過你在講那些事的時候真的很像臺上的教授，整個神情都變了。」

「不然平常的神情是怎樣？」

「很沉默，不喜歡開口的樣子，好像對任何事都漠不關心。」

「原來我看起來是這樣的人。」

「是啊。」

「其實我一開始也沒想到妳還滿能聊的，我也一直以為……妳不愛開口。」
她轉過頭看了他一眼，又轉回去，微微抬頭看著天空，語氣滿不在乎。「我有幾次想開口跟你說說話呢，只是看到你的臉沒什麼表情，就打消念頭了。」
「原來是我的臉的關係，真是抱歉。」
她又轉過頭來，笑了笑，用右手輕輕推碰了他的左臂，「開玩笑的，別認真。」
他不會對她的玩笑認真，但倒是對那如兔子般輕巧的碰觸十分認真。他的右手往右邊退縮了零點一毫米，心情則往前躍進了十公里。
「說真的，我覺得妳一定不是普通的女孩子。」他壓抑住滿溢的情緒，說道。
「哦？怎麼說？」她投給他好奇的一瞥，眉毛微微往上一挑。
「妳好像比一般人還冷靜。」
「還好吧。」
「這裡已經死了兩個人了，妳絲毫沒有驚慌失措的樣子，要是一般女孩子，早就精神崩潰了吧。」
「你怎麼知道我沒有驚慌失措，也許我心裡慌得很，只是沒有表現出來。」
「看起來不像。」
「如果我說的成立的話，你是沒有辦法用你看到的來反駁我的。」
若平苦笑，「我現在可不想進行哲學論辯。」他眼神轉向地上的草地，「對了，妳對於昨晚劉先生表演的魔術有沒有什麼想法？」
「那個啊，」女孩右手將垂到肩前的髮絲往後梳攏，「看起來很神奇，不過魔術不都這樣？」

「妳有什麼解答嗎？」

「沒有，你有嗎？」她又轉過來看他。

「不算有……」他的腰離開靠著的水泥基座，往前走了幾步，蹲下身，右手往草地裡一掏。

「你幹嘛？」

「給妳看個小魔術。」若平站起身來，轉身面向她；他伸出右手，手掌上躺著一個灰色小石子。

「你也會魔術啊？」她的語氣帶點驚訝，墨黑的眸子比方才又亮了許多。

「只會非常、非常簡單的，我看看……」他環顧四周，然後注意到右翼南側那座雕像，就是顧震川死後才移動的那座。「我們過去那邊。」他指了指拿著長劍的希臘士兵。

莉蒂亞沒多問，踩著輕快的腳步跟上頭，兩人瞬時來到石像面前。

「呃，」若平有點不好意思地說，「我來變個類似昨晚劉益民表演的瞬間移動好了，不過這個簡單得多，看到那座雕像嗎？」

這名戴著頭盔的士兵右手高握著一把鐵劍，左手搭在腰間的鞘口，那鐵製劍鞘的橢圓形開口看起來深不可測；這座雕像只有長劍與劍鞘的部分不是花崗岩構成。這是一座發怒的石雕，雙眼怒目直視，雙唇如火山口般裂開，露出一個貌似洞穴的黑洞。

「嗯，這雕像怎麼樣？」女孩好奇地看著他。

若平後退了幾步，右手平舉，掌心朝上，露出那粒小石子，「我要把這粒石子放到雕像的嘴巴。」他往前走了幾步，把石子塞進那灰撲撲的洞口，然後再把食指塞入，勾出小石子。

「不過當然不是用這種簡單的方法，讓我們試試昨天晚餐時學到的把戲。注意看囉。」

他再度後退了幾步，右手平舉，掌心朝上展示那粒小石子，然後五隻手指頭往內收攏握拳；接著他快速旋動著拳頭，舞弄了一陣子後再迅速翻拳，打開手指。

小石子不見了。

「咦？」莉蒂亞瞪大了眼睛，「真的不見了？」

「妳去看看石像的嘴巴吧，已經傳送過去了。」

女孩用帶點笑意的眼神掃了他一眼，然後踢著輕巧腳步到了石像前，伸出手指往雕像嘴裡掏。她挖出了一粒小石子。

「我想聰明如妳，應該已經識破這個把戲了吧？」他一邊說，一邊走向女孩。

她轉頭望了石像一眼，然後再看看他的手，聳聳肩，「也談不上識破，只是仔細一想，似乎只有一個可能。」

「是啊，只有一個可能。」他抬起右手，掌心中躺著另一粒小石子，「我一開始就撿了兩粒小石子，當第一次把石子塞到雕像嘴裡時，我把其中一粒留在裡面，然後假裝把同一粒拿出來，其實拿在手中的已經是第二粒石子了。後來石子也沒有從手掌中消失，我只是把它夾在指縫裡讓人不容易看見而已。原理實在簡單得可笑吧？可是這個戲法的概念幾乎是所有魔術的基礎。」

「如果包裝得好，」女孩凝視著手中的石子，「一時之間真的是會讓人摸不透。」

「人是一種很奇怪的動物，常常會被一樣的東西所騙，也許是因為人總是屈服於慣性吧。」

「或許吧，啊——」莉蒂亞手指一個不穩，石子從掌心滑了下去，瞬間落在劍鞘口邊，發出清脆的撞擊聲，然後石子滾入鞘中，擊出一陣擦撞聲。

「正中紅心，」若平說，「我以前常跟朋友玩投小石子入洞的遊戲，不過技術都沒妳好。」

「純屬巧合。」女孩苦笑，「我倒是想要知道你這個魔術的用意，如果這是搭訕的手段的話，可是有點遜喔。」她那明亮的雙眼，帶著諷刺笑意的嘴角，在清麗的臉龐上纏綿出一箭穿心的控訴。

他不知道臉上的紅暈有沒有違反軍令自行殺了出去，但更重要的是他不明白為何一道虛假的控訴能讓他胸中的百萬兵馬在瞬間都被判了死刑；在此辯白無用，即使他真的是清白的。

「還好這真的不是搭訕，」他乾澀地說，「我是在想，劉益民的魔術是不是跟這技巧有關。」

她輕蹙蛾眉，「我想想……有可能是一樣的嗎？」

「我們回想一下好了，一開始時，劉益民把手機擺在桌上，然後走到餐具櫃，拉開抽屜，裡面空無一物，接著他關上抽屜，回到餐桌邊。」

「如果跟你剛剛的小石子魔術原理相同的話，那麼就只能解釋成他在關上抽屜前將另外兩支相同的手機放進抽屜裡了。」

「對啊，可是問題就在這裡，我剛剛的魔術傳送的是小石子，體積很小，要移動或隱藏都很容易，可是手機的體積比起小石子實在是大太多了，劉益民能將兩支手機放進抽屜裡而不被我們察覺嗎？如果我沒看錯的話，他的兩隻手自始至終都沒有伸進抽屜裡。」

「啊？你注意得這麼仔細？」

「因為我原本預期他會用我已經知道的障眼法表演，所以我特別注意他雙手的舉動。」

「可是如果不是在那時放進去的話，那手機是怎麼出現在抽屜裡的？」

「這就是傷腦筋的地方，這個魔術一定用了不一樣的方法。」

女孩沉默了半晌，「可是知道方法有那麼重要嗎？知道方法似乎不是現在的重點。」

「我只是在想，這個魔術的手法會不會跟這裡的兩件兇殺案所使用的方法相同。第一件是一個人從被監視的密室消失，第二件是一個人侵入被監視的密室。」若平用期待的眼神看著女孩，「妳有什麼想法嗎？」

「這就更困難了，」她看著地上，「我可沒你想的那麼聰明。」她抬起眼神來看他，「聽說你是一個偵探，難道你以前沒遇過類似的怪案？」

「我曾經遇過非常古怪的案子，不過那些案子的解法似乎都不適用於這次的案件。」

「其實看似困難的問題，解答應該都是很簡單的吧？就像剛剛的小石子魔術，石子不可能瞬間被傳送，那麼一定是石子一開始就在那裡。」

「妳想說什麼？」

「既然一具屍體不可能從密室中消失，那它就是沒有消失，只是你們沒有找到罷了。」

「可是——」

「既然一個人不可能侵入封閉的密室，那麼他就是沒有侵入，也就是他打從一開始就在裡面。」她聳聳肩，「如果是我的話，我就會這樣想。」

若平沒立刻回答，他沉默地望著不遠處那棟三層高的建築，然後轉過頭來重新面對女孩。

「基本上我同意妳的說法，但除非有祕密的藏身之處，否則……」

「你檢查過展覽館二樓的蠟像了嗎？」她冷冷地說。他覺得那種冷來自於她似乎認為自己出了一步好棋。

若平愣了一下，「當然，檢查過好幾遍了。不可能有人假扮成蠟像躲在那裡。」

「你有沒有看過一部電影叫作《恐怖蠟像館》？」

「有聽過。」

「裡面的兇手把屍體做成蠟像，也就是人體外面包覆著蠟，除非把蠟剝掉，否則根本不可能知道裡面藏有屍體。」

「難道妳要說蕭沛琦的屍體被做成蠟像了？」

「我沒有說什麼，我只是給你思考方向，因為我覺得再怎麼想，都只能認為是那堆蠟像有問題。」

「可是從蕭沛琦的屍體被發現到消失，只有短短幾分鐘的時間，不可能在這麼短暫的時間把一具屍體做成蠟像吧？況且兇手難道也把自己做成蠟像？」

「我說過啦，我沒有想那麼多，可是如果你同意我剛剛的思路，又認為展覽館內最可疑的地方就是蠟像館的話，你不得不朝這個方向去想。」

「說起來，真的是該把那個鬼地方再檢查一遍。」

「應該是有必要的，」她輕輕挪動腳步，「站久了腳都痠了，不陪你了，你去進行你的調查吧。」

「抱歉耽誤妳這麼久……妳等一下要做什麼？」

「不曉得，也許去探望徐太太吧，看她有沒有好一點。」

女孩子果然就是比較體貼與細心，若平決定不再挽留她，「我有最後一個小問題想問妳，一個應該不是很重要的問題。」

「你真的很愛問問題，」女孩露出無可奈何的微笑，「不過我猜偵探就是要這樣吧。」

「昨天晚上發現蕭沛琦的屍體後，我們回到交誼廳，那時候梁小音端上了熱開水給大家喝，妳記得吧？」

「當然。」

「妳是不是整杯都沒喝？」

她似乎有點訝異，「你怎麼知道？」

「呃，我們解散前我不小心瞄到的，只是有點疑惑……」

「答案很重要嗎？跟這案子應該無關吧？」

「應該無關……」

「既然無關，我就可以不告訴你吧？」

「既然無關，那告訴我應該無妨吧？」

女孩瞪了他一眼，他堅決地看著她。最後她別開眼神，攤攤手。

「你不會想聽這個理由的，這是你逼我的喔。」

「真是對不起，我——」

「算了，我就告訴你吧。」她掃了他一眼，對著地上說，「我只不過是看到玻璃杯中浮著一粒黑色的東西，所以不想喝罷了。大概是死去的昆蟲或什麼吧。換成是你，你會喝嗎？」

「……應該不會。」

「那就對啦。」

真的只是這樣而已？他沒把這句話說出來。

「對了，妳願意跟我一起去搜搜蠟像館嗎？」若平快速轉了個話題。

女孩遲疑了一下，拋出一個深不可測的笑容，「我猜我別無選擇。」

「呃……」

「你打算什麼時候去？」

「妳探望完徐太太後吧。」

「就我們兩個嗎？」

「不然呢？」

「這樣不會有危險啊？」

「難道妳會害怕？」

「怕？」她笑了一聲，「我是怕你出了什麼事。」

「我只是不想驚動太多人。」

「為什麼？」

「沒什麼……只是覺得不要把所有的調查行動都公開比較好。」

「你懷疑其他人嗎？」

「或許吧，反正我覺得這件事不需要去麻煩其他人吧？」

「難道你不會懷疑我嗎？」

「什麼意思？」

「你昨天分析了四種可能性，第四種是劉益民不是兇手，而真正的密室傑克躲在背後操弄一切，對吧？」

「是啊。」

「如果是這樣的話，密室傑克會不會混在我們之中？」

「不排除這種可能性。」

「那我有可能就是兇手，不是嗎？」她仍舊帶著笑意的臉龐凝視著他。

「如果妳是兇手，那妳是怎麼殺害顧震川的？妳不是跟徐太太在一起？」

「也許我收買了劉益民來幫我收拾顧震川啊，這樣就不可能有人懷疑我是兇手了。又或者我用了某種意想不到的隔空殺人手法。」

「這……」他看著莉蒂亞，搞不清楚她到底是開玩笑還是認真的。

「你還真的認真起來，」女孩摀著嘴吃吃笑了起來，「真好騙，你這樣也叫偵探啊。」

「呃，現在真的不是開玩笑的時候。」等等，隔空殺人與……收買？

就在他的思緒要繼續往前推進時，對方的聲音切了進來，「不過話說回來，我怎麼知道你不是兇手？」

他吃驚地抬眼看她，她的神情已經轉為嚴肅，眼神緊緊勾著他的視線。

「你要我跟你去蠟像館搜索，」她將垂落到右邊臉頰的長髮往後拂，「就得先證明你不是兇手。我可不想在那裡被你滅口啊。」

「可是我沒有理由殺妳啊。」

「所以說你是兇手囉？」

「不，我不是這個意思……」

「那就拿出證明。」

女人，真的很難對付。

他長吁了一口氣，然後直視她；在兩人的眼神相遇時，心中湧起一股很奇妙的感覺。她平常冷漠的臉孔反倒烘托出了她的笑容是多麼珍貴，惹人珍惜；那張臉卻又是如此瞬息萬變，像萬花筒般，迴轉著不同的面容，每一次的交替都緊密切合著他心跳的頻率，彷彿他是由她所帶動的齒輪。

「我唯一的證明，就是我相信妳不是兇手，」若平說，「這個心證，比任何物證都還強而有力。」

他們對望了半晌，就當他要放棄凝視的時候，女孩噗哧一笑，愉悅的氛圍在她臉上漾開來。

「好，我相信你。我們走吧。」

他有點迷惑地看著她挪動腳步，「去哪？」

「去蠟像館啊！」她瞪了他一眼，兩手扠著腰，「你不是自己說了嗎？」

「妳不是要先去探望徐太太？」

「我改變心意了，我不知道我什麼時候還會再改變心意，到時我可不管了喔！」

她一轉身，朝展覽館的方向快步走去。

「啊……等等！大門鎖上了，得先去借鑰匙。」

莉蒂亞停下腳步，迴身說：「那快去！我在這裡等你。」

「我馬上回來！」

他迅速穿越逐漸散去的霧，往右翼建築而去。他的心中翻騰著不安與興奮的矛盾衝突感。

4

若平向紀思哲借鑰匙時，只簡單說明了他想去展覽廳晃晃，看能不能找出顧震川一案的線索，對方有點遲疑，面色凝重地望著他，那一撮山羊鬍子僵硬地懸在空中。

「要不要我跟你一起去？我們可是還不曉得那裡究竟發生了什麼事呢。」

「不必了，不會有事的。我很快就回來。」

紀思哲緩緩掏出鑰匙串，遞給了若平。「那你自己小心一點了。」

「謝謝。」

離開了紀思哲的房間，若平很快地回到廣場，莉蒂亞站在那裡，眼神望著僅存的三座石雕，沉思的表情令他不自覺也跌入沉思。

「走吧！」他晃晃手中的鑰匙。

兩人來到展覽館大門前，若平開了門，讓女孩先進去，自己隨後進入。

「這個地方怎麼連一扇窗都沒有，」她說，「燈的開關在哪？」

「我看看。」

若平藉著從門縫射入的光往牆邊搜尋，按下了幾個按鈕，內裡的黑暗閃過幾道光，接著大放光明。

血跡與碎木片仍攤在那裡，讓人回想起顧震川血肉模糊的臉，兩人避開謀殺的痕跡，往電梯走去。

穿越黑木板門，若平來到電梯前，按下按鈕，電梯門往兩側開啟，他同樣讓女孩先進入，自己才踏進去。

從女孩身上釋放出來的香氣，在這封閉的空間內開始徘徊；他按下二樓的電梯鈕後，突然不曉得該說些什麼。沉默之神總是眷顧搭電梯的時刻。

頭頂上的數字燈亮起了「２」，門自動退開，女孩沒說話踏了出去，他隨即跟上，撲著了香氣的尾巴。

電梯門在身後闔上後，便切斷了唯一的光源，若平眼前一片黑；在那黑幕拉下以及他往前跨步的一瞬間，他發現自己跌入了一個很奇異的空間。他頸部以下的身體撞上了軟綿綿的物體，就好像掉進了一個海綿構成的世界，一片柔和穿越厚重的外衣直接襲向隱蔽的心靈世界；而頸部以上的身體則碰上了另一派柔和，另一種具體化的溫柔，是叫作嘴唇的傢伙最先接觸到的，而它也忠實地把那感覺傳送給其他爭先恐後的夥伴；那是略微溫潤的觸感，雖沉默但不孤獨，似羞怯實則嬌柔，產生了一種謎般的效果，好像可以撫平世界上最深的傷痛，並激起最沉的漣漪。

在這一切發生的同時，有一個看似矛盾的存在並行著，那是一聲尖叫。

若平慌忙退了一步，混亂的腦袋突然無法發號施令。

「你做什麼？」對面的黑暗傳來女孩略帶驚惶的聲音。

「妳、妳沒事吧？」他問。

「我……只是想問你電燈開關在哪。」

看起來，剛剛走在前面的她是驟然轉身了，就在光線消失的那一瞬間；而她只不過是轉過來要問他電燈開關的位置。嗯，事情就是這麼簡單。

「呃，妳站在原地吧，我進去找。」在挪動腳步之前，他突然害怕——或者說帶點期望的害怕——剛才的事再度發生，於是立刻補了一句：「妳靠向左邊吧，我靠右邊走進去。」

「嗯。」

「好了嗎？」

「好了。」

他往前跨了一步，就在第二步要邁出的時候，先前那種感覺在一瞬間又返回，就像是舊地重遊，無法形容的香氣與海綿的世界撲面而至。女孩又叫了第二聲，連他自己也驚呼了一聲，兩人在瞬間的接觸後又退回。

唉，腦子似乎癱瘓了，他忘了現在兩人是面對面，他的右邊就是她的左邊。

「林若平，原來你的腦袋都是用在這種時刻。」她的語氣突然降溫了。

「我不是故意要——」

「廢話少說，快進去找電燈開關。」

「好……」

他在黑暗中移向左邊，然後小心翼翼地往前走；行進途中可以隱約感覺到有一個發熱的物體定立在右邊用灼熱的眼神燃著他。

向前推開了木板門，他伸手朝牆壁摸索，一陣之後找到了開關。他按下去。

光線射入這沉悶的空間，由於蠟像館的整體背景顏色是黑的，就算開了燈還是破除不了這裡的陰暗感；成群僵立的人形就像地獄的鬼魅般以各種姿態固定著，在這寂靜的時刻顯得格外懾人。

他凝視著蠟像群，然後背後的黑木門被推開，莉蒂亞走了進來；女孩沒看他，而是掃了一眼那些假人。他注意到她臉頰上好像有一抹緋紅，看起來既無辜又無助。

「呃……」若平支吾，「我們就從最前面的雅典街景開始檢查起吧。」

她瞪了他一眼，「隨你。」然後便逕自走上前去。

若平嘆了口氣跟上。

說實在的，他真的不知道要從何檢查起。昨晚他跟顧震川還有李勞瑞都已經搜遍這個地方了，根本沒有找到任何疑點。這些蠟像做得雖然逼真，但只要多看幾眼，還是很容易便可以分辨出真假。至於莉蒂亞所提的蠟像中藏屍的做法，他雖然不敢完全否定其可能性，但實在無法想像兇手怎麼可能在短短幾分鐘內將屍體做成蠟像。他只好特別留意有沒有看起來比較新的蠟人。

莉蒂亞默默地檢視著假人，沒多久便隨著腳步的挪動沒入了展示區的另一頭，若平決定沉默地進行兩人分工，於是便往相反方向視察蠟像群。

除了蘇格拉底在雅典街頭與人談話的場景外，他也看到了齊克果坐在哥本哈根公園的長椅上，獨自一人沉思著；另外還有柏拉圖跟亞里斯多德兩人並肩站著，前者指著天上，後者指著地下，顯然是模仿拉斐爾「雅典學院」場景的作品；甚至也有培根在茅屋中解剖雞隻的場景❺。其

❺法蘭西斯・培根（Francis Bacon, 1561-1626），英國哲學家，關於其死亡的一說是培根為了試驗用雪保存肉類的可行性，買了雞，並將其塞滿雪後，受寒染病而亡。

他還有康德、黑格爾、尼采、洛克、斯賓諾沙等人的塑像，有的是單獨陳列，有的則有背景搭配。

不知不覺他已經來到了東側展覽區的盡頭，他暫時鬆懈緊繃的精神，呼了一口氣，突然感到有點頭昏眼花，可能是疲憊以及滯悶的空氣所致。

當他把注意力從蠟像身上轉開、放到周遭的空間時，很強烈地感受到深沉的寂靜感。昨晚在這個完全封閉的密室中，有一具屍體像煙般蒸發了。

如夜幕般的沉默持續壓迫著他的感官，他聽得見自己的呼吸聲，而他看不見在房間另一頭的莉蒂亞，眾多的人形擋住他的視線，蠟像所投下的黯淡黑影與他自己的影子交疊在一起。

然後，那件事發生了。

雖然他並沒有看到任何人或物體在移動，但他一瞬間感到似乎有東西在這些蠟像群中挪動；非常輕巧，彷彿與空氣融在一起，那是一種刻意隱藏的腳步聲，若不是這房內過於寂靜，他也不可能察覺到。

當他開始豎耳傾聽時，那聲響又不見了，好像那挪移者能神奇地配合他聽覺的停動，瞬間讓自己凍結，以逃避感官的追索。他收住呼吸，等待那未知的形體再度邁開腳步。

沒有聲音。

若平轉念一想，當你不想讓一個人知道你在移動時，那麼最好的方法就是在對方移動時跟著移動；如果在對方停頓時移動，反而會暴露自己的蹤跡。也許，那個人正是這種想法。

他試著跨出腳步，假裝一邊專注地研究蠟像，一邊沿著排列的蠟人走動，眼神不經意地掃視人形之間的空隙，耳朵則持續捕捉任何可疑的聲響。他不刻意隱藏，也不刻意張揚自己的腳步聲，讓一切自然呈現。

走了幾步之後，那神祕的腳步聲又出現了，他直覺是在右前方。他現在是往左邊移動，若平打算繞過前面的蠟像，然後向右方切去。

冷不防地，對方的腳步突然轉快了，一陣緊促的停頓，接續著一聲清脆的撞擊聲，好像有東西掉到地板。然後一切回歸於寂靜。

他有點著急，加快了腳步，一時之間不曉得該用迂迴的方式前進還是直接奔過去；他繞過了幾具蠟像，來到了蠟像館的底部，左邊是黑色的牆壁，右邊是展示區，穿越展示區就可以到達電梯間，而前方再過去則是蕭沛琦陳屍的紫棺，但此刻棺木被遮擋住，不在視線之內。

右邊是一道展列架，與左邊的牆壁平行，架子的兩邊各有一排蠟人。此刻他很清楚地感覺到，那個人就在架子的另一頭，因為他又聽到了那繼起的腳步聲，但有隔板的關係，他無法透過蠟人之間的空隙看到對面。

若平緩緩往前走，一邊諦聽著腳步聲，須臾，聲響又滅。他來到了展示架尾端，停頓一下，然後快速繞過去。

另一頭這裡並沒有人。

他疑惑地再往前走了幾步，看著前方，開始懷疑自己是不是聽錯了。

會不會是多心了？還是說，從頭到尾根本是……

一瞬之間，背後傳來輕微的挪動聲，他本能快速地往左轉身，眼角掃到一隻白皙的手掌朝他肩膀飛來；他右手快速繞上左肩，在轉身之際緊握住那隻手，然後使勁往後一拉。

那個人整個身子撲跌了過來，若平閃身，對方摔到地上，一聲尖叫彈起。

「啊！」

當他看清那個趴跪在地上的人是誰時，整顆心被原子彈炸掉了半截。他慌忙彎身下去攙扶。

「你幹嘛啊！」莉蒂亞揉著右手，長髮散亂地半蓋住臉龐。

「對、對不起！我以為……」

他伸手要去扶她時，卻一把被掃開。女孩怒氣沖沖、搖搖晃晃地站了起來。

「真搞不懂進來這裡面之後你是中了什麼邪。」她咬著唇，微微彎身，揉著膝蓋，「你幹嘛拉我？很痛耶！」

「真的很抱歉！」若平幾乎有跪下去求饒的衝動了，他覺得很心痛，但這心痛很矛盾地卻有兩層，第一層是看她痛苦的樣子令他心痛，第二層則是因為自己內心中違背良心的情緒令他心痛。簡單說，他喜歡她生氣的臉甚於她平時冷漠的臉；附帶說，她的手握起來很軟、很溫暖。

女孩面對著他，膝蓋揉完了又回來揉手，一副楚楚可憐的樣子；長長的髮絲在那對黑眸子前斜倚而過，掩蓋不住瞳仁中興師問罪的急怒。

「我以為這裡還有別人，」他趕忙說，「沒想到是妳。」他突然注意到女孩腳邊躺著一把短刀。對了，她剛剛跌倒的時候手中握的東西也掉落了，所以她剛剛握的是……

「還有別人？」她皺著眉，「有嗎？你是不是太敏感了？」

「妳剛剛沒感覺到有人在走動嗎？」

「沒有，我只是聽到好像有東西掉落的聲音，就過來看看，結果看到那把刀子掉在地上，」她指指腳邊的刀，「我把它撿起來，要拿過去給你看看。後來看到你，正要伸手叫你時，就被你拉住啦！」她的怒目而視逼得他直低頭。

「原來是這樣，真對不起，我以為……是其他的人。」

她嘆了口氣，「算了，你不用辯解了，重點是你要怎麼補償我？在短短的時間內我被你攻擊了三次，以前從來沒遇過這種事！」

攻擊？這……

「我……我們離開這裡之後我請妳吃飯好了。」

「萬一我們在離開之前就全被兇手殺了怎麼辦？那不就便宜你了。」

「不可能的，我們一定會活著出去。」

「你這樣說沒有說服力。」

「我保證不會讓這種事發生，」他很用力地看著她的雙眼，「相信我。」

沉默了一陣後，她的眼神退讓了，但眼裡的無奈絲毫沒有減少，「我也只能相信你了，不然還能怎樣？」轉瞬間，之前見過的那種諷刺笑意爬上她唇角，「如果你請我吃三頓飯，我就不跟你計較。」

「一言為定。」

「開玩笑的啦，一頓就夠了，還三頓，我可沒那麼多時間。」

「我——」

「那我們是不是該離開這個鬼地方了？這裡的氣氛真是愈來愈讓人不舒服。」

「當然。」他點點頭，然後彎腰撿起那把刀子。

「對了，那把刀為什麼會掉在地上？」

「我沒看錯的話，這把刀本來是握在蠟像手中的。」他望向另一側的蠟像，那裡展示著法蘭西斯・培根的塑像。那是培根正在解剖雞隻的情景。培根手中的刀子不見了。他記得早先經過時刀子還在。

「大概是沒固定好所以掉了吧。」女孩說。

「應該吧，」他端詳著刀子，「我們走。」

女孩欲言又止，若平猜她大概想問他為什麼要把刀子帶走；但她住口沒說話，逕自轉身走在若平前面。

若平看著她的背影，緩步跟了上去，突然感覺到思緒很沉重。

如果說她持刀要刺他的話，剛剛朝他背後伸過來的那隻手應該不會是空的吧？如此一來與她所謂「只是要叫喚他」的說法正好相吻合。

但是，這種事誰又說得準呢？

可是，我不是說過我信任她嗎？那我為什麼又要懷疑？

他吐了一口沉重的氣，然後把蠟像館拋在身後。

5

（密室傑克的獨白）

剛剛在蠟像館真的是千鈞一髮，差點就被林若平逮到了，有很多意外是預料不到的！

絕對不能讓他懷疑到我身上，幸好目前還沒有任何關鍵性的證據會露我的底。今後行事要更謹慎。

顧震川一案幹得漂亮，沒有任何疏失發生，林若平看起來仍舊一頭霧水，這也難怪，敵明我暗的狀況再怎麼說都是對暗的那方比較有利。

下一次的罪行，一定會讓這個偵探更加震驚，他絕對想不到這次的模仿對象竟然會是……

6

若平交還展覽館鑰匙給紀思哲時並沒有提到剛剛遇襲的插曲，他只是含糊地說沒有什麼發現，便離開老人的房間。

他跟著莉蒂亞一起去探望徐于姍，她的房間是在左翼建築左邊數來第三間，門板上的房間號碼標示著三號。剛進房間時覺得裡面很暗，正對著房門的窗簾是緊閉的，房內也沒開燈。女人靜靜地躺臥在床上，閉著雙眼，如果不是他們敲門時有聽到裡面傳來「進來」這兩個字，若平會以為他即將看到的又是另一具屍體。

一盤早餐擺在床頭櫃，牛奶喝了一口，吐司也啃了一口。

在若平與莉蒂亞走到床邊時，床上的人轉頭看向他們，她的臉很憔悴，整張臉完全變了形，就像突然戴上了一張破碎腐爛的假面具。

徐于姍幾乎沒有說話的力氣，他們簡單寒暄幾句後，便決定讓女人獨自繼續休息，於是退出了房間。

「我去廚房看看午餐有沒有需要我幫忙的地方吧。」莉蒂亞說。

「打算下廚嗎？」

「聽說沒有食材不是嗎？我幫忙張羅就夠了。」

「好吧，那待會兒見。」

與女孩分手後，若平決定回房休息，他走到房門口，開了門，然後進入。接下來的一個小時他只是呆呆地躺在床上，試圖整理思緒。不過目前為止發生的一切都讓他感到混亂，已經很久沒有這種情況了，這代表這次發生的案件異常棘手，必須花更多的心力來思考。

一人失蹤、兩人死亡的疑雲籠罩著冰鏡莊，但連續兇殺的節奏似乎被滯悶的早晨所打斷。早上沒有發生什麼事，時間跌跌撞撞地來到了午餐時間。

午餐的氣氛很沉悶，梁小音將午餐準備好、招呼其他人來吃飯後，便端了一份到徐于姍房裡，陪同她用餐。至於餐廳裡的人們，沉默得有如被蠟封了嘴一般，嘴巴成了進食而非說話的器官。紀思哲瘦小的身形在大輪椅中看起來更加渺小，他一臉嚴肅地動著刀叉，深邃的眼神透露出他正深陷沉思；李勞瑞的金框眼鏡閃著亮光，姿態仍是一派輕鬆中不失優雅，他簡短與若平交談幾句便沒再多說話，靜靜地解決餐盒中的食物；莉蒂亞坐在若平身邊，看得出她本來似乎打算開口跟他聊些什麼，但感受到沉重的氣氛後，便打住了話頭。

下午的時間，不安感可以說是同時消散又凝聚；說消散是因為沒有再發生震懾人心的慘案，說凝聚則是因為這反倒醞釀出一股暴風雨前的寧靜。

若平回到房間，不知道該做些什麼才好，他懶洋洋地拆開早上梁小音帶來的盥洗包，漱洗一番，然後坐在床沿，想要重整思緒，並試圖用各種角度去審視案情。他在腦中回憶昨晚在白紙上記下的疑點與案件流程表，一項一項檢視，針對各個疑點找出可能的解答，但又一一推翻掉那些解答，以至於到最後還是沒有定論。最麻煩的是，他找不到一個滿意的解答可以一次解釋所有疑點。思緒觸礁。

曾經有一段時期，他認為思考的工作就是要靜靜坐著，像福爾摩斯或白羅那樣，只要讓腦細胞去動就好了。但後來他發現，光有腦細胞動是很難產生靈感的。已經忘記是從哪邊看來的說法，有人主張走路能刺激思考，因此當遇到需要大量用腦的時刻，他會試著去散散步，看能不能藉著生理上的刺激來跳脫心理上的框架。

因此，下午剩下的時間，他都在廣場上徘徊，研究著雕像留下的詭異腳印；繞著雕像轉了幾圈之後，他漫步到左翼建築後那座雕像前，與女人馬獸對看了幾眼，再踅到右翼建築前那座濺血的士兵雕像前，摸摸他的長劍、碰碰劍鞘、探看石像胸前的暗色血跡。他發現石像胸前的血跡形狀幾乎是呈現完美的圓形，看起來好像不是潑灑上去，而是拿著畫筆塗上去的。如此反覆查看了幾次，除了更確定那兩座雕像根本是人力無法移動的事實之外，沒有再發現新東西。

天色由明轉暗，直到他發覺雙腳開始發痠時，梁小音招呼他去吃晚餐。

晚餐的氣氛跟午餐一樣凝重，只不過，這次終於有人主動帶起話題。

「白天什麼事都沒發生，」李勞瑞推了推眼鏡，「這是兇手的計策嗎？」

「不曉得，」若平搖搖頭，「也許他有自己的犯案時間表。」

「晚上作案會比較方便吧，」莉蒂亞淡淡地說，「比較不會被人發現。今晚可能得小心。」

「莉蒂亞小姐說得是，」若平說，「黑夜總是危險的，這大概也是為什麼昨晚連續死了兩個人，兇手得把握夜晚的時間。」

「今晚每個人把門窗鎖好吧，」紀思哲環顧眾人說，「或許把桌椅搬到門前堵住會保險些，有什麼緊急狀況可以直接撥房內電話。」

「也有可能什麼事都不會發生，」李勞瑞微笑道，「也許這是一種鬆懈策略，等我們緊綳過了，放鬆戒心了，他再出其不意地襲擊。」

「別危言聳聽了，」紀思哲道，「再撐過兩個夜晚就能結束這場噩夢。」

飯後，眾人在餐桌上隨意聊了幾句，直到梁小音收拾好餐具，一群人才解散。若平、李勞瑞、莉蒂亞三人在走廊上確定梁小音與紀思哲都安然無恙地回房後，三人才一起出了右翼建築，穿越廣場。外頭十分寒冷，冰涼的空氣如利刃劃刮著皮膚。

「有交代徐太太要鎖好門窗嗎？」若平問莉蒂亞。

「有，小音剛剛有說了，她送飯去時有特別叮嚀要上門鏈跟門閂。」

「我們回房前再去看她一下吧。」

他們三人去了徐于姍的房間，確認她安好後，便要她鎖好門窗，囑咐有緊急情況時要打電話，接著便往各自的房間而去。

李勞瑞離去後，若平站在門口，轉頭對女孩說：「自己多小心喔！有什麼事我就在隔壁。」

「喔，我相信我們會很安全的，你那麼神經質，有什麼聲響都逃不過你的耳朵。」她睜著澄澈的眸子，用強調的語氣說道。

「我也是會有睡著的時候。」

「好了，不跟你廢話了，晚安。」她沒再多看他一眼便沒入房門後了。

若平看著那扇門關上後，才進入自己的房間。

他上了門閂、扣上門鏈，按下喇叭鎖頭，確認整扇門的牢固性後，再穿越房間去檢查窗戶的鎖。一切都沒問題後，他沖了個澡，然後鑽入被窩。

現在時間不過才八點，但因為昨晚根本沒睡好，再加上今天神經緊張了一天，其實已經感到很疲累了，只要再多躺一會兒，應該可以很快入睡。

吸著冰涼的空氣，高山上的寂靜滲入夜中，四周一片寧謐。他諦聽著任何可能出現的聲響，但繼之而來的只有沉默，連隔壁莉蒂亞的房間也是一片沉寂。

大概跟自己一樣已經上床了吧。他想。

憶起今天與女孩的互動，心中不禁湧起一陣複雜的感覺，一種捨不得美好回憶不復再現的感覺。

如果能繼續以自然的姿態與她互動下去，不知有多好。

一整個下午思索著兇殺案，思緒都疲了，他必須換點思考的內容來紓解一下精神壓力；她的一顰一笑理所當然地占據了此刻空寂遼闊的腦海。

然後，他在一派安詳中失去了意識。

7

後來回想起來，當他被那陣暗夜中的尖嗥驚起時，他是處於無夢的狀態，這或許導因於白晝的疲累，腦部必須完全休息，因此在那一連串的尖銳劃破睡眠的迷障時，他花了一小段時間才重新找回感官與現實世界的連結。

把他從等同於死亡的寂靜中喚回的是急促的電話聲。

若平清醒過來，一把抓起話筒，冰冷的觸感滲入手指，在瞬間傳遞到全身，讓他不自覺打了個冷顫。

「若平，我是紀思哲。」話筒那一端的聲音聽起來不像是他平常所認識的紀思哲，不過透過電話，人的聲音多少會有改變。

「是的，發生什麼事了嗎？」

「我剛剛接到一通電話，是無聲電話，沉默了一陣後便掛斷了，來電顯示是從三號房打來的，也就是徐于姍的房間，」話筒彼端的聲音更低沉了，「我在想是不是發生什麼事了！」

「我立刻過去看看！」他抓著話筒跳下床。

「我也會馬上過去，如果有發生什麼事，把其他人也叫起來吧。」

「我知道了。」

掛斷電話後，若平快速穿上鞋子，解開門鎖，奔了出去。

走廊上幾盞小夜燈亮著，他快步來到了廊道後段，握住徐于姍房門的門把，轉動。門沒鎖。

他將門往內推，赫然發現門鏈並沒扣上。他小心地將門推開，然後按下房內的電燈開關。

黑暗瞬時被掃除，很明顯地，房內沒人在。他視察了一下浴室，裡頭同樣沒有人。

床上的棉被整齊地鋪蓋著，如果不是女人下床後把棉被蓋回去的話，就是有其他人做了這件事。無論如何，徐于姍已經不在房內了。

「發生什麼事？」紀思哲的聲音從背後傳來。
若平轉身，望見老人乘著輪椅滑了進來。
「徐太太失蹤了！」
「失蹤？」
「找不到她，她要不是自己出去的話，就是被人帶走了。」若平說。
「被人帶走？」紀思著皺著眉。
若平凝視著那空無一人的床鋪，突然發現枕頭上躺著一張紙片。他走上前去拾起紙片。
那是一張白色的長方形紙片，似乎是從一般的印表紙裁下來的，上面用黑色的字體打印著一句話。

站在思想巨人的肩膀上俯瞰。
Jack the Impossible

若平默默地把紙片遞給紀思哲，後者充滿疑惑地接過紙張，掃了一眼。
「這又是什麼意思？」老人瞪著雙眼問道。
「我猜是暗示我們去哪裡找失蹤的女人。」
「是這樣？我想想……難道是指蠟像館？」
「『思想的巨人』的確是指那些哲學家的蠟像，」若平撫了撫下巴，「不過我想答案應該是展覽館三樓吧？因為上面提到了是在巨人的肩膀上。」

「有道理，」紀思哲低聲道，「那我們趕快過去。」
「當然。」
「把所有人都叫起來吧，集體行動比較好，不要有人落單在這邊。」
「也好。」
「我去叫小音，這邊的三人就麻煩你了。」
說定之後，兩人隨即分開行動。沒過多久，一群人便聚集在廣場中央。一股不安流竄著。
「又發生事情了？」莉蒂亞兩手插在口袋中，面無表情地問。
若平解釋了一遍剛剛的發現。
「看來情況不太妙，」李勞瑞瞥了展覽館一眼，「我們快上去看看吧。」
一行人來到了展覽館大門口，紀思哲掏出鑰匙開門，當他把鑰匙插入孔中時，停頓了一下，然後轉向若平。
「昨天你離開這邊時有鎖門嗎？」
「當然有，怎麼了？」
「這門鎖是開的。」
「這種鎖應該難不倒密室傑克，」李勞瑞端詳著鎖孔，「只不過是普通的鎖。」
「說得也是，」紀思哲把門推開，「跟昨天發生的一切比較起來，這不算多稀奇古怪。」
開了燈之後，一群人湧入大廳。梁小音看到地上殘留的血跡，立刻驚呼了一聲，怯生生地避開；莉蒂亞拉住她的手跟著其他人繞過顧震川的陳屍處，往電梯而去。

若平率先進入電梯，紀思哲最後跟上。電梯上升的途中，沒有人開口說話。若平默默地注視著頭頂上的樓層顯示燈，從1變為3，感受著樓層上升的壓力。接著電梯門往兩邊開啟。

開燈掃除黑暗之後，緊繃的氣氛在一瞬間略微鬆懈下來，原本預期會在空曠的廳堂中看到一具慘遭殺害的屍體，但除了原本就在的那套桌椅之外，沒有看到別的。

「真的不在這裡嗎？」紀思哲滑動著輪椅在房內轉了一圈。

「這裡不可能有人的，」李勞瑞環顧四周，「這邊除了桌椅外就沒有其他東西了，很空的地方。」

「看來是解讀錯誤了，是嗎？」紀思哲用探詢的眼神看著若平。

「不，應該沒錯。」若平緩步走向中央的圓桌，從上頭拿起一張白紙片。那紙張的材質與上頭的字體跟在徐于姍房裡發現的紙片一模一樣。上頭寫著：

另一個冰鏡莊。

Jack the Impossible

「另一個冰鏡莊？」若平把紙條上的內容讀給其他人聽後，紀思哲蹙眉道。

所有人陷入沉默。

「我想，」若平打破沉寂，「會不會是指放在一樓的冰鏡莊實物模型？」

「很有可能！」老人擊掌道，「我也這麼猜想，我們快下去看看！」

一群人再度進入電梯，回到了一樓，若平率先踏出，快步走到玻璃展示櫃前。

仔細一看，似乎有一捲小紙片塞放在冰鏡莊模型的廣場上，就卡在雕像群與展覽館之間。若平檢視了一下玻璃櫃，發現玻璃片接縫之處並沒有嵌合好，顯然最近有人打開過。他小心翼翼地掀開了頂上的大玻璃蓋，把它放到圓桌上。

若平做些這動作時，紀思哲問：「被開過是嗎？」

「嗯。」

「這根本是尋寶遊戲，」李勞瑞評論道，「密室傑克的嗜好真教人驚奇。」

若平伸手將紙片夾了出來，將其攤開，是跟之前一模一樣的紙片，上頭寫著：

未經反省的人生是無價值的。

Jack the Impossible

「這個簡單！」紀思哲叫道，「這是蘇格拉底的名言，在蠟像館！」

於是一群人就像一顆躲避球一樣，被拋過來又拋過去，在展覽館內上上下下，在這匆忙移動的同時，一股不安又悄悄地升高。他們知道，尋寶遊戲不可能永無止境，而那終點的未知面貌則令人不敢直視。

電梯一來到二樓，開了燈後，所有人立刻魚貫趕至映入眼簾的第一組蠟像群——蘇格拉底在雅典街頭的哲學對談場景。若平注意到大哲學家的右手中露出一截白紙片，他把它抽下，攤開來看。

舊地重遊。

Jack the Impossible

又是短暫的沉默。

「我猜，」李勞瑞開口，「應該是要我們回到剛剛發現過紙條的某一個地方吧。」

「只有三個地方，」莉蒂亞說，「徐女士的房間，展覽館一樓跟三樓。」

「會是哪裡？」紀思哲扯著鬍子，「提示太少了！」

「那就一個一個找，先上三樓看看吧。」若平說完，轉身快步朝電梯而去。

上升到三樓的途中，心中的不安感愈形擴張。若平搶先出了電梯，推開黑木板門，在他推開門的一瞬間，整個身子如被雷擊中般僵住了。

「怎麼？為何停住？」紀思哲在他身後叫道。

「最壞的情況發生了。」若平緩緩地說，然後把門推開，退到一邊，讓其他人可以看見廳堂內的光景。

一群人湧出木板門後，若平將門帶上，站在他們身後，越過人群顫抖的肩膀凝視著大廳中央的徐于姍。

女人呈大字形趴在圓桌上，頭部正對著他們，往下垂落的金色鬈髮如瀑布般覆蓋住整顆頭顱，無助地懸吊在半空中；原本圍繞在桌邊的六張椅子全被反過來放；這幅圖畫看起來就像是一隻死氣沉沉的大海龜，盤踞在桌上，被顛倒站立的山巒所包圍。

梁小音尖叫一聲，蹲到地板上，摀著臉；莉蒂亞猶豫了一下，彎下身子試著安撫她；其他三個男人則快步趕至屍體邊。

徐于姍仍穿著昨天那套衣服，脖子上纏著一條麻繩，繩索無力地垂在桌沿；若平伸手檢查了一下對方的鼻息，然後搖搖頭。

「這繩子是冰鏡莊內的東西嗎？」他問。

「應該也是樓下展覽廳櫥櫃裡的物品。」紀思哲回答，語調平板。

「那本書，想必是這次謀殺的參考對象了。」李勞瑞指著放在徐于姍背部上的一本小書。

若平直接把書拿起來，此刻他已經不在意讓自己的指紋留在書上了。面對密室傑克這種狡詐無比的對手，不必期待對方會犯下把指紋留在犯罪現場的愚蠢錯誤。

「若平，那是什麼書？」紀思哲尖聲問。

當若平掃過那本書的封面時，他的心幾乎全凍結了，一股無以言喻的不可置信感充塞腦際，有好一陣子他幾乎說不出話來。他發現自己的手在顫抖。

「ＥＱＭＭ，」李勞瑞凝視著若平手中的小書，扶了扶眼鏡，「Ellery Queen's Mystery Magazine，《艾勒里‧昆恩推理雜誌》，是由丹奈所創辦的推理小說雜誌，是世界推理雜誌的領導品牌，至今每個月仍有五萬冊的發行量。」

「這麼說來，」紀思哲道，「是模仿裡面其中一篇小說的場景了。若平，你知道是哪一篇嗎？」

若平緩緩轉過身來，面對那兩個男人。他的語調乾澀、僵直，彷彿是機器人在複誦課本裡面的文句。

「我當然知道，因為那篇作品是我寫的。」

第六章——無法破解的犯罪手法

1

不曉得是第幾次的沉默。

「你寫的？」紀思哲的唇間爆出粗嘎的聲響，「這是怎麼回事？」

若平盯著手上的小書，「簡單來說是這樣，幾年前在臺灣東部某大學的體育館曾發生了一件密室殺人案，我因緣際會接觸了那件案子並順利偵破；你們或許也知道，我會把破過的案件改編成小說發表，那件案子也不例外，後來發表在雜誌上，也有集結在短篇集中出版，篇名是〈羽球場的亡靈〉。」

「是太平洋師範學院那件羽球場的密室案件吧？」李勞瑞微笑道，「幾年前的新聞的確是轟動一時。」

「你說的這案子我有印象，」紀思哲呢喃，「不過你的小說怎麼會跑到美國的雜誌裡？」

「ＥＱＭＭ裡面有一個固定單元是刊登英語系之外作家的作品，叫作Passport to Crime，像我們先前接觸過的法國作家Paul Halter便有好幾篇作品曾刊登於此專欄。我因為在美國一些朋友的介紹與幫忙下，獲得刊登作品的機會，便把先前自己翻譯的稿子寄了過去，沒想到真的被接受了。」

「你還自己翻譯？」紀思哲一雙眼睛瞪得大大的，一臉不可置信的樣子。

「呃，我閒暇時會把自己的作品英譯，這純粹是個人嗜好。總之〈羽球場的亡靈〉就出現在這本ＥＱＭＭ中❻，標題是The Apparition in the Badminton Court，故事重點環繞在一個密室謎題：一個無人能進出的球場竟然出現了一具被勒殺的女屍，而屍體周遭被羽球包圍住，形成很詭異的畫面，」他用悲嘆的眼神看著徐于姍的屍體，「就如你們所看到的。」

「等等，」紀思哲揮著手，「剛剛的狀況真的沒有任何空隙讓兇手把屍體運進來嗎？」

若平答道：「我們來回想看看好了。剛剛第一次上來這裡時，桌上的確沒有屍體，椅子也沒有被倒放，而這個房間並沒有任何可以藏屍之處，因此很明顯地，屍體是在我們離開這裡到再次進入之間被運進來的。我們離開三樓之後，先下了一樓，然後又上了二樓，最後才回到三樓，這之間有任何空檔可以讓兇手乘虛而入嗎？

「只有一種可能性，就是一開始兇手帶著屍體躲在二樓，我們下到一樓之後，他立刻將屍體運到二樓放置，然後等我們上了二樓後，他再從三樓下到一樓逃掉。」

李勞瑞正打算開口時，若平舉手示意打住他，「我知道你要說什麼，剛剛的解釋是不可能發生的，理由很簡單。」

「怎麼說？」紀思哲看起來很困惑。

「方才我們在一樓展示櫃發現紙條，要上去二樓時，電梯是停在一樓的，你們有人注意到樓層顯示燈吧？」

「當然，」李勞瑞說，「我就是要提這個。」

「我也有注意到，」莉蒂亞嘆了口氣，「況且，電梯門在你按下鈕後立即就開了吧？這代表電梯當時的確是停在一樓的。」

「沒錯，」若平點點頭，「包括我們從二樓要上三樓時，電梯也沒有被動過，因為按照剛剛的說法，電梯應該要被降到了一樓才是。總之不管怎麼看，當我們在這幾個樓層奔走時，除了我們之外，是沒有人使用電梯的。換句話說，要在我們兩次出入三樓之間把屍體運進去本身就是一件不可能的事。」

「若平，」李勞瑞兩手交叉胸前，「我對機器不懂，不過有沒有可能是這樣，兇手對樓層鈕旁的操控面板做了些手腳，讓他可以控制電梯升降到指定樓層；於是，在我們回到一樓找紙條時，他從二樓上了三樓放屍體，然後人留在三樓，再讓電梯降到一樓。我們上二樓之後，他從三樓下到一樓，再按鈕讓電梯升到二樓，這麼一來，就完全沒有破綻了。」

「太冒險了，」若平搖搖頭，「就算有這樣的機制好了，兇手並沒有辦法控制我們往返電梯的時間，萬一我們動作快些，馬上就會發現電梯正在移動中而不是停在我們停駐的樓層了。」

「重點是，」紀思哲意味深長地說，「這裡的電梯沒有那種隨意控制鈕，即使要改也不可能！你們可以自己去開控制面板檢查，我發誓沒有那種東西！」

沒有人說話，也沒有人真的走過去檢查。

「若平，」莉蒂亞的聲音穿越凝重的氣氛，她的表情擔憂而蒼白，「你說的那個案子，『羽球場的亡靈』，我沒有看過新聞報導或小說，不過，那裡面的密室手法有沒有可能——」

「不適用本案，」他斷然說，「密室傑克也說過他不會採用模仿對象的解法了。」

❻作者註：筆者的確曾於雜誌發表〈羽球場的亡靈〉此篇小說，但並無刊於ＥＱＭＭ，此處是因應故事需求而虛構。

「破解方法好像不是那麼重要吧，」李勞瑞的雙眼在鏡片後顯得有些朦朧，「我們到底應該怎麼逮到劉益民，或說密室傑克？」

「也許知道犯罪方法就能抓到他。」若平說。

談話暫時中斷。

若平看著屍體，感到全身的血液沸騰起來。這是怎麼回事？他似乎對這案子無能為力；自從雨夜莊一案後，他從來沒有感到如此深的無力感……

「若平！若平！」

紀思哲的叫喚聲。若平轉頭看向老人。

「我不覺得繼續待在這裡有什麼意義，大家都很累了，需要休息；屍體就讓它留在這裡，你覺得如何？應該也沒有搬回房間的必要了。」

「這個現場就讓它保持原狀吧。」

莉蒂亞看著女人的屍體，眼神有些黯淡，「我們不需要拿條床單之類的東西把屍體蓋起來嗎？這樣暴露著好可憐……」

「說得對，」若平問紀思哲，「這邊有沒有布條之類的東西？」

「一樓的櫃子或許有，下去看看，沒有的話再到交誼廳拿。」

於是五個人默默地進入了電梯，下到了一樓。若平在雜物櫃中翻出一片帆布，他拿上樓蓋了屍體，再下樓。一群人很快出了展覽館，就在所有人來到廣場上時，若平開口了。

「等等，我們不該各自回房。」

「哦？」紀思哲將輪椅轉向若平，挑起眉毛看著他。

「你們看，廣場上的石像又少一座了。」

其他人順著他手指的方向看去，北面的雕像不知在何時不翼而飛，只留下地上深深的長方形印痕。原本放置的是女妖Siren的石像。

「到哪裡去了？」李勞瑞道。

Siren棲息在一塊方形石頭上，因此在原本的位置留下的是一大片方形印痕；從那痕跡延伸出一道方形拖曳痕，切向左翼房北側，看起來好像是那石塊突然有了動力，在草地上滑動所留下的痕跡。滑動痕與人馬獸的腳印並排，並無重疊。

他們順著痕跡看去，發現女妖也正望著他們。

女妖側臥在大石上，整座石雕堵住了進入左翼建築後部的通道入口；一條麻繩纏在它頸部，像是在提醒他們徐于姍的死狀（圖八）。

「看來這次Siren是乘著石頭滑過去的，」李勞瑞說，「所以地上留下的不是腳印。」

對於雕像為何能移動，以及為何雕像要被裝飾成死者的樣貌，眾人似乎都已經見怪不怪，好像違反物理定律這件事已經成了科學法則之一，是再合理不過。

「早先我與李勞瑞先生討論過一個可能性，」若平說，「當時沒有辦法獲得證實，但我想現在情況應該已經很清楚了。」

「是什麼？」紀思哲疑惑地看著他。

「每發生一件命案就有一座雕像移動，總共有五座雕像，因此我們推測兇手打算殺死五個人。現在還剩兩座，意思就是還有兩個人會死。」

「你剛剛不建議我們各自回房，」老人問，「你有什麼想法？」

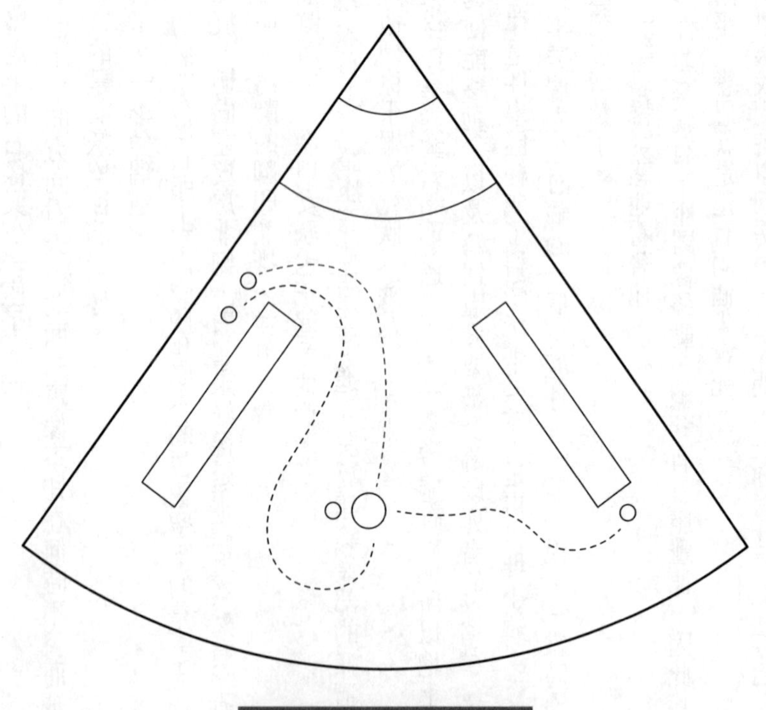

圖八　雕像移動圖（3）

「從現在起，我們所有人都留在交誼廳，不要再有單獨行動的機會了。」

紀思哲沉吟半晌，「包括睡覺時嗎？」

「包括睡覺。」

「那洗澡怎麼辦？」

「這種寒溫不需要洗澡，只要再忍一天就行。無論如何任何人都不能再有獨處的機會。」

「我贊成，」李勞瑞說，「現在就回交誼廳吧，那裡有沙發，要在那邊繼續睡也不是不可以。記得留一個人醒著站崗就是了。我想這樣做絕對比各自回房要安全得多。」

「我沒意見。」莉蒂亞說。

「好，那就這樣吧。」紀思哲點頭。

在暗夜中他們回到了交誼廳，若平表示他願意當第一個站哨的人，要其他人儘管休息。但或許是因為不安感與恐懼感的關係，一開始所有人均只是坐在沙發上，並未闔眼。紀思哲將輪椅靠在鋼琴邊，雙手放在大腿上，以沉思的眼神凝視著前方的空氣；李勞瑞陷在沙發中，蹺著二郎腿，雙眼半睜半閉；梁小音抱著身子瑟縮成一團，顫抖著；莉蒂亞則坐在她身旁，雙手交叉於胸前，面無表情地瞪視前方。

若平拉了張椅子在門邊坐下，他的心情十分焦躁，大腦的齒輪轉了幾下便卡住，他試圖要解決這一切詭異的謎團，但關鍵，關鍵究竟在哪裡？

在渾沌中不知過了多久，他拋開紛亂的思緒，發現其他人皆已沉沉入睡，也許是因為實在是太過疲憊，加上目前的狀況稍稍可以讓人放鬆，所以轉瞬間全踏入夢鄉了。

他看見莉蒂亞兩手在胸前交叉，頭部往右邊傾斜，垂落的髮絲蓋住了半邊臉，半掩的姿態更激起他心湖的漣漪。絕不能讓她成為下一名被害者。他暗暗告訴自己。

可是，萬一兇手就在這些人之中呢？

目前還是不能排除這種可能性，如果密室傑克充分利用劉益民來殺人並替自己製造不在場證明的話，他面前的四人之中很可能就躲藏著兇手。

什麼都無法確定，這就是最惱人之處。

明明離黎明只剩幾個鐘頭的時間，他卻覺得自己在那裡坐了有一世紀之久。他體驗著晝夜轉換；夜，逐漸褪去，取而代之的是夾帶著冷霧的光明。

他鬆了一口氣，只要度過黑夜，多少能令人放心，兇手藉著夜的隱蔽殺人，如今這層隱蔽消逝了，壓在胸口的緊迫也隨之卸除。

大廳的時鐘顯示時間是六點，不過，他不打算吵醒那些沉睡的人。紀思哲的小身體蜷曲在輪椅中，看起來像長了白鬍子的嬰孩；梁小音已經整個人縮到沙發上側躺著睡了；莉蒂亞身子也歪了一半；只有李勞瑞還維持端正的坐姿，只不過頭微微低垂著。

若平的雙眼開始發乾。事實上，他也很疲憊了，他也恨不得能躺下來好好睡一覺。不過他知道現在不是睡覺的時候，要休息的話得等其他人醒來再說。

又過了一個半小時，意識半朦朧的若平聽見了背後有輪子滑動的聲音，他趕忙轉過頭去，發現紀思哲正在椅子上祟動。

「差不多該準備早餐了，」老人按著肚子，「吃點東西精神會好些。」

「需要我來幫忙嗎？」

「不用，叫小音來弄就好。」

「可是她還在睡。」

「啊！」一聲驚呼，梁小音從沙發上跳起來，「該準備早餐了，對不起！」

「不要吵到其他人，」紀思哲壓低聲音，「快去弄吧。」

梁小音戰戰兢兢地點頭，繞出沙發，往隔鄰的餐室快步而去。

「若平，你休息一下吧，」老人說，「我跟小音都醒著，而且現在已經早上了，應該不會有事。」

「可是……」

「去休息吧。」老人指著沙發上的空位。

那是梁小音留下的空位。他的雙眼往空位旁邊移動，莉蒂亞的身影映入眼簾。女孩還在睡。

紀思哲叫喚他之前，他都已經處於半睡半醒的狀態了，現在既然有兩個人起來，也該是交換守衛的時刻了。他對老人點點頭，然後站起身子，頓時感到一陣筋骨痠麻，腳步一個踉蹌，差點摔倒。他趕忙扶住門框。

紀思哲丟給他一個責備的眼神，似乎在告誡他不要再勉強自己的身體。若平虛弱地頷首，朝沙發走去。他來到梁小音留下的空位，低頭看了莉蒂亞一眼。

那張被長髮掩蓋住的臉龐沉沉睡著，胸口隨著呼吸而起伏。

他坐了下去，深陷入鬆軟的沙發中，好像陷入溫暖的流沙一樣，上頭還殘留著梁小音的體溫。一旁女孩特有的體香襲向他的感官，他欣然地讓意識屈服於那柔曼的浪潮，直到光明從眼角溢逝。

2

黑暗是一片海，而他在海上漂泊。他抓不住任何具體的東西，只能感覺到自己的身體載浮載沉，意識沉溺在糾結的黯淡網絡之中；支撐身體的是如空氣般的水，很奇特地帶著縹緲的觸感，包圍、籠罩著他，像是要將他送進天堂與地獄的交界。

突然一波大浪捲來，態勢輕柔，宛如一張魔毯覆蓋住他的身體，夾帶著一陣熟悉的香味；那香氣具體化成一個人形輪廓，是一名長髮女子。她來到他的近旁，伸出了右手，輕輕地拉住了正在黑暗中泅泳的他。然後，他看到了那張臉，居高臨下地望著他，眼睛睜得大大的，一隻手搭在他的肩上，就像嬌羞的浪輕觸著；粉嫩的雙唇輕巧地動著。她微微彎腰，兩綹髮絲垂在面頰兩側。

「吃早餐囉。」她說。

他這時才完全清醒，女孩直起身子，微微一笑。

「你一定很累吧。」

「還好，現在幾點了？」其實時鐘就在掛在牆上，不過他不想別開眼神。

「八點半。」

他搖搖晃晃地站起來，發現一旁的沙發上都已經沒有人了，想必其他人都到餐廳去了。

他跟莉蒂亞走到隔鄰的餐室，其他人的確都在那裡。紀思哲招呼他落坐，李勞瑞則微笑地點頭。梁小音在一旁端著烤吐司及牛奶。

「精神好點了嗎？」老人一臉關心地問。

「好多了。」

「那快吃吧，我們還有一天要熬呢。」

若平啜了一口熱牛奶，感到舒暢無比，暖暖的液體融消了冰封的軀體，湧生溫熱。他又啃了一口塗著金黃色奶油的吐司，突然覺得自己好像很久沒有進食了。

「小音，妳也快坐下來一起吃吧。」紀思哲道。

「啊……」女孩愣了一下，然後說：「是的。」她把幾個杯子擺好後，也落了坐。

這時的氣氛有一種詭異的悠閒，好像這是一場週末的聚會，好像那三件兇殺案從未發生過似的。他們臉上帶著幸福感吃著再平凡不過的早餐，沒有人提起謀殺的事，反倒是紀思哲與李勞瑞聊起藝術的話題，而若平與莉蒂亞則談著一些學校生活的瑣事。每個人都避免踩上禁忌的地雷，也許所有人對兇案的忍耐都到達極限了。

飯後，除了梁小音在餐廳收拾餐具外，其他人又回到交誼廳。紀思哲將輪椅滑到牆邊的書架，抽了一本書閱讀起來；李勞瑞在鋼琴前坐了下來，用手指撥弄了幾個音符，然後行雲流水地彈奏起不知名的抒情曲；若平與莉蒂亞並肩坐在沙發上聆聽著清脆感傷的音樂。在冷冽的空氣中，鋼琴聲與冷空氣的擦響格外顯著。

他向後靠躺，闔上眼睛，突然很想再睡一覺。女孩就坐在他身旁的事實卻難以令他輕鬆地闔眼。如果她是在不同的情境下與他相遇，或許也不會像現在有這樣的交集了吧……

思緒就這樣漫無邊際地遊走，跟著鋼琴旋律跌宕起伏。不知過了多久，正當他想睜開雙眼試著與女孩說話時，耳邊流暢悠揚的琴聲戛然停止，所有的音符撞擊在一起，發出斷絃似的急音，就像是有人突然重擊琴鍵般。

若平倏地打開眼皮，往一旁的鋼琴方向看去，他差點從沙發上跳起來。

只見李勞瑞上半身趴伏在琴鍵之上，幾個餘音還繚繞在空氣中；紀思哲把書本扔到地板，叫道：「發生什麼事了？」

若平正要起身時，突然一團柔軟的物體倒了過來，撲向他的懷中，他慌忙地用雙手扶住。

女孩側著身向右倒在他的大腿上，軟綿綿的，一動也不動。散亂的髮絲覆蓋住她朝上的左臉，就算不撥開她的頭髮也能知道她的雙眼是緊閉的。

他的心怦怦直跳，左手按在女孩的左臂上，右手扶著她無力的頭顱；若不是倒在鋼琴上的李勞瑞所造成的詭譎氣氛，這交誼廳中的圖像應該是極其如夢似幻的。有一瞬間他以為自己已經攫住了她的靈魂。

他的呼息愈來愈急促，得費點力氣才能明白現在到底是什麼狀況。她的身體還在起伏，表示還有生命跡象；但她為什麼倒下？是因為某種疾病猝發嗎？看著她光滑的側臉，半露的紅唇，他著急了，必須趕快救她才行。

急救！用人工呼吸嗎？不對！身體明明還在起伏，表示有在呼吸了。我的腦袋到底是怎麼搞的？

他想到李勞瑞也昏倒了，為了確定兩人是否因為同樣的原因倒下，他轉頭一看，望見紀思哲已經趕至鋼琴邊，視察男人的狀況，若平費力地擠出字句：「他怎麼了？」

「我不知道，不過還活著。」老人轉向若平，「莉蒂亞小姐……」

就在若平要回答之際，一陣很奇怪的暈眩感突然湧起，就像是有人拔掉了水瓶的蓋子，然後將整個瓶子傾斜讓水流一湧而出。暈眩的浪潮襲向全身，他頓感鬆軟無力，只意識到自己的身子向後靠躺，雙手垂在兩側，眼皮落下，耳邊迴盪著紀思哲急切的叫喚聲，但一切都愈來愈遙遠，他的意識好像漂流在大海之中，彷彿要回到先前那個夢境似的。在完全的黑暗落下之前，他僅存的理智捕捉到了當下瘋狂圖像的肇因。

有人在早餐之中下了迷藥。

3

無邊無際的黑暗。

不知道漫遊了多久，若平勉力撐開雙眼，卻仍只見另一片漆黑，一陣驚恐湧上，他以為自己失明了。直到四周物體的輪廓慢慢浮現後，他才鬆了一口氣。仔細一看，他確定他人在一個沒有開燈的房間。

頭感覺很重，視線也還有點游移，不過肢體的主控權已經漸漸回到他身上，他從地板上站起身來，踩穩腳步。

隱約可以看見前方有一座圓桌，旁邊是好幾張椅子，再過去有一座玻璃櫃。看來，他人在展覽館一樓。

眼睛慢慢適應了黑暗，他聽到背後有聲響，趕忙回過身，瞥見一道形影正從地板上坐起。是李勞瑞。

「是若平嗎？」對方吃力地撐起身子，右手扶著歪掉的金邊眼鏡。

「是的，你還好吧？」

「再好不過了，睡了個好覺。其他人呢？」

「我不知道。」

「這裡是展覽館吧？」李勞瑞看看四周，「先開個燈吧，我們需要一線光明。」

「當然。」

若平繞過圓桌與展示櫃，往門邊走去。他赫然發現展示櫃旁的地板上躺著一彎身形。

若平衝了過去，彎下身把女孩翻轉過來；她仍緊閉著雙眼，胸部微微起伏著。

「莉蒂亞、莉蒂亞。」他輕聲叫喚，並搖動女孩柔軟無力的身子，直到她眼皮微開，無神的眸子射出微光。

她發出含混不清的呻吟聲，若平讓她坐起身子，然後說：「妳等一下，我去開燈。」

他迅速起身，奔到門邊，按下電燈開關，室內頓時大放光明。

莉蒂亞扶著一旁的玻璃櫃站了起來，她整了整散亂的頭髮，用細微的聲音問：「到底發生了什麼事？」

「不太清楚，只知道應該是有人在早餐中下了藥。」

「可是好像不是毒藥啊，我們沒死，只是昏迷過去，」她停頓一下，然後睜大眼睛，「還是說，其他人……」

「若平！」李勞瑞的叫喚聲從後邊傳來，「我找到紀先生了，他在這邊，我剛把他叫醒。」

若平與女孩急忙往圓桌後方走去。紀思哲的輪椅從黑木板門附近滑了出來，他眼神疲憊地望著若平，下巴的鬍子糾結在一塊。

「現在到底是什麼狀況？」

「我們被下了藥，然後被搬到這裡來，原因不明。」

「小音呢？」莉蒂亞問。

「沒看到呢。」李勞瑞環顧四周。

「趕快找看看。」若平道。

他們快速視察了一遍展覽館，卻沒見到梁小音的蹤影。

「早餐是她準備的，」李勞瑞說，「只有她有可能下藥，該不會……」

「不會吧？她怎麼可能做這種事？」莉蒂亞反駁，「或許藥早就下好了，跟她無關。」

「如果藥早就下好了，那我們昨天喝牛奶時怎麼沒事？藥明顯是今早放的。」

「也有可能有人在早上潛入廚房啊，」若平嘆了口氣，「不管怎麼樣，她為什麼會失蹤呢？」

「我們是不是該回交誼廳看看？」紀思哲有氣無力地說，「那裡是事發地點。」

「我同意，」若平點頭，「先離開這裡。」

他帶頭趕至門邊，將門拉開，背後的李勞瑞接住門後，若平往外踏了出去。當他的視線投射到廣場上時，從眼睛接收到的影像彷彿化成了一道一萬伏特的電流般襲遍他全身，他驚呼了一聲。

其他人被這出其不意的舉動給震懾住了，紛紛僵立當場。

他背後的李勞瑞低呼了一聲，然後緩緩讓開身子，讓莉蒂亞跟紀思哲能看見廣場中央的景象。

現在，廣場上只剩下一座雕像，而且還不是完整的雕像，而是斷成兩截的殘骸。原本矗立在正中央的月神像只剩下基座立在那裡，基座與足踝交接處呈現可怕的斷裂，就好像被雷打斷一樣，基座以上的女神像落在面向展覽館的地面上，頭部指向展覽館門口，雙腿則指向基座；一具女屍被壓在底下，雕像的背部壓在女屍的頭部上，就像壓爛一顆爛番茄一樣。女屍的躺臥方向與雕像呈垂直，頭指向右翼建築，腳指向左翼建築，屍體與雕像的線條相交成T形十字架的狀態。一本書擺在基座之上的裂縫中。

從屍體穿著的服裝來看，死去的人應該是梁小音。

第七章——不可能的地獄

1

雲霧飄著，就像白濛濛的魂魄，輕輕拂過面前又悄悄地離去，如夢似幻的縹緲之感，與血腥殘酷的謀殺畫面纏綿在一起，天堂與地獄彷彿不再是兩個極端，而是合而為一的共存。

莉蒂亞默默地別過臉去，然後身子抽動了起來，她的兩隻手掌摀住臉龐。若平與其他人如行屍走肉般挪動到屍體近旁，不發一語。

紀思哲別開眼神，笨重的輪椅滑到了廣場角落。

若平把視線轉開，壓抑著翻湧的情緒，他想起昨天早上與梁小音的對談，當時她還是個活生生的人，現在卻成了一具死屍，悽慘的死狀像一把火，點燃了他的憤怒，而他因激動而顫抖。

「不是你的錯，」李勞瑞似乎看穿了他的心思，一隻手搭在他肩膀上，凝望著他，「是兇手的錯。」

若平沒有答話，拳頭握緊，鬆開，握緊了又鬆開。

「應該還有一座雕像才對，」李勞瑞收回右手，望著殘存的基座，「如果這斷裂的神像是代表梁小音的死亡的話，那另一座雕像哪裡去了？」

若平上前一步，默默拿起放在斷裂縫中的那本書，是Joseph Commings的短篇集，Banner

Deadlines: The Impossible Files of Senator Brooks U. Banner。他翻了翻書本，在其中一頁停了下來，那一頁的標題是The Giant's Sword。標題旁有著一如往常的簽名：Jack the Impossible。

「我要宰了那個瘋子。」紀思哲從陰影中滑出來，「這次又是什麼書？」

「一部短篇集，」若平無力地回答，「Joseph Commings是美國短篇推理小說作家，專攻不可能的犯罪，這本書是他筆下的參議員偵探Brooks U. Banner的十四篇探案集結。這次密室傑克模仿的是其中很有名的一篇，The Giant's Sword，〈巨人之劍〉，敘述被害者被一把人力所無法舉起的巨劍殺害。」

「而梁小音是被人力所無法抬起的石像砸死，」李勞瑞喃喃說，「還有人力無法造成的石塊斷裂。我懷疑就算是閃電是否能將這石像打裂。這根本是雙重的不可能！」

「她真的是被砸死的嗎？」紀思哲冷冷地問。

「不知道，」若平帶著心痛瞄了一眼屍體，「頭部全爛了，看不出來。」

「既然雕像全沒了，」紀思哲揮動著雙手，「是否代表這場殺戮也該停止了？你之前說過兇手按照雕像的數量殺人——」

「可是數量不對，」李勞瑞說，「除非這具斷裂的雕像不算進去。」

「不管怎麼樣，」若平疲憊地說，「可以肯定的是有一座雕像移動到某處了。」

「那我們該怎麼確定還有沒有人會被殺？」老人用絕望的語調問。

李勞瑞答道：「我想，找出失蹤的最後一具雕像，如果它被裝飾成梁小音的死狀，那麼眼前這座月神像應該就僅只是殺人的工具而已，不在被害人數的計量之內。」

「這是有道理，」老人悶哼，「可是我們怎麼知道兇手會不會耍詐？」

「只能先找再說了，」若平凝望著草地，「我想我們可以根據腳印去找。我記得西側那座雕像是士兵像……你們看，地上又有新的腳印。」

原本西側士兵站立的草地上留下兩個深深的腳印，從腳印往南側延伸出一排較淺的足跡，繞過左翼南側。石像似乎是走向左翼房後部（圖九）。

若平說：「你們待在這邊，我去看看。」

他循著腳印繞過左翼建築南面，進入狹窄的後部通道，這裡的地面仍舊是乾硬的草地，中後段的雜草甚至長及膝蓋，簡直像個小叢林；遠遠望過去，可以看見對邊Siren石像的背面，像守門人一樣阻塞著另一側的出入口。

然後，他看到了那座迷途的雕像。

那座士兵像倒在前方的草地上，在建築中段之處。若平奔了過去。

石像面朝上躺臥著，雙腿伸直，兩手緊貼在身側；一條黑色的繩索纏在石像的頸部，纏繞了數圈，另一端沒入草叢內。他蹲下來檢視石像，用手推碰，那是岩石的觸感與重量。不可思議感再次湧生，這重達五百公斤的物體究竟是怎麼被運到這裡來的？難道這石士兵真的自己會走路？

就在他疑惑之際，突然傳來一聲重物撞擊地面的聲響，他趕忙起身，往右手邊的窗戶內轉頭過去，聲音是從裡面傳來的。

窗簾並未拉上，他可以相當清楚地看見房內的景象。

若平簡直不敢相信自己的眼睛，他覺得全身的血液逆流。

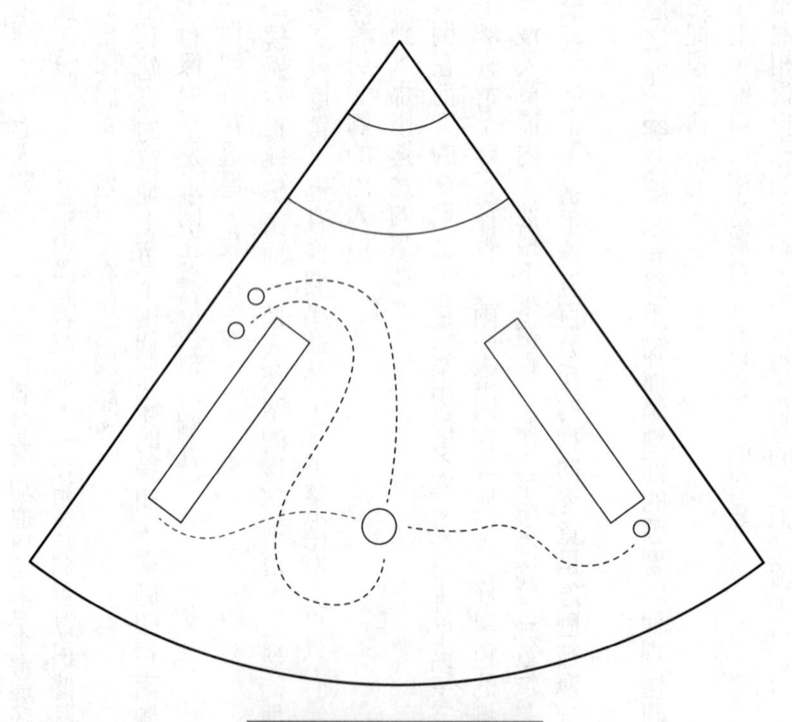

圖九　雕像移動圖（4）

房內左邊牆上是血液形態的噴漆文字，Jack the Impossible，顯然這是劉益民的房間，然而真正吸引他目光的，是房間中央的物體。

一個罩著黑披風的人背對著他懸吊在半空中，一條繩索從他的頸部竄出，另一端套在天花板的吊燈支架上；男人死氣沉沉地垂著，一頂大禮帽蓋在他頭頂上，整顆頭顱都包裹在禮帽中；長長的披風垂瀉到地板，披風之外就只能看到上面繩索懸吊著的後頸，以及頸部之上前傾的禮帽。整體看來像一隻吊死的蝙蝠。一把魔術手杖倒在梳妝臺前的地板上，就在屍體右前方，杖頭指著左邊的櫥櫃，底端指著床腳，以四十五度角斜橫著——這把手杖原本可能靠著梳妝臺擺放，他剛剛聽到的撞擊聲應該是手杖倒下的聲音。梳妝臺前翻倒著一張椅子，梳妝臺上一臺筆記型電腦打開著，隱隱約約可以看到螢幕上打開的程式似乎是Word。

若平跳上前去，雙手壓上窗戶，想要把窗戶打開，但他隨即發現窗戶的鎖已經從內扣上，不只如此，整片窗戶的四個邊還被黑色的條狀物鑲飾著，就像上了一道黑漆似的，貼得死緊。他呆愣了半晌才意識到那是黑色的膠帶。

透過清晰無比的窗玻璃可以望見房間的另一端，也就是門的內側，同樣在四個邊貼滿了黑膠帶；他仔細視察，每一條都黏得十分密合，沒有任何翹起的邊角。

他倒吸了一口氣，視線收回時瞥見吊死者腳邊的床鋪上平躺著一本英文書，當他看見作者的大名與書名時，整個人已經快要瘋狂了。

若平拔腿狂奔，往來時之路跑去。當他繞過左翼建築來到隧道口前時，正好與李勞瑞撞個正著，對方立刻察覺到他的不對勁，很快地問道：「是不是發生什麼事了？」

「快去劉益民的房間，」若平喘著氣，「他出現了。」

「什麼？」李勞瑞難得雙眼一亮。

「似乎是自殺了。」

若平沒等對方回答便逕自朝左翼大門跑去，背後李勞瑞招呼著紀思哲與莉蒂亞跟上。若平進了大門，踏上走廊，右轉到五號房，伸手抓住門把，發現鎖上了。

背後三人在此時趕到，若平轉身問紀思哲：「紀先生，請給我劉益民房間的備用鑰匙。」

紀思哲手忙腳亂地從扶手袋中掏出鑰匙串，揀了其中一把遞給若平。

若平用鑰匙開了門，握住門把，轉動，然後用力往內一推，膠帶撕裂聲傳來，門開了。他按下牆邊的電燈開關讓室內更亮些，然後率先進入，在牆上斗大的噴漆文字彷彿就像聽不見的耳語繚繞回響著。

懸吊的男人面對著他，垂下的頭被大禮帽蓋住上半截，只露出下唇，就像屠宰場上被吊死的豬。

若平踏上前，緩緩摘下了那頂禮帽。

帽子底下是一張紫色扭曲的臉孔，雙眼凸出、舌頭外伸，靈魂已被榨出軀殼。

那正是失蹤的魔術師劉益民。

2

若平把禮帽丟到床上，繞過屍體來到窗戶邊。他檢查了一遍窗戶，鎖扣扣得死緊，貼在窗框四邊的黑膠帶黏得很牢、很整齊；透過窗戶可以看到外頭那具脖子纏繞著繩索的石像孤寂地躺在草地上，他這才明白那具石像模仿的是劉益民的死亡樣貌。

「所以，現在是什麼狀況？」紀思哲盯著吊死鬼，「殺人兇手畏罪自殺？」

「似乎是。」若平走到梳妝臺前，看著那臺筆記型電腦。

「這門是怎麼回事？」李勞瑞打量著門板內側，門框四邊都貼有黑膠帶，現在已經掉了一大半。

「這個房間的門窗都由內側用黑膠帶封死了。」若平解釋了他剛剛的發現，從窗外那具石像開始，到發現膠封的密室。

「五座雕像，五名死者，看來謀殺遊戲告一段落了。」李勞瑞撫著下巴說。

「床上那本書是什麼？」莉蒂亞指著白色床單上的小書。

若平回答：「那是美國推理作家Clayton Rawson寫的短篇集The Great Merlini，這個案發現場應該是模仿裡面最有名的一篇故事，From Another World，〈來自另一個世界〉。這個故事講的正是被害者被殺死於一個從內側貼滿膠帶的完全密室。」

「這麼說是自殺沒錯吧？」紀思哲道：「既然雕像都被動過了，而劉益民也現身了……」

「但他為什麼要自殺？」李勞瑞插嘴，「意氣風發的密室傑克在成功犯下四件不可思議的謀殺案後竟然以這種淒涼的方式退場，實在太奇怪了。」

「或許這裡有答案。」若平指著桌上的筆記型電腦。所有人湊過去觀看。

我是劉益民，另一個身分是密室傑克。

我希望自己給了你們永生難忘的兩個夜晚，從你們發現這封遺書的那一刻起，你們將從噩夢與地獄中脫離，因為我已經完成我人生中最偉大的一段演出，是我這個魔術師退場的時候了。

從很小的時候，我便知道自己異於常人，那是一種發自內心深處的奇異感受，你知道自己不同，你知道別人的心智模式是什麼樣子，而你明白自己是特殊的。

一種奇特的慾望，在心中蟄伏，隨時在等待，在蔓延與燃燒，就如同人腹飢會覓食，慾望與衝動也需要被某些行動填補。

當我發現人們因未知的恐慌而驚愕時，心中竟然湧起一陣前所未有的興奮。而我愛上了這種製造恐懼的感受。

小學時代，我的班上有一名喜歡欺負弱小的男同學，當我第一眼看到他的時候，便對他產生一股噁心感。有一次在教室走廊擦身而過，我不小心撞了他的肩膀，他立刻氣沖沖地推了我一把，我跌倒在地，他又踹了我一腳，並吐了口口水，才大搖大擺地走掉。我沒有反擊，只是默默看著他的背影離去，心裡想著該用什麼方式報復他。不管用什麼方式，絕對不會是武力。

那天放學回家後，我到家中倉庫去拿東西，正要關上庫門時，發現一隻黑貓站在堆積的雜物上看著我，發出低吼。

我討厭貓，每次看到貓都有股想殺死牠們的衝動。這隻貓不曉得怎麼跑進去的，但顯然牠現在想出來。我本能地出手攻擊牠。

黑貓朝我撲來，一口咬住我的左手背，利齒滲入皮膚的那一刻，我心中突然泛起一陣興奮，那就像是一道火燄，燃起了被抑制許久的慾望。

我一把掐住黑貓的脖子，五指滲入綿密的毛叢，牠呻吟著張開了嘴，我的左手加入了右手，十指就像鉗子般扣住。牠翻轉的綠色眼睛像溺水似的瞪著天空。

我把死貓帶回房間，並從廚房找了一把切肉刀，小心翼翼地將其肢解，然後再找一個袋子裝起那些黑色的血肉。

隔天到了學校，趁著體育課四下無人之時，我溜到那男孩的座位，將貓的屍塊塞進他的抽屜、書包、水壺、手提袋。我戴著手套行事，也沒有被人目擊。

當那個可憐的人在課堂上尖叫跌倒在地時，一顆貓頭在地上翻滾著。看到他恐懼的表情，我的心底升起了笑意。

「是誰？」老師故作嚴肅的臉，看得出來在顫抖，「是誰放的？」

那是我第一次感受到所謂的驚喜，我是唯一知道真相的人，所有人都想知道真相，並在尋找真相，但只有我掌握了他們所探尋的祕密。

而且，他們是帶著恐慌在探尋。

從那時開始，以往流動、潛伏在我體內的異樣情感漸漸成了形，黯淡不清的圖像現出輪廓。能令人愉悅的心理感受不是說有就有，要在對的氛圍、對的情境，由對的行為所製造出來。而我，渴望成為那名掌握祕密、扮演上帝的人，品評人們臉上的徬徨與無助，還有無知。他們臉上受挫、驚慌、恐慌、不可置信感愈深，我便感受到我所擁有的祕密更形珍貴。我要尋求這種反差，我要收集這些彌足珍貴的體驗。

製造一個呈現在人們面前的謎很容易，但要能真正引起人們關切的謎卻很少見。偷了一枝筆，撕掉公布欄的海報，雖然是謎團，並不足以引起騷動，也不會有人因此而恐慌，可是如果有一個人被殘忍地謀殺了，社會大眾的注意力將會轉移到那具屍體身上，所有的人都會想要知道誰是兇手，屍體將成為鎂光燈的焦點，而每個人都想看見那隱身在燈光背後的人的身影。

我了解到，殺人是製造恐慌之謎最快的方式，也是最有挑戰性、回饋也最大的一種，但我知道以我當時的能力，沒有辦法遂行完美的謀殺案。我將這個想法放在心中，期待有一天能實現，並開始在腦中模擬許多想像中的殺人行動，包括行兇的方式、地點、兇器、脫逃路線、工具……等等，這些思緒就如同流水般地洗刷我的腦際，我無時無刻思考著各種謀殺方式，構思犯罪藍圖，盼望著也許將來有一天能用得上。

經過了國、高中的時期，在培養犯罪興趣的同時，我發現了另一片迷人的天地。我偶然接觸了推理小說，便一頭栽進。

我尤其著迷推理小說中那些千奇百怪的犯罪手法，當我讀到不可能的犯罪這個流派時，我突然驚覺到一層新的境界。

以往我所構思的殺人藍圖，僅僅只是單純的兇殺，以及事後的脫逃，缺乏了藝術化的包裝。光是死了一個人的恐慌還不夠，疑慮還不夠，如果這個人是死在完全不可能被殺的情況下的話，那不是加倍讓人傷腦筋、加倍讓人恐懼嗎？這是把犯罪提升到了藝術的層次。對警方來說，能完成這種犯罪的兇手已經不是人了，簡直是神！沒錯，就是神，只有神才能掌握所有人都無法知曉的祕密，只有神才能遂行奇蹟。

領悟了這個概念之後，我開始構思更宏大的犯罪藍圖，我要開創一系列的殺人事件，而這些謀殺案全部都是奇蹟，只有神才能成就的罪行，這是長遠而縝密的計畫，必須花很長的時間準備。

首先，我將所有能弄到手的密室推理小說全讀遍了，要精通不可能犯罪的藝術，必定要先洞悉詭計的精髓。同時，在我試著參透真理之際，我開始研習魔術。魔術是小說詭計的具體化，我必須擁有實務上的技術，而不只是理論。苦練魔術，是實質上的操作。小說讓我吸收理論，魔術則是實作。另外，關於扒手技巧、開鎖絕活等技術，我也用盡辦法學習，這可是向大魔術師偵探Merlini❼看齊啊！至於我是透過什麼管道學習這些技術，我不需要透露，重點是我花了數年的時間，終於打下犯罪之路的基礎。

我知道成就偉大事業的日子即將到來，我必須開始擬定詳細的計畫。

關於作案的模式，我有了腹案，每一名被害者都毫無關聯，盡量挑選獨自居住、不易被人目擊的地點。而每一次的案件都是在不可能的狀況下所完成，案發現場將模仿著名的推理小說場景。我打算將被模仿的作品放在現場，當作線索。至於犯案的手法，以不重複模仿對象的手法為原則，但必須要容易實行。接下來就要花時間擇定被害對象，再根據現場的細節決定犯罪方法。我先定下三件案件的藍圖，並於去年一月開始實行，情況非常順利。

關於這三件案子的犯案手法，我毋須在此公布，魔術師的祕密只有魔術師才能知道，我只能說，冰鏡莊的案件比起這三件案子的手法，簡直是不可同日而喻。那三案的犯罪方法既不複雜也不困難。事實上，其中兩件的解答就在警方及網路上提出的可能解答猜測之中，由於這件事並非重點，我不再贅述。

❼Clayton Rawson筆下的名偵探，本業是魔術師，對於扒手與開鎖技巧也十分擅長。

第一案爆發之後，我成天追蹤著新聞報導，看到報導中警方並沒有特別強調「密室」犯罪而感到些許失望，也許警方因為某些顧慮而決定不將此一要素公開，而報紙報導的版面也不大，看起來只是一件普通的槍殺案罷了。不過，想起之後的案件會引起的軒然大波，我就愈發興奮。

果然，隨著第二案、第三案的爆發，許多事再也掩蓋不住了，不但密室的犯案狀況被公布，現場留下的書本與兇手簽名也引起了恐慌與討論；連續殺人魔的出現讓社會大眾陷入驚惶。Jack the Impossible的名號占據各大報紙頭版，我邊讀著，邊滿意地竊笑，看到警方與檢方接受訪問時的神情，我的狂喜到了極限，兇手就站在他們的面前，但卻沒有人看見。

當我出外購物時，聽見人們談論著Jack the Impossible兇殺案，露出驚恐的表情；但同樣地，沒有人知道真正的殺人兇手就站在他們身邊。美國著名的連續殺人魔Son of Sam在郵局工作，他被捕後曾描述自己在郵局聽見人們當著他的面恐慌地談論他的罪行，但沒有人知道這位在窗口之後一臉溫和的男子就是震驚全美的冷血殺人魔。我體驗到相同的感覺。

追蹤新聞與網路的討論，關於密室的部分真的是把警方難倒了，他們從來沒有想過會碰上真正的密室殺人案。密室殺人案在國外的犯罪史上並不是沒有出現過，不過在臺灣幾乎沒有，也因此警方破天荒頭一遭向推理小說迷尋求協助。躲在幕後的我，還上網提供了幾個錯誤的答案，盡情享受當神的樂趣。

用殺人來製造奇蹟，奇蹟讓我成為神。

正當我著手策劃第四件兇殺時，意想不到的事發生了。在偶然的機會下，我發現自己得了癌症。我並不懼怕死亡，甚至，如果情況允許，用死亡來製造奇蹟也是我曾考慮過的。不過，當得知自己命不長久之際，我的內心有了一個新的計畫。

之前的三件罪案都還不足以帶給我終極的滿足，不可思議的犯罪藝術品仍在琢磨中，我要完成更好的畫作，製造更大的奇蹟；超越前三次犯罪的殺人方法的想望，在腦中醞釀已久，我要如何在短時間內將它們全數發揮展現呢？

就在這段期間，因為顧震川之故我認識了紀思哲，他提及冰鏡莊的聚會，我立刻明白這是我最後的機會。

如果要在短時間內連續殺人，一定會很快被警方掌握行蹤，唯有在警方無法介入的封閉場所才能連續遂行我的犯罪藝術。如果能在冰鏡莊下手，那一切將趨於完美，我不但可以「發表」我最後的幾部作品，也可以在犯案期間不為警方所擾，而這最後的幾個奇蹟更是能交織成絢爛的大奇蹟，為我的最後魔術留下更戲劇性的火花。

知道聚會的事之後，我便開始策劃整件事，將原本的構想進行調整，使之可以順利在冰鏡莊呈現。

來到冰鏡莊之後，我很訝異地知道來了位頗有名氣的偵探——林若平，而從他口中得知他曾參與先前的三件密室兇殺案調查，不過顯然最後沒有結果。多了一位具挑戰性的挑戰者，讓我愈發期待，也許他會是比警方還棘手的對象；你們能明白那種將自己自信滿滿的謎題拋出給權威對手的興奮嗎？我便是耽溺在這種享受。

隨著受害者一一死亡，恐懼與不安逐漸上升，一開始得知紀思哲找林若平來是因為他收到了另一名罪犯Hermes的偷竊預告函，原本有些擔憂這聰明的罪犯會影響我的計畫，不過轉念一想，如果因為他的介入而讓我的計畫因此受創，那便證明我的能力不夠。一想到這也是一種挑戰，更提升我的興奮感。可惜Hermes完全沒有動靜，完成偷竊後便默不作聲，如果他早離開了冰鏡莊而沒有留下來欣賞好戲，我只能說真是一大遺憾。

迄今所發生的四件兇殺案，你們應該都感受到其強大的不可思議性了。在梁小音一案我還特地把你們移動到展覽館，讓你們一步出展覽館便能目睹到壯麗的殺人奇景，這種欣賞藝術的情懷，恐怕只有我才能品味吧。

也許要能解釋我所製造的奇蹟實在是太困難了，我想起Douglas G. Greene為John Dickson Carr寫的傳記The Man Who Explained Miracles，《解釋奇蹟的人》，這個人只會是我自己，但我不會對你們透露奇蹟的祕密，正如同魔術師不會洩漏戲法的底牌，在冰鏡莊所發生的一連串的謎，包括蕭沛琦的屍體如何從密閉的蠟像館中消失、顧震川如何在無人能出入的展覽廳遭到槍殺、徐于姍的屍體如何進入遭監視的密室、梁小音如何被人力無法舉起的石像壓斃、冰鏡莊內的石像為何會自己走動、我在禮拜五晚上所呈現的手機空移是如何完成……這些奧祕，還不是全部的謎，因為這個被膠帶密封的完全密室，也就是我的死亡之謎，是我留給你們的最後一道挑戰。以死亡所換來的奇蹟，是最佳的落幕。

答案將由你們自己去尋找，我會保持沉默，我知道一切的祕密，這讓我得以繼續維持神的地位。

傷透腦筋吧！我送上來自地獄的祝福

Jack the Impossible

「不折不扣的瘋子。」在看完這封充滿惡意的遺書後，紀思哲這麼說道。

「我倒覺得挺有趣的，」李勞瑞推了推眼鏡，「這種妄想成為神的異常心理解釋了這些看似荒謬且無必要的奇蹟。在這些幻象背後是一個想掌握一切祕密並製造血腥藝術的異樣心靈。罪案愈不可解，對他而言挑戰所帶來的興奮就愈高。」

「我不明白的是，」莉蒂亞冷冷地說，「他最後那段是什麼意思？他說這個膠帶密室是最後的謎題，有什麼謎可言？」

「這正是問題所在，」若平看了一眼那具臉孔發紫的屍體，「李勞瑞先生，你能協助我把屍體解下來嗎？」

若平把那張翻倒的椅子扶正，踩了上去。他與李勞瑞花了一點時間解開纏在燈架上的繩索，然後把屍體放到地上。

仔細一看，屍體的眼睛還有口鼻四周漫布著紅色小斑點。他把屍體半翻轉過來，發現後頸處有勒痕，就在往上懸吊的繩索下方。他把劉益民的雙手袖管拉起，兩手腕處有瘀青痕跡。

「他死了多久？」紀思哲問。

「不清楚，不過我猜是超過一小時了吧？對了，我們早上到底昏迷了多久？」若平問道。

「一小時二十分。」莉蒂亞看了一眼手錶。

「那麼在我們昏迷之後沒多久，劉益民應該就被殺了。」

「被殺？」紀思哲驚呼，「他不是自殺嗎？」

「很遺憾，這個人不是自殺，他是被人用繩索勒死的。」

「可是，」李勞瑞用手指碰了碰鏡框，「這個房間可是完全的密室啊，兇手是怎麼逃出去的？」

「我不知道，這就是那封遺書所說的最後的奇蹟了。」

一陣沉默。

「若平，」女孩打破沉寂，「你怎麼知道他是被謀殺的？」

他吞了口口水，用手指著死者後頸的勒痕，「如果只是單純的上吊自殺，那麼應該只有頸部前側會有勒痕，而且後側勒痕會比兩側要來得高，這才符合吊死時的繩索延伸方向；但這具屍體的後頸卻有勒痕，很明顯地是有一圈繞行頸部一圈的水平勒痕，這只有是遭勒殺才有可能產生。另外，一般吊死的屍體眼睛是不會出現溢血點的，可是這具屍體卻有。還有，他的手腕有被繩索綑綁的痕跡，這相當可疑。其實還有更簡單的方式可以知道他是被殺的，就是那頂大禮帽。」若平眼神投向床上的黑色帽子。

「怎麼說？」紀思哲露出困惑的表情。

「劉益民不可能是戴上禮帽後才套上繩圈上吊，因為繩圈根本穿不過禮帽，這說明了是劉益民吊死後，有人才把禮帽戴到他頭上去的；當然有可能是他套上繩圈、踩上椅子後，才把禮帽戴上，再踢掉椅子吊死。但我不明白何必為了一頂禮帽如此大費周章。」

「但如果是謀殺，」紀思哲看了一眼筆記型電腦，「那封遺書——」

「當然是偽造的，不過我猜裡面所說的事都是真的吧。對密室傑克而言，他剛好藉此機會坦承他的心路歷程，我想內容沒有偽造的必要，因為並沒有提到解開奇蹟的關鍵。可以確定的是，那封信不是出自劉益民的手筆。」

「你的意思是密室傑克還活著？」老人大叫，「那他到底在哪裡？」

「任何地方，包括我們之中。」

第八章——最後的線索

1

他們把劉益民的屍體留在房間內，拉了張床單蓋住。若平另外也拿了條棉被，拿到廣場上去蓋住梁小音的屍體。他把案發現場的筆記型電腦關機，收掉電源線，然後帶出房間。他們離開之前仔細搜了整個房間，沒有密道，沒有暗門。一行人沮喪地回到交誼廳。

那臺筆記型電腦沒人見過，沒有人知道是誰的，也無人能確定那臺電腦到底是不是劉益民的。根本沒有人知道劉益民到底有沒有帶筆記型電腦來。若平在交誼廳找到插座，插上插頭，重新將電腦開機。

其他人則默不作聲地坐著。女孩坐在他身邊，偶爾投給他好奇的眼光，不過大部分時間則裝作一副若無其事的樣子；紀思哲把輪椅滑到角落，不發一語；李勞瑞走過琴蓋緊閉的鋼琴，打量著塞滿著書、毫無空隙的書架。

進入作業系統之後，若平發現電腦裡的內容出奇地乾淨與單純，裡面沒有任何多餘的程式或私人檔案，除了那封遺書放在桌面之外，整臺電腦沒有任何個人風格，就像是剛經過重灌一樣。

「有找到什麼嗎？」莉蒂亞突然問。

「沒有，乾乾淨淨。我想這更證明了他殺理論。這臺電腦不可能是劉益民的，如果是他自己的，不可能裡面什麼都沒有。兇手一定是弄不到劉益民的電腦，才會另外準備一臺。」

「這麼一來，只是更加確定劉益民是被謀殺的，」女孩露出失望的表情，「根本於事無補嘛。」

「很遺憾是這樣。」

然後，他低頭陷入沉思，把那封遺書又看了一遍。莉蒂亞沉默不語，似乎也掉入自己的沉思。

不知道過了多久，紀思哲的聲音穿越寂靜切了過來，「我想我們應該用午餐了，但發生了早上的迷藥事件，讓我有點擔心食物的狀況。」

若平從電腦中抬起頭來，答道：「如果兇手要下毒殺死我們，他早就這麼做了。不，我想應該不會有問題，如遺書所言，遊戲已經結束了。就算遺書是假的，劉益民也應該是最後一名犧牲者。」

「你確定？」

「用我的命來賭，」若平攤攤手，「如果不對的話，吃了食物馬上就知道結果。」

「好吧，可是我們沒做飯的人手了。」

「我來。」莉蒂亞立刻站起身子。

「那就麻煩妳了。」

女孩與紀思哲回廚房後，若平關掉電腦，雙眼一陣酸澀。他站起身來，伸了伸懶腰，廚房傳來李勞瑞說話的聲音，大概是要幫忙做飯吧。若平視線在此時不經意地接觸到了牆邊的鋼琴。

琴蓋是蓋上的，琴邊的地板乾乾淨淨，再過去是靠牆的書櫃，每一層的書都是排得密實的，相當整齊。整潔的交誼廳，有條不紊的交誼廳，的確如梁小音所說反映了主人有潔癖的性格。

他又看了那架鋼琴及地板一眼，然後離開了客廳。

2

（密室傑克的獨白）

告一段落……暫時告一段落了。

最後一個奇蹟真是我的得意之作，簡直是在極度的風險下完成的。幸好事前的計算與演練都十分充足，沒有出差錯。我成功地製造了被膠帶封住的完全密室。如果John Dickson Carr地下有知，應該會想頒給我一個特大號的獎章吧。

在偽造的遺書中，我表達了我真實的心情，當撰寫這些心路歷程時，心中有難掩的興奮，因為我頭一次披露這不為人知的心情……

我知道劉益民死於謀殺的這個事實應該騙不過林若平，這也都在我的意料之中。當他們知道劉益民是死於謀殺時，應該又是被投了一記震撼彈，又是一樁奇蹟，奇蹟……

林若平是不是開始懷疑兇手就在他身邊了呢？這是再合理不過的懷疑。我要繼續扮演好我的角色，等著他當面拆下我的面具。不過，我懷疑他是否辦得到……

3

午餐仍然是那些速成的食物，但在這個時刻，嚐起來有股美味的感動。用過餐後，一陣睡意瀰漫在空氣中，卻沒有人獨自回房午睡。雖然危機警報看似解除，但獨處這件事似乎還是讓人敬而遠之。最後李勞瑞建議由他站崗，讓其他人得以在交誼廳稍微小睡片刻。

他們照做了。若平在早上的老地方坐下，女孩沒有猶豫也在他身邊坐下。不久後便一同進入夢鄉。不過老實說，他睡得一顆心七上八下。會七上是因為他怕自己睡到一半身子往她那邊倒過去，會八下則是暗地裡期待她會倒過來。

但最後的結果是，兩人往相反的方向倒去。

時間來到下午四點半，若平揉揉雙眼，在沙發中坐正身子；他伸了個懶腰，望見李勞瑞在門口邊，坐在早上若平坐過的地方看書。對方微笑對他點頭。

若平感到精神完全恢復了，他對李勞瑞點頭，瞬間決定了接下來的行動。他站起來，離開了溫柔鄉。

「你要去哪裡？」女孩朦朧的聲音問。

「再去案發現場看看。」

「我跟你一起去。」

若平猶豫了一下。

「反正我也沒事，」女孩順順頭髮，站了起來，「走吧。」

「好吧。」

他們兩人走過持續微笑的李勞瑞，來到了外頭的廣場，白霧飄蕩著，空氣中瀰漫著冷意。

「我想要按照案發順序查看每個現場，」若平說，「我們先到蠟像館。」

兩人避開廣場上梁小音的屍體，進入展覽館，搭了電梯上二樓。

再次來到陰森森的人形叢林，他直接走向那具敞開的紫色棺木。

「不可能的謀殺之一，」他喃喃說，「屍體從棺木消失。從發現屍體到屍體消失這段期間，沒有人能突破一樓的人群將屍體帶走；而經過徹底的搜查後，屍體也不在二樓或三樓，整個過程也沒有人能使用電梯。問題：怎麼辦到的？」

「又回到老問題了，」莉蒂亞的兩手交叉在胸前，輕輕將垂落右臉頰的髮絲甩到肩後，「屍體一定被藏起來，而最可疑的就是這些蠟像！」

「可是我們檢查過這些蠟像了，全部都沒有可疑之處。」

女孩歪著頭思索，「要不然就是，你所看到的蕭沛琦屍體是假的，那可能是氣球做成的人偶，後來再被弄破。」

「不可能，我親自檢查過屍體，那是貨真價實的死屍。」

「會不會只有屍塊啊？比如說只有上半身或頭部是人體……」

「那屍塊也應該要留在二樓啊！不可能消失不見。而且，兇手要怎麼移動屍塊？如果兇手人在二樓，那麼就又衍生出兇手如何逃離密室的問題。如果兇手人在一樓——那代表密室傑克是一樓聚集的人的其中之一——那他要怎麼操作二樓的屍塊讓其消失？況且，就算我只有檢查屍體的上半身，但那可是硬邦邦的物體，不是隨便氣球之類的東西可以矇混過去的，那是有一定硬度的實體，不容易移動及藏匿。」

女孩高舉雙手，「好，我投降，辯論第一場，林若平獲勝，結論是沒有答案。」

「呃，我可沒有要妳當辯方啊。」

「這樣才能刺激你思考，我不介意。」

若平聳聳肩，「那我們到一樓去吧。」

兩人來到空蕩蕩的大廳，若平開始回想禮拜六凌晨的場景，顧震川被殺的經過。

「不可能的謀殺之二，」他說，「死者獨自一人在大廳中，沒有人從樓上下來，也沒有人從大門進入，但被害者卻遭近距離槍殺。問題：兇手怎麼辦到的？辯方請質詢。」

「收到。我想有沒有可能是用事先設置好的殺人機關？自動手槍發射裝置之類的，只要被害者一觸動就會自動發射。」

「這樣兇槍一定會留在現場，可是我們沒找到槍。」

「還是……遠距離射擊？」

「從二樓或三樓朝一樓射擊嗎？這完全不可能。而且從傷口有燒焦痕跡來看，這絕對是近距離射擊。」

「如果兇手事先躲在一樓……」

「我們找過了，沒地方可躲啊！」

「好吧，質問到此結束，答案一樣無解。」

若平心中湧生一股無力感，「接下來到三樓去。」

最荒蕪的展覽館三樓跟蠟像館一樓一樣死氣沉沉，蓋著帆布的屍體仍躺臥在圓桌之上，不動的身形反而愈讓人不安，彷彿底下的人體隨時會站起來似的。

若平感覺到有人正拉扯著他的手肘，他轉頭一看，莉蒂亞右手扯著他的衣袖，臉色十分陰沉。

「我們非得要來這裡嗎？」她問。

「抱歉，我只是想再看一下現場，馬上就走了。」

不可能的謀殺之三，他在心中嘀咕，空無一人的樓層內竟然出現一具屍體，在關鍵的時間內絕對不可能有任何人進出密室。問題：屍體怎麼出現在裡面的？

他們今天凌晨針對這點有很多討論，但沒有結果。

「走吧。」他對女孩說。後者咬著嘴唇點點頭。

他們進了電梯，下了兩層樓，穿越展覽廳，來到外面的廣場。這時已是黃昏時分，夜幕已有一腳踩上大地，雲霧散去了一些。

若平盯視著地面上那具被被單覆蓋的軀體，喃喃地說：「不可能的謀殺之四，被害者死於人力無法抬起的石像之重擊。問題：這如何可能？」

莉蒂亞沒說話，顯然是思及梁小音那悽慘的死狀，情緒無法平靜下來。

「李勞瑞說這個謎有雙重的不可能性，一個是石像如何被擊斷，一個是石像如何被抬起。但也有可能問題是單純的，亦即，失去知覺的梁小音被放在石像旁邊，當石像斷裂倒塌之際壓斃了底下的人，如此一來，謎題便只有一個：如何只靠人力讓石像斷裂？」

「這簡直無法想像，」女孩面無表情地說，「為什麼一個女孩子非得承受這些命案中最悽慘的死法？」

「女性的柔弱反而容易激起殺人魔凌虐的慾望。」

她搖搖頭，「除非她有非死不可的理由……不過，其他死者難道就有？」

「如果這些命案只是單純享樂型殺人下的犧牲品，那麼他們都有活下去的權利。」

她沉默了一會兒，「我們走吧，在晚飯前結束最後一站。」

最後一站正是劉益民的房間，魔術師的屍體仍被床單蓋著，房裡一片死寂，一種異樣的詭譎像看不見的網子張鋪在空氣中。若平站在床邊，梭巡著四周，視線先是停在牆上的噴漆文字，然後回到屍體上，再移到一旁的魔術手杖。他突然想起早先發現屍體時，他就是因為聽見房內有重擊聲，才會從外面往窗內窺看。地上掉落的物品只有翻倒的椅子和手杖，椅子不可能在那時被上吊的人踢倒，因為劉益民已經死一段時間了，那麼就只剩下手杖。這根手杖大概是靠在梳妝臺邊，然後剛好在當時倒了下來。

他突然注意到，手杖在地上躺臥的方向好像跟他發現屍體時不太一樣，他從窗戶往內望時，手杖是呈四十五度角往櫥櫃那一面傾斜，也就是杖頭指著櫥櫃，尾端指著床腳；而稍後他們進來時，手杖是筆直地躺臥，頭指向房門，尾端指向窗戶。

他應該沒有記錯，這是怎麼回事？

「這裡的確沒有密道，」女孩的聲音讓他回神，「再怎麼看都不像有。」

他望見她貼靠著床邊的牆壁在搜索。雖然他們先前已經一起搜過了，但顯然女孩不死心地繼續探查。

「不可能的謀殺之五，」若平說，「被害者死於被膠帶密封的完全密室，現場沒有密道暗門，門窗邊緣貼滿膠帶……問題：兇手如何逃出？」

「窗戶是從內鎖上的，對吧？」她問。

「嗯，鎖扣扣上了。」

「但門閂是開的？」

「對，否則的話就得破門而入了。」

「那膠帶會不會是一種心理錯覺？」她指著門框上四邊半貼住的黑膠帶，「其實兇手在門上四邊貼上膠帶後，就直接出房間關上門了，我們根本不知道裡面沒有貼牢，只是因為現場放著那本膠帶密室的書，再加上我們看到門後貼滿膠帶，才會直覺認為膠帶應該是貼牢的。」

「可是——」

「早上進來這房間時，開門的是你吧？」

「是沒錯，但——」

「你開門時有感受到膠帶的阻力嗎？」

他猶豫了一下，「沒有特別感覺到，但——」

「那就對了不是嗎？根本沒貼牢，就這麼簡單。」

若平看著她那張得意洋洋的臉，不知道為什麼很想用任何可能想得到的溫柔方式來反擊她的攻勢，但他還是暫時穩住脫韁的感性。

「很遺憾，妳說的解答還是不可能成立，因為我們進房之前，我很清楚地從窗戶看見這扇門的內側，四條膠帶是平整地貼在門與門框之間的，這點我敢發誓，因為我有特別留意。另外，膠帶是很容易鬆掉的，尤其是貼在這種木質門框上，那種膠帶根本黏不牢，開門時感受不到阻力是正常的。再怎麼說，我都不相信密室傑克會用這種一眼就被看穿的心理盲點來製造密室，一點都沒有讓人拍案叫絕的感受啊。」

女孩聳聳肩，「我沒異議，可是從剛剛到現在，你好像一直在幫兇手脫困，這不是自找麻煩？」

「唉，這是因為我說的都是事實，這名兇手聰明得很，謎題不可能這麼簡單就被破解的。」

「是啊……」女孩盯著地上的屍體。

「怎麼了？」

「啊，沒什麼，只是突然發現一件事。」

「什麼事？」

「劉益民身上那件披風……這次來冰鏡莊好像沒看過？」

若平沉默半晌。「妳說得對，這披風是第一次出現。」

「不過魔術師穿著披風好像也沒什麼好奇怪的，但之前怎麼沒看他穿過？」

披風……？他隱約覺得自己好像捕捉到什麼，但那道光稍縱即逝。

「那麼，也差不多可以離開這裡了吧。」女孩緩步往門口走去。

若平知道與屍體共處一室的感覺相當不舒服，他馬上點了點頭，說：「我們走。」

穿越走廊來到廣場上，天已經幾乎全黑了，只有左右翼建築的大門處亮起昏黃的燈光，照亮幽暗的冰鏡莊，黃色的光與掛在天際的月亮遙相呼應著。

若平在月神像基座附近停下腳步，若有所思地說：「就如同劉益民遺書中所說的，除了那五件兇殺外，還存在著其他不可解的謎團，例如會走動的石像，還有……」

「我還想到其他的。」女孩接腔。

「哦？」

「例如，劉益民消失的這段期間，他人到底躲在哪裡？」

「這是個好問題，這應該是魔術師的隱身術吧，或者是消失術。」

「你剛剛說到會走動的石像？」

若平盯著基座周邊的四道雕像印痕，以及印痕延伸出來的腳印，「這些石像能走路真是不可思議，還有我也不明白為什麼要把石像裝飾成死者的樣貌，石像的移動及裝飾，難道都沒有理由？」

「斷裂的月神像，」女孩說，「才是最怪異的吧，那就好像從月亮降下了一道憤怒的閃電將石像劈裂……」女孩邊說著，邊抬頭望向展覽館上空的那輪彎月。

若平不自覺地也跟著仰首凝望。

點點星群綴飾夜空，圍繞著微笑的月。他心中突然有種感觸，希望時間在這一刻停留，柔美嬌羞的月用她的眼神輕觸著他，讓他的心中盪漾著無以言喻的浪漫。如果這裡沒有謀殺案，站在他身旁的人還會是她嗎？

「月亮很美吧？」女孩說，「以前小時候總聽人說『外國的月亮比較圓』，可是我在紐約看了那麼多年的月亮，還不是跟在臺灣看的一樣！」

「月亮本來就不可能不一樣，那句話要表達的不是字面上的意思，而是……」他看著明月的雙眼陡然一僵。

「嗯？」

若平沒說話，他定定地凝視著那黃色的光暈，一瞬間突然呼吸困難，身子開始劇烈抖動。女孩注意到不對勁，轉過頭來，一臉關切，「你怎麼了？還好吧？」

「我……沒事，」若平對她拋了個虛弱的微笑，「我突然想到一些事，妳讓我靜一下，我馬上回來。」

莉蒂亞一臉困惑，不過她沒多說，沉默了下來。

若平走到一旁，盯著那基座，此刻他的腦袋就像滾燙的熱水沸騰著，他握緊雙拳，身子又顫抖起來。

五件謀殺案的畫面一一浮現，藉著剛剛與女孩的重新探索，他能很快地喚起兇案的記憶，五名死者及五個案發現場如跑馬燈在他的腦中輪轉，一輪又一輪，一圈又一圈；接著，其他的畫面也加入輪轉，形成一個令人目不暇給的萬花筒。

萬花筒的圖樣起先讓人眼花撩亂，但逐漸地，他看穿了隱藏在華麗外衣底下的基本輪廓，即使外觀持續變化，靈魂卻是不變的，看似紛亂的圖像仍有其基本式樣，黑暗逐漸崩解了。

「莉蒂亞。」若平緩慢地說。

「嗯？」她好奇地看著他。

「妳在這裡等我一下，我馬上回來。」

「喔，好。」她仍沒多問。

若平快步離開廣場。

4

當他再度回來時，手上多了兩個礦泉水瓶以及一枝手電筒。女孩站在左翼建築門邊等他。

「你究竟要幹嘛？」她不解地問。

「跟我來。」

他疾步往右翼底部而去，來到那座持著長劍的士兵雕像前。若平盯視著那具腰掛長劍鞘的石像，然後把手電筒遞給女孩。

「幫我照著那把劍鞘。」他說。

接著他打開第一個水瓶，小心翼翼地把水注入鞘口，在這靜謐的時刻，只有水流聲在黑夜中祟動，手電筒的燈光映照出面無表情的兩個人，而不遠處就躺著一具頭顱碎裂的屍體；以月神的角度從上望下，的確是一幅非常詭異的畫面。

水瓶空了，若平打開第二瓶，再次注水，這次才倒了不到二分之一，水便從鞘口溢了出來，看來整枝劍鞘已經注滿水了。

若平盯著劍鞘半晌，扭緊水瓶瓶蓋，然後說：「好了，我們去吃晚飯吧。」

「你不解釋一下這是怎麼回事嗎？」女孩晃著手電筒，「還是你本來就喜歡玩水？」

「我不喜歡玩水……我問妳一個問題。」

女孩默默地打量著他，「問吧。」

「妳知道月亮的別稱嗎？」

「別稱？什麼意思？月球嗎？」
「呃，我指的是一些文雅的別稱。比如說，在中文裡有一些借代的用法，像是『玉盤』、『寶鏡』、『團扇』……等等，都是指月亮。」
「抱歉，我中文很差，別忘了我是在紐約長大的。」
「我知道，我只是想說，在月亮的別稱中，其中一個就是『冰鏡』。」
「冰鏡？」她睜大了雙眼。
「沒錯，從字面上的意思而言，如冰一樣皎潔的鏡子，自然是指月亮了。」
「原來是這樣。」
「所以冰鏡莊也可以稱為月之莊或月亮莊。」
「不過，這件事跟你剛剛做的事有什麼關聯？我不懂。」
「關聯可大了，」若平抬頭看了一眼月神，「這解釋了這裡所發生的所有奇蹟。」
莉蒂亞饒富興味地打量他半晌，才開口說：「我猜，你現在沒有興致告訴我吧？」
「暫時先不提，我還有事情要確認。先回去準備晚餐吧。」
「好。」她爽快地回答。
之後，莉蒂亞迅速地回廚房準備晚餐，若平拿了手電筒，在廣場晃蕩。他思索了一下，然後往左翼後部走去。
若平看了女妖石像一眼，然後小心翼翼地攀爬上石像，跳到另一邊。
他打開手電筒，來到人馬獸前，將燈光打向石雕，然後彎下身來。他發現人馬獸前腳與後腳形成的兩條圓柱上皆有雙線的凹槽，是由兩個上下並疊的輪狀體組合而成，這兩個輪狀體並不是石頭的材質，只是外觀刻意做得很像；用手一撥，輪子轉動了起來。

他緊抿著唇，站了起來，向後走，來到立正士兵躺臥的草地。他蹲下來，將燈光打向石像頸部。繩索仍纏在那裡，他再度伸手觸摸，這才發現士兵的頭部似乎也是一個類似的雙重輪狀體，上下兩個凹槽軌跡由頸前跟頸後繞著頭部，而繩索是貼在凹槽中。

剛到冰鏡莊的時候完全沒有仔細檢查這些石像，誰會想得到有這些玄機？

他低頭沉思半晌，然後慢慢踱回右翼房。

稍後，一群人又聚集在餐廳，在沉默中用餐。

在晚餐接近尾聲之時，若平放下筷子，環視眾人說：「呃，我有點事想請大家配合一下，等等九點的時候請到展覽館一樓集合，好嗎？」

「要做什麼？」紀思哲也停下手中的筷子，問。

「我對這件案子有一些想法，想跟你們分享一下。」

「你該不會知道真相了吧？」李勞瑞亮著雙眼。

「到時候再說，總之記得時間。」

他沒再多解釋，其他人也就沒再多問。

莉蒂亞在廚房料理善後之時，若平到交誼廳拿了劉益民留下的筆電，然後離開。走之前瞥見紀思哲與李勞瑞兩人進入交誼廳。

他拿著筆電來到左翼建築，經過四號房時試了試門把，是鎖上的，然後他回到自己的房間，找了插座插上電源，打開電腦。

他埋首螢幕兩個小時。

晚上九點整，冰鏡莊謀殺案倖存的四個人聚集在展覽館大廳，他們圍著圓桌而坐，除了若平之外的三人坐得比較集中，面向玻璃展覽櫃，背向電梯；若平則坐在他們對面，筆電擺在眼前。

若平在開口之前掃了一眼面前的三人。紀思哲一臉嚴肅，十指交握，山羊鬍子顯得僵直；李勞瑞的金邊眼鏡仍舊閃閃發亮，一副泰然自若的樣子；莉蒂亞亮著雙眼，嘴唇緊抿，烏黑的髮絲映著光澤。一股無形的凝重氣氛浮了上來。

「若平，」紀思哲率先開口，「你真的只是單純要解釋你對這件案子的想法嗎？」

「也可以這麼說，不過事實上，我要做的事是完成你交付給我的委託。」

「委託？難道……」

若平點點頭，「我要告訴你們冰鏡莊殺人事件的真相。」

「真有趣，」李勞瑞微笑，「你知道這些奇蹟背後的真相了？」

「我知道這裡每一件怪事背後的解釋，我現在能解釋這裡的所有奇蹟。」

「包括，」李勞瑞持續微笑，「兇手的身分？」

「包括，」若平靜靜地回答，「兇手的身分。」

稍早當他說要集合所有人時，我心中的興奮感沸騰起來，坐在我身旁的另外兩人也躁動不安。

林若平已經知道真相了！不過，還沒聽他解釋之前，不能確定他是否推論正確。

6

（密室傑克的獨白）

「你知道兇手是誰，」其中一人說，「那兇手在哪裡？」

林若平說：「兇手就坐在我的對面。」

我聽到另一人倒抽了一口氣。

「你是說，兇手就在我們之中？」

「沒錯。」

「到底是誰？」

「我會慢慢告訴你們。」

我抑制不住內心的雀躍感。

來吧！看你是否能當場揭穿我的奇蹟以及我的面具，最後的時刻終於來臨了！

「這件案子，」林若平繼續說，「是我偵探生涯以來最棘手的一件，因為我從來沒有遇過一名這麼妄想成為神的兇手，這種超乎常人的慾望，以及奇特的藝術品味與堅持，才會造就這一連串不可思議的命案。當我了解到兇手是如何創下這些奇蹟之後，我簡直不敢置信有人能為犯罪做到這種地步。這個人不只是個藝術家，也是魔術師，更是冒險家。雖然不想這麼說，但他的大膽與勇氣真是讓我佩服……」

「別吊我們胃口了，你快宣布真相吧！」

「好，」林若平吸了一口氣，「如果你們已經準備好的話，那我們就開始進行解謎。」

我的心底升起了微笑，等待著他來解釋奇蹟。

第三部

Unravelling

解謎

第九章——冰鏡幻影

1

「整個案子的梗概，」若平對著聽眾說，「你們都相當清楚，我想也不用再細述了。殺人的動機以及犯案緣由，在密室傑克的遺書中都陳述得很明白了。他是一名以製造不可能犯罪為人生目的的享樂型殺人狂，因為這種性質的犯罪，在本質上就是一種製造神蹟的運動，符合他的價值哲學與藝術偏好。而他在死前想要創造終極的神蹟，留下最後的代表作。他得知了冰鏡莊將有一場聚會，於是選擇此處作為他的殺人舞臺，連續殺了五人。也許有些人只關心如何逮到兇手，而不是兇手殺人的方法；但既然奇蹟是殺人罪行中很重要的一部分，而我們也都牽扯其中，我認為有必要將所有不明白的事件解釋清楚，而不只是公布兇手的名字。基於此，在底下的敘述中，只要跟謎團有關的細節，我都會循序漸進將它們攤開在你們眼前。」

他停頓下來，看了一眼他的聽眾，每個人都十分專注地看著他。

「好，開場白到此結束。首先，我們來看看冰鏡莊中到底有哪些謎題待解。我們可以發現，所有的謎團能區分成兩類：兇殺性質與非兇殺性質。冰鏡莊中的兇殺性質謎團，如我們所見，總共有五件。

「第一，蕭沛琦命案：屍體從被監視的蠟像館消失；第二，顧震川命案：死者被近距離槍殺於被監視的密室之內；第三，徐于姍命案：被監視的密室中出現一具屍體；第四，梁小音命案：死者被非人力的力量殺死；第五，劉益民命案：死者死於膠帶構成的完全密室。

「除了第四案之外，其他四件密室命案的共同點是可以排除密道暗門的可能性，以及屍體偽裝或影像錯覺，因此這些案子乍看之下完全沒有任何合理的解答。事實上這五件案子的最大共同特徵就是『不可能性』。

「除了這五個兇殺謎團之外，同時還存在著一些與謀殺沒有直接關聯的大小型謎團，這些是屬於非兇殺性質的謎團。我把它們整理如下。

「第一，關於雕像。每次兇案之後便有一座雕像移動，在沒有機器或車輛的輔助之下要如何移動這些重物？雕像為何必須被移動？雕像為何要被裝飾成死者死狀？

「第二，關於物品。第一件命案發生之後，冰鏡莊內陸續發生物品失竊、增加或移動的怪事，總計有（1）第一件命案之後，眾人房間遭洗劫，行李、衛浴用品被竊；（2）第二件命案之後，我房內的紙筆被竊；（3）梁小音於禮拜五晚上打破的玻璃杯於隔天早上又神奇地出現；（4）在我們被下藥昏迷之前，交誼廳的鋼琴蓋是打開的，因為李勞瑞正是在彈奏途中昏迷的，而當時紀先生因為驚慌而將正在讀的書丟在地板上。但當我們發現劉益民的屍體後，再度回到交誼廳時，不但鋼琴蓋被蓋了回去，地上的書也被塞回書架……以上這些竊取、增補或移動物品的目的到底是什麼？

「第三，關於藏匿。蕭沛琦的屍體消失到哪裡去了？劉益民現身前究竟躲在哪裡？

「第四，關於手機魔術。密室傑克的遺書中強調了這件事，這個魔術到底是如何完成？又扮演了什麼角色？

「第五，關於隧道。隧道崩塌時的爆炸聲為什沒有傳到展覽館樓上？還有，兇手如何準確計算崩塌的範圍？」

若平又停頓下來，拿起早先從廚房拿出的礦泉水瓶，扭開瓶蓋，喝了一口，才繼續說：「這兩系列主要的謎團——兇殺性質與非兇殺性質——經過兩相對照之後，便隱藏著冰鏡莊殺人事件的真相。目前為止，我這樣的整理還清楚嗎？」

「我還真是一頭霧水，」紀思哲說，「兇殺性質的謎團我們老早就知道了，現在你又整理出非兇殺的謎團，讓整件事更撲朔迷離……也許有些問題是你想得太複雜了？例如，雕像的移動或許是兇手純粹要炫耀不可能的奇蹟吧？背後沒有什麼太深的理由。而裝飾雕像也可能只是滿足變態心理的行為。」

「不，」若平說，「製造奇蹟或許是理由之一，但還有其他理由。我就再說白一點好了，雕像這件事對兇手來說非常重要，重點不是雕像要如何被移動，而是雕像『被移動到哪裡』。」

「雕像被移動的位置嗎？」李勞瑞說。

「沒錯，我打個比方，這些雕像就好像西洋棋盤上的棋子，每一座雕像的移動都是一步棋，加總起來構成了完美的攻擊與防禦。」

「這真是玄之又玄、難以想像，」紀思哲糾結著一張臉，「它們被裝飾成死屍的樣子也無法理解，再怎麼看都是瘋子的行徑。」

「兇手有個很重要的理由，讓他不得不把雕像打扮成死者的樣子；如果不這麼做的話，其中一件兇殺案的犯罪手法就會穿幫，」若平沒等其他人回應，快速繼續說：「至於第二點提到的物品出現與遺失，我一開始懷疑跟Hermes有關，不過現在可以肯定這全是出自密室傑克的手筆，他有不得不的理由進行這些怪異的行為。」

「關於物品的失竊，聽起來好像還可以解釋，因為是一種犯罪行為，」李勞瑞說，「不過我想不出多添一個玻璃杯有什麼意義？好像變成慈善事業。」

「那是因為兇手別無選擇，他『不得不』多放一個玻璃杯。」

「夠了！」莉蒂亞高聲道，「若平，你不要再賣關子了！清楚地把整個真相說出來！不要東一點西一點地扯！」

「真抱歉，」若平說，「因為要說的東西太多了，我一時之間不知從何切入……好，我們就從非兇殺性質謎團的第四點開始。」

他面前的三個人神色有點茫然，好像已經忘記第四個謎團的內容是什麼。

「我們知道兇手為了在短時間內連續大量殺人，勢必得阻斷冰鏡莊對外的實質聯絡與抽象聯絡方式；在實質聯絡方面，他炸塌了隧道，讓我們無法離開；抽象聯絡方面，唯一的對外聯絡方式只有手機，而大多數人的手機都被竊走了，僅存的兩支手機在手機魔術之後便無法使用。很明顯地，兇手知道僅僅盜走行李並沒有辦法竊走所有的手機，因此又多設計了一道防線，藉由手機魔術來讓僅存的手機失去聯絡功能，這便是禮拜五晚上手機魔術的真正目的。」

「可是劉益民後來也被殺了，」莉蒂亞打斷他，「照你這樣說，他跟密室傑克是共犯關係囉？」

「劉益民在本案中的角色很微妙，不，他不是共犯，他只是不知道自己被真正的兇手徹底利用罷了。他不知道手機魔術背後的用意，他以為自己只是在表演一場單純的魔術。關於劉益民在失蹤後去了哪裡，以及他之後怎麼被利用，這點暫且不談，我們先來看看手機瞬移魔術到底是怎麼完成的。你們還記得整個魔術的過程嗎？

「我來幫你們複習一遍。當時的情形是這樣的，劉益民將兩支手機立在桌沿，然後走到餐具櫃，拉開抽屜，這時裡面是空無一物的；接著他再回到桌邊坐下，用一條絲巾罩住手機，一手往絲巾猛抓，手機突然像蒸發般消失，他再回到餐具櫃，拉開抽屜，手機出現在裡頭。一切看似不可思議。

「很多人或許會這麼想：當劉益民猛拍絲巾時，他藉機將手機藏入袖口或衣服內的暗袋，然後拉開抽屜時再偷偷將手機放入。但我可以排除這種可能性，因為我一開始就猜測他可能會用這種手法，所以特別注意他雙手的細節動作。當劉益民第二次打開抽屜時，他絕不可能在那時才將手機放入。」

「如果是這樣，」李勞瑞用右手食指與拇指撫著下巴，「那到底還有什麼可能性？」

「最簡單的物理法則：同一個物體不可能同時出現在兩處。如果這種狀況發生的話，那它們一定不是同一個物體。」

「你的意思是……」

「我的意思是，在抽屜中出現的兩支手機，並不是原來的那兩支手機，也就是說，魔術表演中一共出現了四支手機。」

「但第一次打開抽屜時是空的啊！」莉蒂亞道。

「沒錯，的確是空的，重點就在於為什麼第二次拉開抽屜時，抽屜不是空的。這是整個魔術的關鍵。」若平停了下來，掃了眾人一眼，清了清喉嚨，「我曾經看過一本魔術道具書，那是一本長方形的冊子，當表演者第一次快速翻閱冊子時，觀眾可以很清楚地看見整本冊子是空白的；但是當表演者再次翻閱冊子時，頁面閃現的竟然是黑白的圖案；第三次翻閱時，原本的黑白圖案變成了彩色圖案。連續三次的翻閱，內容從無到有。你們能想得出這個把戲的謎底嗎？」

眾人沉默了一會兒，最後李勞瑞說：「那本冊子可能有三種頁面，但我想不出要怎麼順當地交替。」

「你說對了，事實上，這本書的構造是這樣的：第一頁是空白頁，第二頁是黑白圖案，第三頁是彩色圖案，第四頁又回到空白頁，如此反覆循環。而冊子的頁邊做過特殊的剪裁，當從左上角翻動整本書時，只有空白頁面會被翻出來，從中間翻動時，只有黑白頁面會出現，從左下角翻動時，只彩色頁面會出現。同一本冊子，三次呈現的頁面並不相同，但觀眾誤認為從頭到尾都是相同的頁面在眼前出現。」

「這跟劉益民的手機魔術到底有什麼關係？」紀思哲在輪椅中挺直身子。

「關係可大了，在手機魔術中，第一次被拉出來的抽屜跟第二次被拉出來的抽屜是不一樣的。嚴格說，是同一個抽屜，只不過其中一個抽屜是在另一個之中。」

「不太懂。」莉蒂亞咕噥。

「簡單講，那個抽屜是一個經過特殊設計的道具，是一個子母抽屜。這兩個抽屜的大小十分接近，因此不容易分辨。整個魔術過程是這樣的：在表演之前，原來的抽屜被抽掉，裝上道具抽屜，兩支手機被放在子抽屜內。這些是前置工作。接著，在魔術表演中，當劉益民第一次拉開抽屜時，他拉開的是母抽屜，」若平把面前的筆電轉了個方向，讓螢幕面對觀眾，上面是一張他剛剛畫出的草圖（圖十），「這個母抽屜的底其實也就是子抽屜的頂，上面當然是空無一物。劉益民關上抽屜回到桌邊坐著，當他猛抓罩著手機的紅絲巾時，其實是很巧妙地把站立的手機掃落他的大腿上——這就是為什麼他要坐著——因此看起來好像絲巾底下的物體蒸發了一般；然後他再走到櫃子前，拉開子抽屜，上頭放著早先就放置好的孿生手機，於是一場不可能的魔術就這樣完成了。

「抽屜的拉啟是靠底下的凹槽，從櫃子正面根本看不出表演者兩次拉抽屜的位置不一樣，而抽屜上的紋樣與顏色單一，也不會讓人注意到兩次抽屜外觀的變化。這兩個抽屜只有深度與大小略有不同，故意選擇櫃子最底下的抽屜來表演，是因為這樣可以在觀眾方面造成視差，比較不容易分辨出深度的不同。只要抽屜暴露時間短暫，基本上不容易注意到這些差異。魔術總是要冒點險的。」

四個人沉默了一陣。

「方法是知道了，」李勞瑞將兩手交握在桌上，「但劉益民怎麼能事先知道有誰要參加聚會？如果不知道的話就不能事先準備同樣型號的故障手機啊？更令人不解的是，就算他能事先知道並準備所有的孿生手機，他也不可能知道誰會把手機留在房間，而誰不會。如果他不能知道這點，那他就不可能知道要在子抽屜內事先擺上誰的孿生手機。」

「好問題，我先回答第二個。你們記不記得當劉益民跟大家收集手機時，他並沒有立刻表演手機魔術，而是先表演其他節目，把手機魔術當壓軸。那他為什麼不等到要表演手機魔術時再跟大家要手機呢？理由很簡單，一開始先集結現場觀眾的手機，然後在他真正開始表演手機魔術之前，在臺下的助手——舞臺魔術總是會有臺下的助手——趁所有人的注意力都集中在劉益民的身上時，將對應的孿生手機放進子抽屜中。原本所有的孿生手機可能是被放在餐具櫃內的某個抽屜裡，助手快速挑出需要的放進子抽屜中，只要十秒內就能完成。

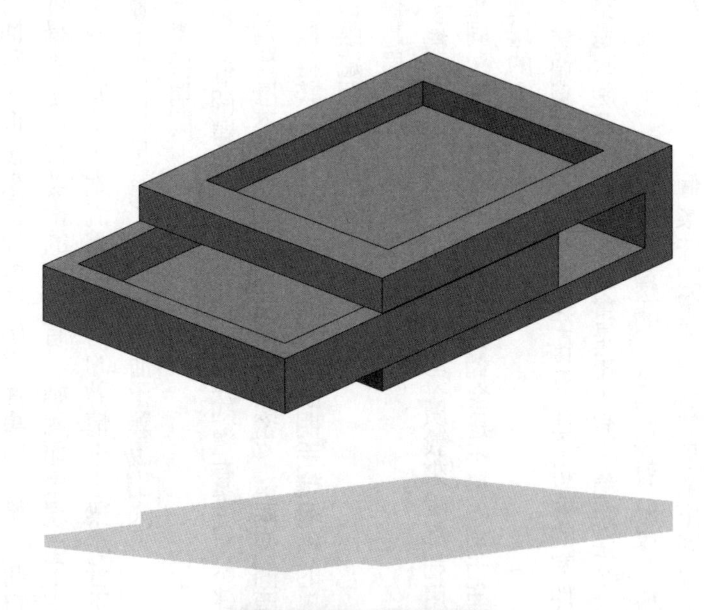

圖十　子母抽屜圖解

「當然，這個助手只可能是梁小音，只有她能在餐具櫃附近活動而不被注意，而且她還能名正言順地打開餐具櫃的抽屜。但後來當我詢問她這件事時，她否認自己是臺下的助手，但我確定她是，因為當我質問她是否是手機魔術的助手時，她明顯表現出不安的神情；稍後我發現那個道具抽屜已經被換回原本的抽屜時，她流露出驚愕的神情……梁小音不是個好演員，但她寧願隱瞞魔術的真相也不願吐實，恐怕只是為了某個理由而不願說出來。」

「會是什麼理由？」李勞瑞問。

「這跟你剛剛問的第一個問題有關。劉益民怎麼知道有誰會來冰鏡莊聚會，而他們又攜帶什麼樣式的手機？梁小音為什麼不肯透露手機魔術的祕密？這兩個問題有個交點，但我要暫且擱下這個問題，等適當的時候再談。我花了這麼多唇舌說明手機魔術的奧祕，是因為冰鏡莊發生的五件兇殺案，或多或少都跟這個魔術有關。」

「有關？」莉蒂亞揚起眉毛，「難道是指……」

「概念上的關聯。手機魔術與冰鏡莊的五件命案廣義來說都利用了相同的錯覺。這五件兇殺案表面上看起來不盡相同，唯一的共同點就是它們全是不可能的犯罪，但狹義來說，五件案子的犯罪方法，都應用了同樣的方式。」

「同樣的方式？」李勞瑞瞇著眼，「這說法比五件不可能的案件本身還要不可能。人力無法破壞的石像跟膠帶密室還有屍體消失等事件會是用了同一種手法？這我真的想不通了。」

「前三件還有最後一件的詭計概念是一樣的，第四件看似沒有辦法與其他件歸為一類，但其實也是用了一樣的手法。所以，五個案件的犯罪手法都是師出同源，只不過細節還有表現方式有所不同罷了。前四件實行起來並不困難，但第五件命案對兇手來說簡直是搏命演出，卻也是很漂亮的一步棋，因為先前他所苦心鋪設的伏筆全在最後一案中完美地結合上了。」

若平又停頓下來，看了一眼他的聽眾。

「目前為止的推理都只是暖身而已，接下來要進入整個冰鏡莊命案的核心，我必須承認，這個奇蹟的真相遠超乎我原本的想像。」

2

「我們先從最簡單的概念設想開始，」若平繼續他的演說，「在一個房間中，有一具屍體，屍體被一群人發現，這群人離開一陣子，再回到房間，屍體卻消失了；而在他們離開的那段時間，絕對不可能有任何人進出房間，房內沒有密道，屍體也不是以某種障眼法被隱藏在裡面，那屍體究竟到哪裡去了？這個簡單的謎題模型，基本上就是前三件兇殺的簡化版本。這三件兇殺都可以被化約成『密室中不可能的出現與消失』。從魔術的觀點來看，其實答案很簡單。」

「不、不可能，」李勞瑞似乎猜到若平接下來要說的話，「這實在……」

「這聽起來很荒謬，但的確是唯一的解答。一個房間，稱它為R1好了，R1在某個時刻t1，房內的狀態假設簡稱為S1，當人們在時刻t2檢查房間時，發現房內狀態變成S2，而我們的前提是，R1在物理法則之下，在t1到t2之間絕對不可能從S1變成S2，那麼結論就是，R1並沒有從S1變成S2，換句話說，擁有S2狀態的並不是R1，而是另一個房間R2，一個看起來跟R1一模一樣的房間❽。」

❽為幫助閱讀上的理解，在此簡單說明英文字母簡稱的由來：R即Room（房間），t即time（時間），S即State（狀態）。

「另一個房間！」莉蒂亞捶著桌子，「這怎麼可能？」

「這就是化不可能為可能的奇蹟，在蕭沛琦一案中，如果我們想像當我們再次進入蠟像館時，那座電梯是把我們帶到了另一個房間，那一切就都合理多了。」

「好像反而更不合理，」李勞瑞搖搖頭，「那座電梯能把人帶去哪裡？難道你要說展覽館還有地下樓層？」

「那的確是我一開始的猜測。展覽館——至少在地面上——只有三層樓，如果電梯能通到蠟像館的孿生房，那它就只能往下跑。這個想法很吸引人，因為它證明了展覽館實際上是有地下樓層的，這可以解釋劉益民究竟藏身在何處，以及後來蕭沛琦的屍體被移動到哪裡；這也解釋了前三件命案是怎麼發生的。地下一樓是二樓的孿生房，地下二樓是三樓的孿生房……在第一案中，我們會發現屍體消失是因為後來電梯把我們帶到了地下一樓。但這個想法比較不合理，因為照這個假設，屍體是被留在二樓，如此一來，任何時候有人上去二樓，就會發現屍體再度出現了，因此反過來想會比較適當，亦即，把二樓當成地下一樓的孿生房，也就是說，屍體一開始是被放在地下一樓的，而我們發現屍體的地方就是地下一樓，但我們誤以為是二樓。這樣的話，二樓自始至終都是空的，可以持續維持屍體消失的錯覺。

「具體情況如下：顧震川與梁小音上蠟像館找劉益民並發現蕭沛琦屍體時，實際上是被電梯帶到了地下一樓，而稍後我與紀先生上樓視察時也是被帶到了地下一樓，後來屍體會消失是因為我們再次上樓時，是被電梯帶到了原本的二樓，而非地下一樓。

「在第二案中，兇手是從地下的樓層來到一樓殺害顧震川；在第三案中，我們一開始以為自己到了三樓，實際上是到了地下二樓，而屍體被擺在三樓。我們後來以為自己是第二次上到三樓，事實上在那個晚上是第一次。

「但這個理論卻無法解釋為什麼我跟李勞瑞、顧震川在二樓跟三樓找屍體時沒有聽到爆炸聲。

「另一個問題是，以第一案為例，兩次進蠟像館時按電梯鈕的人都是我，如果電梯在第一次時真的往地下跑，那我們只能想像兇手有某種裝置，可以取消已經輸入的指令，並指定電梯移動到另一樓層。雖然這不是不可能，但以兇手的立場來看，他實在得冒很大的風險，因為他得隨時注意有誰要使用電梯，進而用控制鈕把那個人帶到對的樓層，才不會讓把戲曝光。例如說，在第一案發現屍體時，萬一有人在兇手不注意時使用了電梯，上到了二樓，而其他人同時仍在地下一樓視察屍體，那將會是一個很失敗的魔術。

「當然，這點理由不足以否證地下樓層的可能性，我還有一個理由，可以說明地下樓層理論是錯的。在第三案中，當我們一群人上樓尋找徐于姍時，電梯的確是往上的，電梯向上與向下時，壓力的感覺略有不同，仔細感覺是可以分辨出來的。向上時，因抗地心引力，會感覺變重；向下時，順地心引力，感覺變輕。當時我因為焦慮著即將要發生的事，留意到這個感覺。在這裡我先篤定地說地下樓層理論是錯的，再繼續推理下去，如果其他疑點都能迎刃而解的話，那我的思路方向就應該沒錯。

「好，如果說，在第一案中，我們第二次踏進蠟像館時，那個房間已經是另一個房間，而電梯移動的路線也沒有問題，那究竟是發生了什麼事呢？」

沒人答話，他們只是瞪著眼睛。

「反向思考是很困難的一件事，」若平說，「但反向思考常常會比正向思考好用。在我們的路線拼圖組合中只有兩個元素：電梯與房間，既然電梯是按照正常軌道在移動，那麼結論就只有一個，」他刻意停頓了下來，「是房間自己移動了。」

大廳內一片沉寂。

「若平，」紀思哲的嗓音彷彿是從另一個星球傳來，「你的故事愈編愈離譜了，房間自己移動？這怎麼可能？從哪裡移動來？又移動到哪裡去？」

「這的確是個問題，房間的移動是我上述推理的最終結論，但它不但難以想像，也不符合實際狀況。如果前三件兇殺案都是利用移動的房間來完成的，那樣的狀況根本無法讓人理解，因為展覽館的每一個樓層就是一個大房間，要從哪裡再生出一個蠟像館？原來的蠟像館又要跑去哪裡？更難想像的是，這麼大的房間怎麼可能移動？思考到這裡，我發現孿生房間的理論要比地下樓層還要更荒謬不合理。先前我的思緒就是卡在這裡，苦無進展。我完全無法解釋展覽館所發生的奇蹟。」

「你說了這麼多，」紀思哲露出不耐煩的神情，「只是為了要說明這條思考線也是錯的？」

「不，」若平斷然道，「後來我發現了一件事，而那件事間接證明了我的想法的確沒錯。」

「你真的很會賣關子，」李勞瑞一臉興味盎然，「事情不但愈來愈有趣，也愈來愈不可思議了。你到底是發現了什麼？」

若平沉默了一會兒，才回答：「我發現了……月亮。」

「月亮？」

「是的，就是月亮。」

「可是……月亮跟你剛剛說的那些有什麼關係。」

「今天晚上，我跟莉蒂亞小姐站在廣場上抬頭看著月亮，月亮高掛在展覽館上方。」
「所以呢？」李勞瑞又問。
「禮拜六凌晨，月亮是在隧道口上方。」
一段時間的停頓，似乎所有人都在消化這段話的涵義。
「可是這不可能啊，」女孩說，「月亮怎麼會……」
「這是兩個完全相反的方位，才短短兩天，月亮的位置不可能會有這麼大的變化，因此唯一的解釋是，月亮沒有動，而是我們動了。」
紀思哲在輪椅上磨蹭，叫道：「荒唐！這是什麼意思？」
「意思很明白，這證明了今晚我跟莉蒂亞小姐看月亮的地點跟禮拜五晚上不同，也就是說，我們已經被移動到另一個地點，而這第二個地點看起來跟冰鏡莊一模一樣，只除了跟月亮的相對位置不同。」
就在有人要出聲時，若平伸手制止，「事實上，實情遠比這複雜五倍，不是三言兩語就能解釋清楚，聽我慢慢說明下去。」他又喝了一口水，才再說：「當我心中浮現孿生冰鏡莊的想法時，其他的疑點似乎也一個個解開了。如果真的有另一個冰鏡莊，那麼也會有另一組雕像才對。想到這裡，我發現自己隱隱約約捕捉到了雕像移動之謎的真相。為了證明這個想法，我做了一個實驗。
「昨天早上我與莉蒂亞小姐在廣場閒聊，那時她無意間將一顆小石子投入帶劍士兵石雕的劍鞘中，之後石子便一直留在裡頭。顧震川死後，那座雕像跑到了右翼南側。我今晚到了那座雕像前，將水倒入劍鞘，當水滿出來時，沒有任何石子掉出來。
「在邏輯上我不能直接從『空鞘中沒有石子』獲得『有兩座相同的雕像』這個結論，但這項證據或多或少支持了孿生冰鏡莊與孿生雕像的想法。透過月亮位置與小石子給的線索，我開始察覺這一切是怎麼回事了。為方便說明，我再次借用符號代稱❾。我們將冰鏡莊簡稱I2，孿生冰鏡莊簡稱I5——先別問我為什麼用數字2跟5。I2內的雕像群簡稱S2，I5的雕像群簡稱S5。很明顯地，S2與S5的排列狀態並不一樣。如果我們是從I2被移動到I5，我們很自然地會把S5當成原來的S2，因而進一步認定『它們被移動了』。而事實上，S5是在被我們發現以前——或者說，在我們進入I2之前——就已經事先被準備布置好了，既然已經不是限定在I2內發生的事，『不可能性』的狀況也隨之解除，根本無所謂雕像如何被移動的問題。這些雕像當然都是用一般搬移雕像的吊車或相關機器來移動的，而雕像原本站立之處的印痕及走路的腳印都是搬完雕像後再偽造的。也就是說，雕像的移動是利用『孿生』的詭計製造出來的錯覺。但不可思議的地方就在這裡，雕像總共移動了幾次？答案是四次，若順著上述的思路推理，我發現自己不得不面對一個驚人的結論：總共有五個冰鏡莊！」

他的聽眾張大著嘴說不出話來，似乎摸不透其中的邏輯。

「由於月神像與第四座石像的移動是發生在同一個地點，因此統一算成一次性的移動。情況很明顯了，在I2與I5之間，還存在著I3、I4，並且各自擁有S3、S4的雕像群，而S2之前必定還有一個S1，因為S2的狀態是已經有一座雕像被移動，所以一定還有一個初始狀態，也就是我們一開始看到五座都在定位的雕像群；而S1，按照上述的邏輯，是位於I1之內。因此總加起來有五個冰鏡莊。這些雕像群在這些冰鏡莊內的位置排列皆不相同。為方便理解，我列了一個表。」

他點了滑鼠，切換出一張表，上頭的Word檔案中有著一個表格，表格上方有著一些註記：

冰鏡莊初始狀態表

雕像代號說明：a=人馬獸，b=持劍士兵，c=女妖Siren，d=立正士兵，e=月神像

冰鏡莊號碼	雕像群整體號碼	雕像群個別號碼	雕像群的位置	雕像腳印狀態
I1	S1	a1, b1, c1, d1, e1	五座雕像皆在定位（廣場中央）	地上無腳印
I2	S2	a2, b2, c2, d2, e2	a2置於左翼後部，脖頸纏繞紅色魔術繩，餘四座置於原位	新增a2初始印痕及行走腳印
I3	S3	a3, b3, c3, d3, e3	a3狀態同a2，b3置於右翼南側，有槍傷血跡之化妝，餘三座置於原位	a3腳印狀態同上新增b3初始印痕及行走腳印
I4	S4	a4, b4, c4, d4, e4	a4與b4狀態分別同a3、b3，c4置於左翼後部出入口，頸部纏繞麻繩，餘二座置於原位	a4與b4腳印狀態同上，新增c4初始印痕與行走腳印
I5	S5	a5, b5, c5,d5, e5	a5、b5、c5狀態分別同a4、b4、c4，d5置於a5不遠處的草地，頸部纏繞黑繩，e5已做斷裂處理置於基座上	a5、b5、c5腳印狀態同上，新增d5初始印痕與行走腳印

❾下文的I即Ice（冰）的簡寫，S即Statue（雕像）的簡寫。

「上表的起始狀態是我們來到冰鏡莊之前就已經全部布置好的，每當有一個人被殺之後，我們便被移動到下一個孿生冰鏡莊，因而產生了『每死一個人就有一座雕像移動』的錯覺。

「至此，雕像走路之謎可以說是順利解開了，而且，還能順帶解明梁小音謀殺案。在徐于姍命案之後，我們所有人顯然是置身於I4，今早我們被下藥之後，所有人便被兇手搬移到I5，兇手將昏迷的梁小音置於編號e5的雕像——也就是月神像——底下，如表上所註明的，這座石像已經經過處理，只要稍微受點力便會從斷裂處崩塌，往前傾倒，梁小音便這樣活活被壓死了。」

「殘忍……」莉蒂亞用顫抖的聲音說。

「就算這樣的推理是對的，」李勞瑞說，「還是有很多問題沒有解明。例如，我們是怎麼被移動的？很明顯地，我們只有在今早被下了藥，其他時間不可能被兇手神不知鬼不覺地擄走啊！」

「那是下一個問題，也是最關鍵的，」若平說，「先讓我把孿生冰鏡莊的謎團全部說明清楚，再進到那個問題。我說到哪了？對，梁小音的兇殺，可憐的女孩……第四件兇殺的布置方法跟雕像移動的理由是相同的，沒有什麼玄奧之處。一旦明白了在這三天內，我們是從I1依序被轉移到I5後，我一開始所列出的非兇殺性質謎團的其中幾個便都有解釋了。

「首先，冰鏡莊內物品的消失與出現之謎可以被合理地解釋。行李為什麼會失竊？事實上行李並沒有被竊，那只是因為在蕭沛琦死後，我們被移動到I2，行李就留在I1了。至於房間看起來會像是被洗劫過也是事先刻意布置的。我猜除了劉益民的房間之外，I2到I5的每間客房內，床鋪和浴室毛巾都刻意被弄亂，不弄亂的話，馬上會有人察覺原本挪動過的寢具或毛巾位置變了；而弄亂的話，因為有第一次的先例，之後的混亂狀態反而會被解釋成遭到『洗劫』，而不會去懷疑自己進到了不同的房間。而I2到I5的客房浴室中本來就沒有放盥洗用品，我們一看到被弄亂的浴室與房間，再加上不見盥洗用品，只會更往洗劫與遭竊的方向想。殊不知因為兇手不這麼做的話，已經被使用過的房間或浴室若還保持原樣，反而更令人起疑。

「在第二案發生後，我房間的紙筆失蹤，也是因為我們已經從I2轉移到I3了，紙筆就被留在I2，而梁小音在禮拜五晚上打破的玻璃杯，為何會自動再生，那是因為梁小音打破的是I2的玻璃杯，隔天早上她看到的是I3的玻璃杯。兇手當然不可能料到也不可能知道梁小音會打破玻璃杯，因此他不可能事先把I3中的那個玻璃杯處理掉，或者一開始就不擺上去，因此才會造成打破的玻璃杯又出現的怪事。

「至於在劉益民命案之後，交誼廳的鋼琴蓋為何會自動蓋回去，以及地板上的書為何會自動回到書架，也有了解答。那是因為我們被下藥昏迷後，從I4被移動到I5，而I5交誼廳內的鋼琴蓋跟書本當然原本就是在定位的。

「兇手必定也知道藉由在五個冰鏡莊中不斷地轉換，難免會發生物品的遺失或移動，而這些事件不可能不被察覺。但他也明白我們不大可能因為這些現象去聯想到背後真正造成的原因；況且，禮拜五晚上Hermes才剛上演了一場偷竊秀，只要有竊盜事件發生，很自然地都會被貼上Hermes的標籤，對兇手而言，形成一道保護傘。只要肯定我們會朝『偷竊』的方向去思考，而不是朝『場地轉換』的方向思考，那詭計就不會被揭穿。

「這個轉換的詭計除了造就雕像走路的錯覺之外，還有一項附加價值，就是從I1轉移到I2時，兇手可以一次性地『盜走』所有人的行李，這樣放在房間中的手機就一勞永逸地被隔絕了。配合在那之前表演的手機魔術，封殺漏網的手機，便阻斷了我們對外的聯絡方式。」

「可是，」李勞瑞說，「顧震川的屍體不會洩底嗎？我的意思是，顧震川的屍體後來被搬回他的房間，如果之後有人去房間檢查屍體，然後發現屍體不見的話，不會產生懷疑嗎？」

「就算發生這種事，我們也只會認定是第二件『屍體消失』，而不容易去想到是『場地轉換』，不是嗎？這裡的風險是不怎麼大的。

「而先前所提關於隧道的幾個疑點，至此也迎刃而解了。為什麼當我與李勞瑞、顧震川在蠟像館及三樓搜尋蕭沛琦的屍體時，沒有聽見隧道的爆炸聲，甚至連震動感也感受不到呢？以那個隧道口崩塌的規模來看，爆炸聲只傳到一樓而卻沒傳到二樓，實在相當不可思議，而就算真的沒有傳到二樓以上，也竟然沒有人感覺到爆炸所帶來的震動感，這簡直不可能。很明顯，爆炸不是在那時候發生的，當時的爆炸聲應該只是定時播音裝置所放出來的。因為不是真正的爆炸，音量有限，因此只傳到了一樓。二樓以上是封閉式的結構，紀先生也說過了，有些微的隔音效果。

「隧道崩塌的真相很簡單，事實上，I2到I5的隧道口都是事先就封好了，我們從I1被移動到I2之後，因為不知道所在地已經轉換，所以產生了隧道是在當時因爆炸而崩塌的錯覺，這個錯覺的手法與雕像移動手法是相同的。

「至於我在隧道疑點所提的另一個疑問：為何兇手能精準算計崩塌範圍因而封閉隧道？這個問題其實也不存在，因為I2到I5的隧道口都是事先布置的，兇手可以竭盡所能地將其布置到完美的狀態而不受干擾。

「當然，隧道的崩塌布置、雕像的搬運、孿生冰鏡莊的建置，這些都非一人之力可完成，而是需要一個工程團隊，但工程團隊跟冰鏡莊的案件沒有關係，有關係的是那個有財力僱人弄出這些布局的人。」若平的視線落在某一個人身上，但那個人只是緊抿著嘴唇，別開視線沒有說話。

「你的這些解釋都很合理，」李勞瑞說，「可是五個冰鏡莊的假設實在太令人無法置信了，我們是怎麼在這些冰鏡莊間移動而不自知？這比天方夜譚還要離奇。」

「我同意，這是最大的問題，也是整件案子中最巧妙的設計。我們是在清醒的狀態下被移動的，但我們完全不自知……」若平意味深長地說，「讓我問各位一個問題，你們知道『冰鏡』是什麼意思嗎？」

「這你提過了，」莉蒂亞左手扶著臉頰，手肘撐在桌上，「冰鏡是月亮的別稱。」

「很好，所以冰鏡莊也可以稱為月亮莊。請記住這點，這很重要。接下來的問題是，月亮有什麼特徵？」

「特徵？」女孩皺眉，「月亮是黃色的，」她想了一下，「至少從地球上看是這樣。」

「沒錯，但顏色這件事顯然在本案中沒有關聯。還有別的嗎？」

「月球是圓的，」李勞瑞說，「或者精確說，是球形。」

「很好，月亮是圓的，你們看看這張圖。」

若平點了滑鼠，切換到另一張圖，螢幕上面的繪圖程式顯示著冰鏡莊的平面簡圖。「仔細看，我如果把12到15逐漸加上去，會變成什麼樣子呢？」

若平點著滑鼠，快速切換了四張圖片（圖十一）。

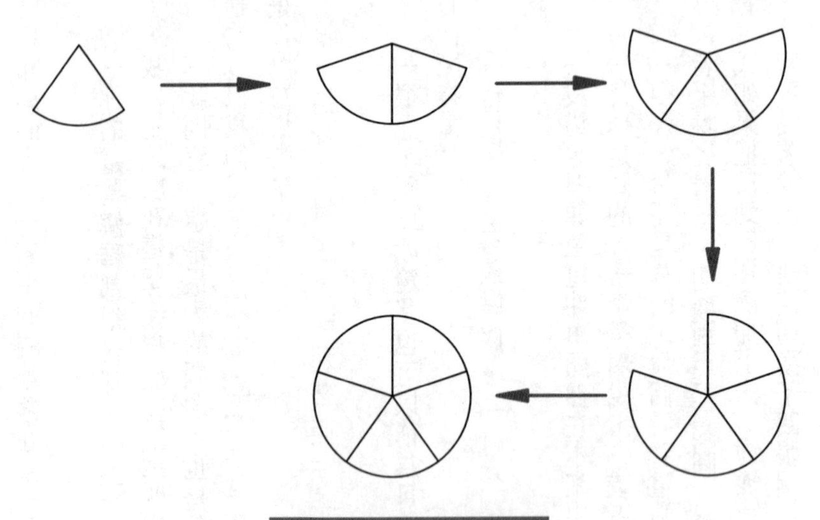

圖十一　冰鏡莊拼貼圖

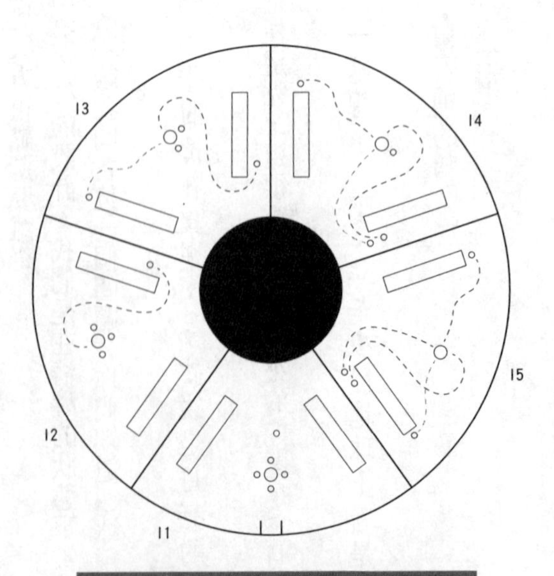

圖十二　展覽館圖（即塗黑部分）

「是個圓形！」女孩發出驚歎。

「沒錯，唯有如此才能符合冰鏡——月亮莊的涵義。其實嚴格講，這個圓形才是完整的冰鏡莊，I1等五個部分不過是整體的一部分罷了。我想冰鏡莊一開始建造的時候，就是設定成一個圓形的場域，五個區域是後來因應犯罪才劃分出來的。光是製作那些區隔五個區域的綠色岩壁，還有外圍的丘陵跟隧道，恐怕就花了不少時間吧。不過這些都是只要有錢就能辦到的事。」

「可是就算知道了冰鏡莊原本的型態，」女孩說，「還是沒有解答我們是如何被移動的問題！」

「你們再看一下電腦上的圖，」若平切換出一張新的圖片，「以I1來看，塗黑的地方是展覽館。」

「既然冰鏡莊是圓的，那展覽館應該是這樣吧？」他切換到下一張圖（圖十二）。

「這是很合理的推測，展覽館也是圓形的，嚴格說是一棟圓柱體建築，而我們始終只在它的一部分之內……我再問你們，月亮還有什麼特徵？」

沒有人答話，聽眾陷入沉思。

「我給個提示，這特徵跟我們是如何被移動有關。」

「移動……」女孩雙眼掠過光彩，「難道是……月球會自轉！」

若平露出微笑，「正確答案，這棟展覽館，就如同月球一樣，是能夠旋轉的。」

3

「仔細回想一下，」若平說，「在我們每次發現雕像移動之前，所有人都在展覽館待過一段時間，就是在那段時間，展覽館順時鐘旋轉，轉到下一個孿生冰鏡莊，因此當我們再度踏出展覽館時，所踩上的土地已經不再是原來那塊了。

「在蕭沛琦命案中，我們在展覽館內待了很長一段時間；在顧震川命案中，我發現屍體後，所有人都進入展覽館待了一些時候；在徐于姍命案中，從尋找屍體到發現屍體的過程，所有人都是待在展覽館內；在最後兩件命案爆發前，所有人都被下了藥並被搬移到展覽館。現在你們明白為什麼我們在昏迷後必須被搬動到展覽館了吧？遺書中說這是為了讓我們能一踏出展覽館就正面目睹梁小音悽慘的死狀，其實這是種掩飾的說法。兇手把我們搬移到展覽館真正的目的是為了將我們移動到下一個孿生冰鏡莊。

「可想而知，展覽館旋轉機制的啟動與停止是可以自由控制的，由於旋轉的速度不快，而且樓層面積廣，因此裡面的人根本沒有察覺自己所在的空間在移動。事實上要我們發覺建築物竟然在旋轉實在太困難了，除非轉動速度很快，否則誰會想到這麼大一棟房子竟然是移動的城堡？」

「可是，」莉蒂亞蹙眉，「就算這棟房子能夠旋轉，還是不能解釋在這裡所發生的三件密室謀殺案啊！」

「妳說得沒錯，其實，說這棟展覽館會旋轉，並沒有說出全部的事實。」

「沒有說出全部的事實？」李勞瑞不解地複述。

「是的，這句話只說出了部分事實。」若平的右手再次點起滑鼠，「如圖所示（圖十三），展覽館是圓形的，而我們所進入的部分始終只是其中一個區塊而已（圖中黑色部分）……那其他空白的部分（圖中灰色部分）有什麼作用呢？它們必定也是房間，換句話說，在我們所看到的這三個樓層的牆壁之後都各還有一片房間——」

若平加重了語氣，「啊！房間！想起來了嗎？在早先關於三件密室兇殺的推理中，我們剔除掉所有可能性之後，只剩下一種可能性：案發的房間被孿生房間替換了。因為想不出這樣的情況要如何發生因而思路卡住，但現在不就有解答了嗎？

「展覽館的三件密室兇殺案若都是由孿生房間的替換來完成的話，那麼光是要求整棟展覽館都會旋轉是不夠的，那根本達不到替換房間的效果。三件兇殺案個別發生在三個樓層，而每個樓層都是一個大房間……這樣推理下來，結論只有一個，」他停頓下來，看著雙眼充滿驚異之情的聽眾，「這棟展覽館的每一層樓都能夠自由地順時鐘及逆時鐘三百六十度旋轉，換言之，這是一棟不折不扣的『旋轉大廈』！」

4

「你們住過旋轉大廈嗎？」

在令人倒吸一口氣的停頓之後，若平問道。

「旋轉大廈是人類建築史上最有趣的發明之一，這種建築的特色是，如剛剛所說，每一層

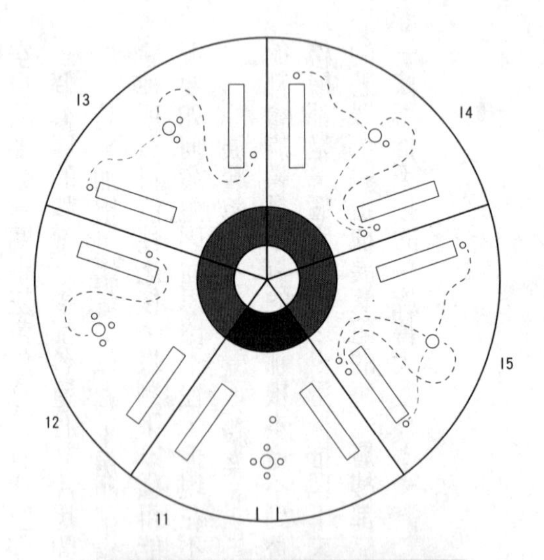

圖十三　展覽館未知房間示意圖

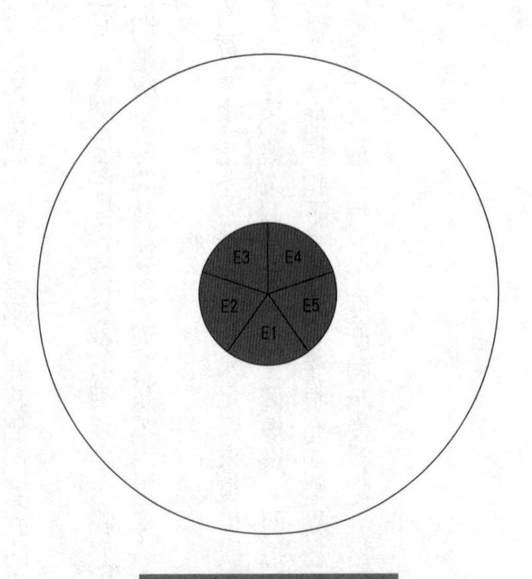

圖十四　展覽館簡圖

樓都能夠往兩個方向三百六十度旋轉，旋轉的啟動與停止能夠聲控也能遙控。目前世界上唯一的旋轉大廈是巴西一棟叫作Suite Vollard⑩的建築，於二〇〇一年落成，位於Curitiba市。總共有十五層樓，五十公尺高，外觀形狀大致是這樣，」若平點了下一張圖⑪。

「每一層樓外圍的陽臺是不旋轉的，裡面的中樞也不旋轉⑫；房屋外觀由雙層玻璃構成，玻璃顏色有藍色、金色及銀色，每層樓顏色不同。這在各樓層朝不同方向旋轉時會形成相當豐富的色彩效果。據說每層公寓售價三千萬美元……總之，這是一棟相當有趣的建築。冰鏡莊的展覽館基本上就是巴西旋轉大廈的迷你型翻版。

「上面這兩張圖是我在電腦中的資料夾找到的……恐怕是密室傑克故意留給我的線索吧？總之，明白了旋轉大廈的結構與特色之後，我們來看看展覽館的建築細節吧。」若平滑動滑鼠，點了一張新的圖片（圖十四），「在代表展覽館的圖形中的這個部分是五座電梯所組成的中樞（圖中灰色部分），這個中樞本身是不轉動的，能旋轉的是中樞之外的部分。

「我把五座電梯（Elevator）依序標號為E1到E5，對應I1到I5，這樣方便之後的說明。

「接著，我們來看一下展覽館三層樓的個別房間結構，先從一樓開始，」他點了下一張圖（圖十五），「我們把一樓的展覽廳樓層（Floor）命名為F1-1，至於其他這些空白的部分，就稱為F1-0，它的房間內容是什麼並不重要，因為你們繼續聽下去之後，便會明白展覽廳並不需

⑩故事中的年代為二〇〇六年，據聞另一座旋轉大廈將於二〇一〇年於阿拉伯聯合大公國的Dubai落成。
⑪巴西旋轉大廈外觀圖請見：http://www.emporis.com/en/il/im/?id=182761。
⑫巴西旋轉大廈旋轉示意圖請見：http://www.emporis.com/en/il/im/?id=182727。

要孿生房間。

「再來是二樓。F2-1，如圖所示（圖十六），隔鄰必定有個F2-2的孿生房間，至於剩餘的F2-0是什麼同樣不重要，因為重點是，孿生房間只需要一個就夠了。

「三樓的結構同二樓，有F3-1、F3-2、F3-0（圖十七）。

「以上這些是展覽館比較合理的基本結構設想。現在我們來看看展覽館的三件兇殺案是怎麼利用這棟旋轉大廈實行的。要先聲明的是，以下推理細節的部分——比如說兇手的一些細部行動——有些是我的揣測，為了說明的暢通性，我不再特別提及是哪些部分；這些細部內容並不影響整個推論的結構與性質，只要知道大方向沒錯就行了。

「首先是蕭沛琦謀殺案。禮拜五晚餐後，兇手趁所有人回房洗澡的空檔，從自己的房間撥了通電話到劉益民房內，編了個藉口要劉益民、蕭沛琦兩人到蠟像館等他，並囑咐劉益民帶出他的撲克牌、魔術繩、魔術帽、禮服與手杖，要他們小心出門時不要被人看見。

「兇手確定兩人上了蠟像館後，立刻隨後跟上，他用事先準備好的藥布讓劉益民陷入昏迷，然後勒死蕭沛琦。他將劉益民帶來的魔術繩纏到女人頸部，再將屍體放入紫棺內，把Carr的小說放到屍體上，劉益民的魔術帽則擺地上。一切布置好後，他使用遙控讓二樓逆時鐘轉動一格——即一個孿生冰鏡莊的幅度。轉動之後，F2-1便與E5便鄰接了。他把劉益民拖進電梯，來到F1-0，經由那裡到I5，把劉益民囚禁在I5的五號房，也就是在I1時劉益民住的房間。接著兇手循原路回到二樓，再讓二樓轉回原位。

「接近九點，留在I1的所有人陸續到展覽館集合，準備做為Hermes竊盜魔術的見證人。兇手從蠟像館下到一樓，故意從黑木板門底下拋出劉益民的撲克牌；這麼做是為了引誘我們上樓發

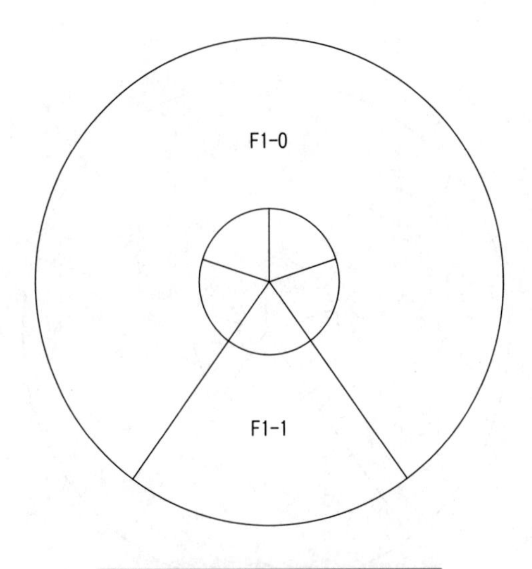

圖十五　展覽館一樓平面圖

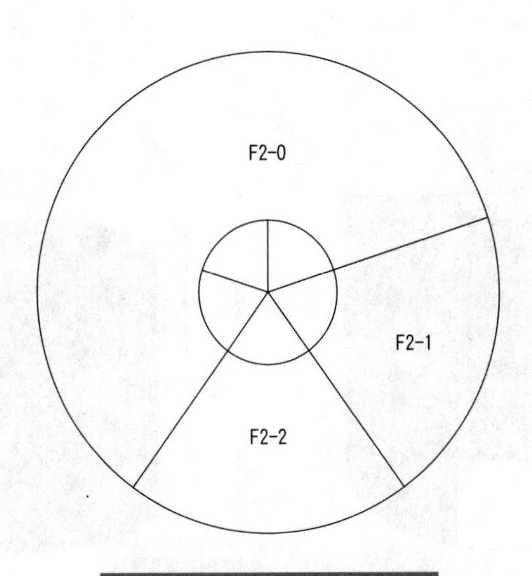

圖十六　展覽館二樓平面圖

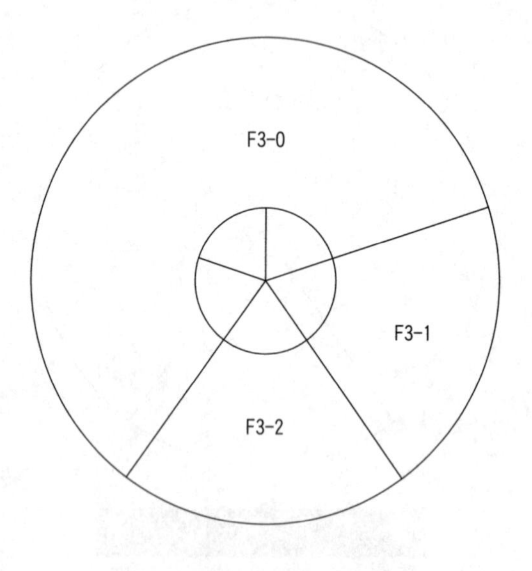

圖十七　展覽館三樓平面圖

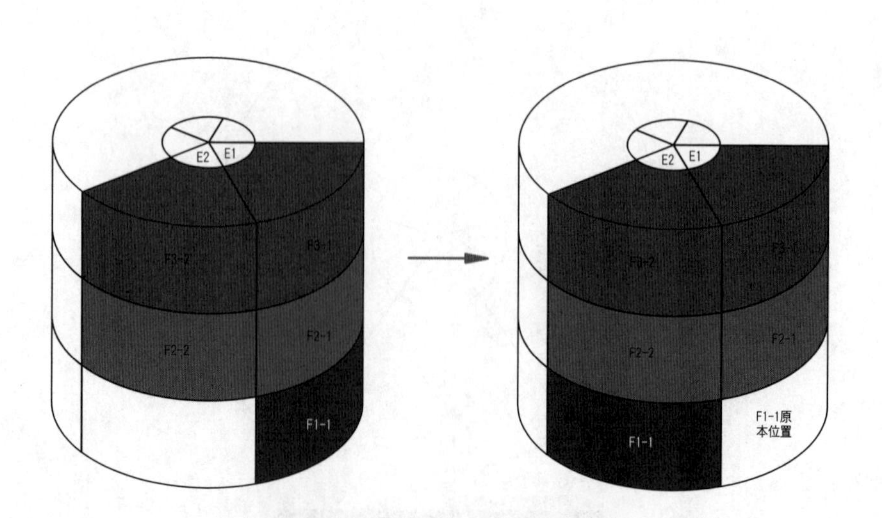

圖十八　展覽館旋轉示意圖（1）

現蕭沛琦的屍體。丟完撲克牌後，他立刻搭了電梯上三樓，在那裡等著。

「同時，顧震川和梁小音上二樓發現蕭沛琦的屍體，他們下樓後，接著是我和紀思哲上去，檢查屍體之後再下樓。那時我決定要回房拿手機，於是便跟李勞瑞一起出了展覽館。第一件兇殺的關鍵就在這裡，在我跟紀思哲從蠟像館下到展覽廳後，兇手便啟動旋轉機制，他讓展覽館一樓順時鐘移動一格。

「移動之後的位置狀態是如何呢？很明顯地，展覽廳的樓上——也就是二樓的蠟像館——已經從原本的F2-1轉變成F2-2了，三樓也從F3-1變成F3-2。三樓的改變沒有影響，關鍵在於二樓，屍體就被留在F2-1中了。當我跟李勞瑞出展覽館後，外面的冰鏡莊是I2，雕像狀態自然是S2。請看這張圖（圖十八），」他在電腦上切換了另一張圖，「之後我們回展覽館再上二樓時，當然找不到屍體，因為第二次進去的是完全不同的樓層，真相就是這麼簡單。」

若平再度停下來喝口水，他的聽眾持續沉默，其中一個人持續避開他的眼神，而他也持續避免直視那個人。

「第二件兇殺案又如何呢？兇手在第二件謀殺案中的目標是顧震川，為了讓案件現場符合《國王死了》中的兇殺情況，兇手徹底利用了顧震川的個性。兇手用劉益民的語氣寫了預告信，信中的語句挑釁顧震川的意味濃厚，他知道顧震川一定會堅持要照著信中的指示去做，以便能讓他當場逮到劉益民，好好教訓一頓。預料顧震川的反應以及我們會不會照指示去做，這部分有點冒險，但我相信兇手有備用的劇本，萬一那封信失了效，他還是有其他戲碼可以來滿足符合小說場景的殺人劇。

「好，我們的人馬按照兇手的如意算盤布置好了，接下來發生了什麼事？一直躲藏在I1之

F3-1的兇手，下到二樓，也就是F2-1——蕭沛琦陳屍的蠟像館，接著，確定我們所有人都就定位之後，他將二樓順時鐘旋轉一格，如此一來，待在二樓F2-2的人完全不曉得他們被移動了，F2-2樓上變成F3-0，樓下是F1-0，而外面是I3。另一方面，兇手所在的F2-1在移動後樓上成了F3-2，樓下則是F1-1，也就是顧震川所在之處（圖十九）！

「兇手經由E2下到展覽廳，用裝有滅音器的手槍殺了顧震川，他怕在門外的我可能會隨時闖進來，因此在門閂扣上塞了一塊木板——」

「他為什麼不上門閂就好？」女孩問。

「因為他不想把我困在外頭，為了製造驚奇的效果，他要讓謀殺早點被發現，如果上了閂，那勢必要樓上的人下來開門，因為樓上的人是待機中，要等到他們發現不對勁而自己下樓來，恐怕要好長一段時間之後了。」

「可是這麼一來，」莉蒂亞說，「在一樓門外還有二、三樓的人都不可能是兇手啊！」

若平露出神祕的微笑，「看起來的確是如此，不過容我再重複一次：兇手就坐在我的對面。這聽起來很不可思議，不過先不要爭論這點，慢慢聽我說完。

「兇手殺了顧震川後，搭電梯上了F2-1，再讓二樓逆時鐘轉回原位，原來待在F2-2的人又回到了I2，當所有人聚集在展覽廳檢查屍體時，沒有人知道第二層樓稍早進行了偷天換日的轉移動作。接著就在我們全聚在展覽廳的當下，兇手再次啟動旋轉機制，這次是一樓被順時鐘移動一格，也因此當我們步出展覽館後，是來到了I3，而雕像的位置也轉換成S3。」

「可是，」李勞瑞說，「如果一樓轉換到了I3，那二、三樓怎麼辦？上面可是F2-0、F3-0啊，只要有人一上去的話，發現房間不一樣，那把戲就穿幫了。」

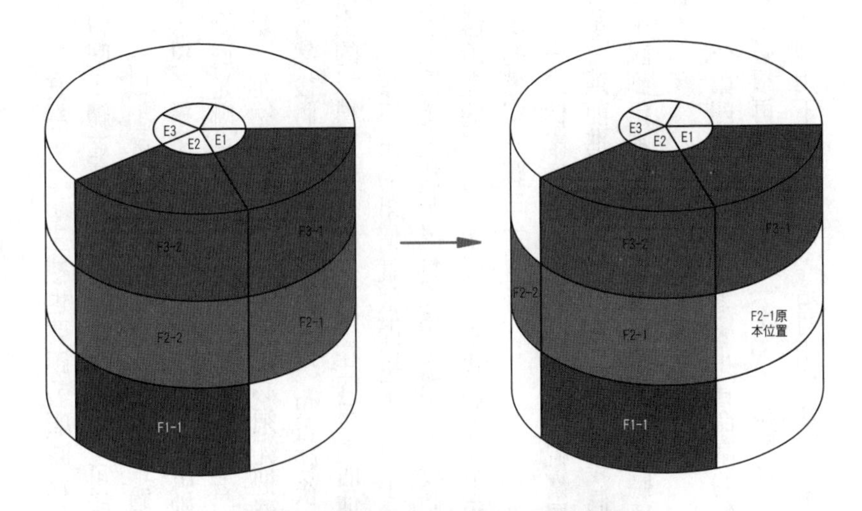

圖十九　展覽館旋轉示意圖（2）

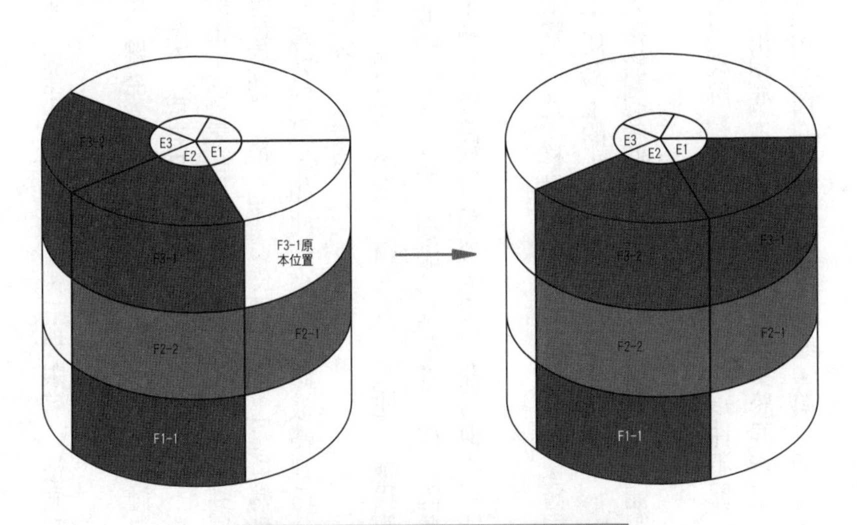

圖二十　展覽館旋轉示意圖（3）

「當然，二、三樓也要跟著順時鐘移動一格。我想，兇手大概是讓二、三樓跟著一樓同時旋轉吧！總之這點小細節，兇手是不可能忽略的。

「以上就是顧震川命案的發生經過，接下來是徐于姍命案。今天凌晨，所有人都熟睡之後，兇手撥了電話到徐于姍房內，告訴她說，他有事要過去，或者是要她到展覽廳三樓，我不清楚到底是哪一種，反正要不是把被害者引誘到展覽廳殺害，就是在房間殺了她之後再移屍到展覽廳。而兇手的準備工作是，必須先把展覽館三樓順時鐘旋轉一格，讓F3-2轉到I4，F3-1轉到I3，然後將屍體安置在F3-1，布置好後，再把三樓逆時鐘轉回來，如此一來，屍體被轉到I2，而空的三樓則留在所有人所在的I3。而他自己再藏身到隔鄰的I4或I2。

「接下來的事情就很簡單了，兇手設計的尋寶遊戲不過是要製造奇蹟的效果。他先讓我們上了三樓確定裡頭沒有屍體，然後當我們在一、二樓奔波的時候，讓三樓順時鐘前進一格，因此屍體所在的F3-1來到I3。當我們再次上到三樓時，徐于姍的屍體便奇蹟似的出現在看似不可能進出的密室（圖二十）。

「這個案子還不只如此，我們視察屍體的時候，展覽館又被移動了一次，這次三個樓層同時順時鐘前進一格，來到I4，因此當我們離開展覽館時，所踏上的土地又是另一個冰鏡莊了。」

若平說到這裡，停頓下來，環視他的聽眾。當他的目光接觸到某個人時，對方不自在地別開眼神。

「第四件謀殺案——梁小音命案的犯行方法我之前已經解釋過了，為了要完成這件犯罪，兇手必須再把我們移動一次，因為要移動所有人，勢必得再想個方法讓所有人再聚集於展覽館。這次他用下藥的方法，這有兩個好處，第一是不用再找理由把所有人集合到展覽館，第二個是，徐于姍被殺後我提議所有人不要單獨行動，這麼一來，兇手很難有機會殺害梁小音，因此讓所有人昏迷可以方便他的殺人行動。當然，我相信迷藥是事先就準備好了，也許是在計畫之中，也許是為了因應不時之需。很明顯，藥是下在今天的早餐中的，今天的早餐是誰準備的？是梁小音。但梁小音是被害者，下藥的應該是別人。我突然想到今早梁小音去準備早餐後，有一個人接著醒來，之後他就一直醒著，而包括我在內的其他兩人則被留在交誼廳繼續睡覺。」

若平的目光落在那個人身上，其餘兩人也緩慢轉頭看著那個人。

良久的沉默之後，紀思哲不自在地攤攤手，瘦小的他此刻看起來像隻殘缺的小侏儒怪物。他用僵硬粗嘎的嗓音說：「你是在暗示說我於早餐內下藥嗎？這太可笑了，兇手也可能是在昨天晚餐到今早之間下的藥啊！」

「我不能反駁這種可能性，不過，種種證據都指向你跟這件案子有很深的牽扯。舉例來說，身為冰鏡莊的建造者，你怎麼可能不知道這整個『冰鏡幻影』的把戲？」

「我——」

「如果我的推理正確的話，你絕對知道真相，跟案件脫離不了關係。禮拜五晚上劉益民表演的魔術，應該是你的點子吧？以主人的身分要他表演最熱衷的魔術，他絕對不會懷疑，他完全不知道自己被利用了。只有你這個跟所有來客都熟識的人才有可機會知道所有人的手機款式，進而準備變魔術用的孿生手機。還有，梁小音提過你有潔癖，你特別囑咐她冰鏡莊內所有的物品一定要按照規定一絲不苟地擺放好，其實真正的理由根本跟你的潔癖無關吧，那是因為萬一有物品沒有擺放在定位，我們在孿生冰鏡莊間移動的時候，會容易發現曾經移動過的物品又回到原位了。

「現在我們可以回到之前一個未解釋的問題了。我說過，劉益民如何知道賓客的手機款式，以及梁小音為何不肯透露手機魔術的祕密，這兩個問題有個交點，這個交點就是紀思哲。梁小音不肯透露祕密的原因，恐怕是紀思哲警告過她，如果說出來就要解雇她吧。梁小音大概認為手機魔術與冰鏡莊命案無關，因此寧願隱瞞也不願承擔丟掉工作的危險。」

紀思哲緊抿著嘴唇，突然沉默不語。

「所有這些疑點加總起來，你還敢說自己跟案件脫離不了關係嗎？」若平直視著老人。

紀思哲還是沉默不語。

「我想，在你輪椅扶手上的那個操作面板，其實混雜了操控旋轉大廈的按鈕吧？你把旋轉大廈的遙控器與操作輪椅的控制板組裝在一起了。難道要我當場試試那些按鈕來證明？」

老人緊繃的臉抬起來，他的目光鉛灰黯淡，「就算有那種東西，你也不能證明我是兇手！從你剛剛的推理來看，我根本不可能殺人！況且，我是個殘廢！」

「我並沒有說，」若平輕柔地說，「你是兇手。」

「什麼？」紀思哲咬著牙，「你講話愈來愈矛盾了，你剛剛說兇手就在我們三人之中，然後你又懷疑我，現在又說我不是兇手。」

「你好像很樂於當兇手？」

「我不是那個意思！」

「別爭了！」莉蒂亞高聲打斷他們，「如果紀先生不是兇手，那誰才是？」

若平意味深長地看了他們一眼，然後說：「如果兇手依照我剛剛說的方法殺人，那他的確不可能是你們三人之中的任何一個，但紀先生肯定跟這案子脫離不了關係，他是共犯，在前四件謀殺案的細節中，我相信很多時候樓層的移動是由他暗中操控，因為他跟我們其他人一直都在一起，只有他知道啟動旋轉或停止的時機，只有他知道什麼時候所有人都下樓了，或在什麼時候所有人都上樓了。兇手並沒有跟我們在一起，沒有辦法抓到準確的時機。真正的兇手顯然不是跟我們一夥的。」

「難道是劉益民嗎？」李勞瑞說，「他被利用來殺人。」

「一開始我也考慮過這個可能性，也許是紀先生利用劉益民完成前四件兇殺，最後再把他殺掉，這樣就能解釋為什麼兇手是『圈外之人』。但這還是說不通，因為以紀先生的狀況是不可能單獨完成第五件兇殺案的，一定還有一名我們不知道的兇手。

「兇手為什麼一開始就讓劉益民消失，並製造種種指向他是兇手的線索，就是要讓我們認為劉益民就是密室傑克。一定要有一個人失蹤並成為嫌犯，要不然按照前三件兇殺案的呈現狀態，我們很容易就會去懷疑兇手是我們這群人之外的人，因為幾乎每一件案子中我們都是群體行動，或是擁有不在場證明。製造一個合理的懷疑對象，這就是劉益民為什麼必須失蹤並被栽贓成兇手的原因。」

「但你剛剛明明說兇手就在我們三人之中！」女孩爭辯，「然後又說不是我們！」

「兇手不是你們三人，但就在你們之中。」若平靜靜地重複。

「這是什麼意思？」莉蒂亞似乎打算放棄追問了。

「就是字面上的意思，」若平伸了伸僵直的手指，「在冰鏡莊犯下三件兇殺案的人，就在你們之中，但他不是你們三人中的任何一人。」

第十章——帽子底下的魔術師

1

「你好像很喜歡說違反邏輯的話，」紀思哲低聲說，「你先指控我是共犯，然後又說兇手是也不是我們其中一人。你知道自己在說什麼嗎？」

「等你們聽完我的解釋，就會明白我所說得一點也沒錯。」若平說，「請你們回想一下禮拜五晚餐前的一幕場景。那時候李勞瑞先生有事要先到蠟像館參觀，一起前往的有紀思哲、李勞瑞、我、莉蒂亞、梁小音。上電梯之後，因超重的關係，紀思哲便先留在一樓，讓其他人先上去。注意，當時最後一個上電梯的就是紀思哲。而在徐于姍命案中，同樣的一批人上展覽館三樓時，電梯竟然沒有發出超重警訊！如果你們還記得的話，最後一個上電梯的也是紀思哲。為什麼第一次他的體重讓電梯超載，第二次卻沒有呢？」

現場一片沉寂。

若平繼續說：「紀先生本人的體重不太可能改變，那麼問題就是出在另外一個隨他進入電梯的物體。當我第一次看到他坐在那張輪椅上時，便有一種很不協調的感覺，為什麼這樣一個幾乎沒有下半身而且瘦小至極的老人需要這麼巨大的輪椅？而且這輪椅是很『厚實』的，簡直就像一座移動的沙發。這不是徒然增加不方便嗎？為什麼輪椅兩次的重量不同呢？顯然第二次的時候，有東西從輪椅裡面消失了……我說到這裡應該夠明白了吧？」

紀思哲沉默地往後退，輪椅向後滑動。若平看見老人與椅子的正面輪廓，就如同一條挺立的怪蟲聳立在雄偉的洞窟中。

若平下了最後的結論。

「密室傑克——冰鏡莊殺人事件的兇手，就在你們之中，他就坐在那張輪椅裡面。」

2

空氣彷彿被凍結了，凍成無形的硬塊，然後崩解落到地面上。李勞瑞、莉蒂亞兩人轉向右側，用驚異的眼神看著紀思哲，好像他是博物館中的鎮館之寶一樣。

一陣祟動聲從紀思哲所坐之處傳來，那是被悶住的移動聲，然後是一些不知名的雜音，好像有東西被拉開了。聲響持續了一陣之後，一道人影突然出現在紀思哲後方，他似乎是倒著從椅子中退出來，先蹬坐到地板上，然後才站起來。那道人影緩慢繞到輪椅另一邊，即老人的右手邊，凝視著若平。

那是一名年輕男子，留著短髮，面頰瘦削，五官斯文秀氣，雙眸雖明亮，臉龐卻縈繞著陰鬱的氛圍。他穿著黑色長褲與灰色圓領衫，形象就像暗夜中的蝙蝠。

「這個人是誰？」莉蒂亞問，她的嗓音略微顫抖。

若平看著那名嘴角揚起的男人，說：「他是紀思哲的長子，紀劭賢。」

「你竟然還記得我，」他說，嘴角的微笑持續著，「我們不是只見過一次面？」

「見過一次就夠了。」

紀劭賢拉開紀思哲右側的椅子，優雅地坐了下來，他那雙銳利的眸子盯著若平。「你的演講還沒結束吧？把它說完。」

若平接住對方的視線，然後別開。

「我不知道你父親是不是從一開始就知道你是密室傑克，總之，他為你搭建了冰鏡莊的殺人舞臺，並成為你的共犯。你是主角，但你的計畫是當一名隱形的殺手，為了不讓我聯想到你，你跟我見面時還特意跟我強調你即將離開臺灣回美國去，真的是高招的一步棋。」

對方只是保持沉默，微笑以對。

「雖然隱身在冰鏡莊中，但身為兇手，你還是得掌握莊內所有人的言行與動向，而且你得知道他們的長相……我想那張輪椅椅背頂端的那道金屬片，應該是單向玻璃吧？這樣在椅中的人就可以越過紀思哲的頭部看到外面了。簡言之，你必須熟悉這些賓客。為了讓自己身在人群中又不被發覺，你才想出了藏身輪椅的辦法。如果只是單純的偷窺或竊聽，限制非常多，也沒有辦法得到全面的資訊，貼近你的獵物更能滿足你那種想成為神的慾望吧。God's eye——神之眼，就是能夠洞悉所有事情的能力。你注視著萬物，卻沒有人知道他們被你注視。我猜，當你藏身在輪椅中時，一定常常進行一些上帝式的內心獨白，嘲笑著我們。那帶給你無比的刺激與興奮。

「當然了，你並不是從頭到尾都待在輪椅中，殺人前後你總得找機會溜出來，但只要一有空檔，你就回到上帝的寶座，凝視著不知自己悲慘命運的螻蟻。」

「你似乎很了解我。」紀劭賢兩手交叉胸前說。

「因為你的人格特質太明顯了……對了，昨天在蠟像館打算偷襲我的就是你吧？」

「哦，那個啊。我可沒什麼偷襲的打算，只是沒料到你會突然上蠟像館。」

「我猜你那時正在布置徐于姍命案的紙條吧。」

「呵，被你猜中了。」

「你拿兇器是想殺我嗎？」

「只是以防萬一。我以為我的腳步聲已經很輕了，沒想到還是被你發現。」

「我對聲音很敏感的。」

「我後來不小心把刀掉了，快速繞到另一側躲藏，還好你們沒有跟過來，要不然遊戲就要被迫中止了。」他用帶著揶揄的表情看著若平，「繼續你的解謎，我還想再聽呢。我相信在我離開輪椅前，你就已經知道我的身分了。你是什麼時候開始懷疑我的？」

「……從密室傑克的最初三件案子到冰鏡莊的五件謀殺案，有一個疑點一直讓我不解，就是留在現場的推理小說，為什麼非得是英文書不可？這些作品大多有中文譯本，要取得很方便，為什麼兇手非得放英文書呢？」

「他該不會是有忠於原味的癖好吧？」李勞瑞右手扶著鏡框說，「因為那些故事原本都是用英文寫的。」

「如果是這樣的話，那在徐于姍命案應該留下中文書才對，因為我的那篇作品原來就是用中文寫的，他竟然還特意放了一本很難買到的英文雜誌，這真是令人百思不解。當我推理出紀思哲是共犯，以及兇手很有可能是躲在輪椅之中後，我便開始思考這個人可能會是誰。從邏輯的觀點來看，這個人可能會是地球上除了冰鏡莊賓客外的任何一人，但從經驗跟常理來看，這個人跟紀思哲的關係應該很親近，他才會讓他在自己的地盤大開殺戒，並允許他躲在自己坐的輪椅裡面。

「想到這裡，一個連結突然浮現，密室傑克只放英文書會不會是因為他不方便取得中文書呢？或者是因為他個人的習慣只看英文書，並且早就擁有這些英文書？與英語世界有深層關係，並與紀思哲有密切關係，這樣的人，至少就我所知，只有紀劭賢符合資格。」

紀劭賢微笑，「很直覺的推理法，不過被你猜對了。」

「當演繹法行不通時，總得試試歸納法。雖然冒險，但大多數時候都能找到正確的路徑。別忘了，科學是靠歸納法建立起來的。」

「算你厲害，不過這還不是全部的謎底吧？還有第五件兇殺案未解。」

「是的，還有劉益民的膠帶密室之謎。」若平深深吸了一口氣，振作起精神，「這最後的戲碼可是你的得意作品呢。」

「那個貼滿膠帶的房間可是完全密室呢，」紀劭賢文風不動地說，「你真的知道我在殺人後是怎麼逃出去的嗎？」

若平迎著他挑戰的眼神，回答：「那我們就來看看我的解答對不對吧。」

3

莉蒂亞不安的眼神落在若平身上，她緊抿雙唇，長髮在面頰上形成陰影；李勞瑞兩手交握在桌面上，表情沉靜，鏡片後面的雙眼帶著探詢；紀思哲依舊沉在輪椅之中，看起來老了一百歲，他低著頭，猶如正痛苦地沉思；紀劭賢帶著冷笑盯視著若平，嘴角揚著犀利。

「我想，」若平對紀劭賢說，「你的確是個藝術家，因為你堅持的藝術理念很明顯可看出來。」

「怎麼說？」

「你重視一致性與融貫性。」

「哦？」密室傑克挑挑眉毛。

「假設在一幅畫作裡面，有三棵樹，看起來完全不相同，呈現出來的感覺迥異，讓人誤以為是用不同的畫法繪出的，甚至，是用不同的畫筆畫出的，但事實上，畫出這三棵樹的技法都是一樣的，只是畫者做了些包裝，讓它們看起來各不相同，但背後是有某種一致性在支撐的。

「既然你我都是推理小說迷，我就用推理小說來打比方。設想一本推理小說有三件密室兇殺案，三件案子看起來根本是用不同的方法所完成的，這時候追求一致性的作者便會設計出融貫的解答，也就是看似相異的三個案子，背後的手法其實都是共享一個核心的概念，或者至少有很大程度的相關性；這樣一來，整個犯罪的詭計就是一個融貫的整體。比起三個密室配上三個毫無關聯的犯罪手法，融貫性的設計有種一次將所有線頭收攏的快感，有種貫穿首尾的美感。有融貫的整體才有靈魂可言，你是這樣想的吧。」

對方笑而不答。

「在冰鏡莊的五個案件中，前三件性質比較像，都是密室中不可能的出現與消失；第四、五件則各自獨立，因此這五件案子可分成三種不同的類型，乍看之下是用三種完全不同的手法所完成，但早先我已經說明，前四件命案都是利用旋轉大廈所完成。既然兇手是一位追求一致性的藝術家，他當然也不會放過第五件案子，換句話說，第五個密室還是得仰賴旋轉大廈才能完成。」

「可是，」莉蒂亞說，「劉益民是死在左翼建築，這跟旋轉大廈怎麼會有關係？」

「關係可大了，讓我從頭仔細說明整個過程。當今早我們吃過早餐後，所有人都陷入昏迷狀態——當然，除了紀思哲。確定每個人都一覺不醒後，紀劭賢便現身，將所有人搬入展覽廳，接著，他們讓整棟展覽館三個樓層順時鐘移動一格，到達最後的15。紀劭賢把梁小音搬出展覽館，置於月神像底下，再推動雕像殺了她。這些都完成後，他進入左翼建築。

「我想劉益民的案發現場是早就布置好的，兇手應該沒有笨到在今早才布置現場，因為他無法肯定昏迷的我們何時會醒來；如果我們過早醒來，那他根本就沒有餘裕布置密室，因此劉益民一案的基本布置是在我們被下藥之前，兇手就已經找時間布置完成。

「好，兇手殺死梁小音之後，前往劉益民的房間，這時窗戶早就上鎖，也貼滿膠帶，電腦中的遺書也寫好擺在桌上了。劉益民的手杖、帽子也都放在床上。而劉益民本人仍陷入昏迷狀態，穿著禮服被綑綁在床上。兇手迅速用綁人的那條繩子勒斃那個可憐的人，然後把披風套到他身上——這件披風是兇手準備的，不是劉益民的物品，披風的作用我稍後解釋。兇手把屍體吊起來，戴上帽子，把手杖擺地上，弄倒椅子，然後用最快的速度再從膠捲撕下四條膠帶，貼在門的內側，然後帶上門，離開房間。這樣一來，這個密室就完成了。」

「什麼？」莉蒂亞啞然道，「怎麼可能？這樣的話，內側的膠帶根本沒有貼牢啊！」

若平點點頭，「的確，這樣的話不可能完全貼牢，頂多只有半牢。」

「但你說你確定門內側的膠帶是貼死的，難道是你看錯了？」

「不，我沒有看錯，膠帶的確是貼死的。兇手沒有貼牢案發現場的膠帶，以及我確定膠帶是貼死的，這兩件事並沒有衝突。」

「若平，你又再打啞謎了，」李勞瑞說，「怎麼會沒有衝突呢？這不是矛盾嗎？」

「我記得以前看過一句推理小說書腰帶上的宣傳詞：『眼睛所見並非真實』。我的想法正好相反，眼睛再誠實不過了，它忠實呈現我們所看到的，是人類的思考將所見的真實做出了錯誤的解讀，我們才會誤以為是眼睛在欺騙我們。

「各位，回到案子上來，當我們從昏迷中甦醒過來後，發現梁小音被殺，緊接著我們很自然地發現了什麼事？你們還記得嗎？」

「少了一座雕像，」女孩說。

「沒錯，我記得當時提起雕像數量的人就是紀思哲，他試圖讓我們注意到少了一座雕像，這樣的話，我們才會去搜尋雕像，進而發現劉益民的案發現場。注意，藉由找雕像來發現殺人現場是十分重要的。第一，如果不是藉由找雕像的話，我們根本不會知道劉益民死在他的房內；除非我們進入他的房間，或者從窗戶外面發現，才有機會看到屍體。如果要被動等待我們發現屍體，顯然會拖很久的時間，而這是兇手不樂見的。第二，就算我們真的偶然發現屍體，我們只可能從窗外發現，或是打開房門發現，兇手希望我們從窗外發現，因為如果是打開房門才發現的話，對我們而言，我們會無法確定門內的膠帶是否有貼牢，這樣就失去密室的效果了。藉由找雕像這件事，使得我們只可能從窗外發現屍體，因為我們會隨著地上的腳印去追索雕像，而腳印則會把我們帶到兇手希望我們發現屍體的地方……這正是雕像留下腳印的作用！重點是，從窗外發現屍體這件事確保了在我們的認知中，那個房間的確是被膠帶封死。」

「這些聽起來都沒有問題，」李勞瑞攤手，「可是謎團還是沒被解開，兇手到底是怎麼逃出密室的？你早先說他直接帶上門就走了，但膠帶又是黏牢的，這根本說不通啊！」

「兇手的確是帶上門後就走了，而膠帶也不可能貼牢，但這兩件事並沒有矛盾，如我先前所說過的，眼睛不會欺騙我們，會欺騙我們的是做出錯誤判斷的理智。」

「老天，若平，」莉蒂亞絕望地說，「給點明白的提示吧，我真的想不出來。」

「聽好了，既然門內側的膠帶不可能黏牢，而我看到的門內側是黏牢的膠帶，結論不就很明顯？我所看見的那扇門，並不是兇手離開的那扇門。」

「什麼！」他的聽眾一陣騷動。

「換句話說，」若平放慢語調，「我從窗戶外面看進去的房間，不是後來我們發現屍體的房間。」

紀劭賢冷笑一聲，李勞瑞與莉蒂亞似乎想說些什麼，但又把話吞回去。他們大概是正在試圖消化若平所說的話。

「劉益民住五號房，兇手離開五號房後，立刻進入隔壁的四號房待機，那個房間是空房，原本就沒有人住，而房內被布置得跟隔壁的五號房一模一樣：桌上有筆電、床上有英文書，另外還有一件跟劉益民身上同樣款式的禮服、大禮帽以及手杖；套在吊燈支架上的繩圈也已設置好。兇手進入這房間後，將門關上，拿起膠捲，拆了四條膠帶將門黏牢，至於窗戶，在先前就已經鎖上並用膠帶封死了。我相信兇手會事先把可以做的工作處理好的，以便節省時間。

「貼定門框上的膠帶後，兇手披上另一件披風，開始等待。當紀思哲看到我繞過左翼往後邊去搜查時，他立刻偷偷撥了通手機給紀劭賢——他的手機當然沒有被偷，我猜當紀劭賢不在輪椅內時，紀思哲會用手機跟他報告案情進展吧。紀劭賢當然不必跟紀思哲通話，只要察覺手機震動一下，就可以把它切掉了。收到通知後紀劭賢馬上把繩圈套上脖子，再戴上大禮帽，手杖握在手中，背對窗戶站著。

「禮帽、披風、手杖這三個魔術師的配備全部都有其不可或缺的作用。這些道具除了在第一案用來栽贓之外，在第五案會派上用場。正是因為如此，兇手才會要劉益民到蠟像館赴約時，把禮帽跟手杖帶著。在第五案中，禮帽可以遮掩頭部，避免被人從背後認出；長及地板的披風則是要遮掩腿部，因為兇手不可能真的把自己吊死，他的腳不可能懸空，但因為劉益民並沒有穿披風的習慣，兇手只好自行替他加上一件。幸好魔術師的行頭中有披風並不奇怪，但這件多出來的披風仍然成為一個破綻。

「披風也可以掩蓋兇手手上戴的手套。掩蓋手套這點是我的猜測，兇手應該不想在房內任何東西上留下指紋，所以需要手套；更何況他手中還握著一枝手杖，但因為劉益民平常不會戴手套，因此他必須藉著披風把戴著手套的雙手隱蔽起來。

「兇手估算好時間，當他確定我差不多來到左翼房後，接近雕像時，他馬上放倒手杖，讓手杖重重敲擊地板。這麼做的目的是要吸引我往房內看，以便讓我發現房內的『偽造現場』。另一方面也是不讓我繼續往前走，因為我再往前的話，下一個房間是真正的劉益民死去的地方，那整個伎倆就穿幫了。

「兇手在放倒手杖這件事上出了紕漏，大概是力道跟方向沒控制好，手杖倒下後的位置跟他在五號房內布置的手杖位置不同。在劉益民的案發現場，手杖是筆直躺臥，杖頭指向房門，尾端指向窗戶；而兇手放倒手杖後——也就是我從窗外望進去時——手杖在地上的狀態是歪斜的。這一點疏漏成為這個密室的另一個漏洞。」

這個註腳似乎沒有為紀劭賢年輕的臉龐增添任何不悅，他仍舊愉悅地聆聽著若平的解說。

偵探稍作停頓後，又繼續道：「我透過窗戶往內看的景象，當然是一個完全密室，而且牆上有著跟劉益民房間一模一樣的文字：Jack the Impossible。這非常重要，因為有這行文字的存在，目擊者才能瞬間反應『這是劉益民的房間』，而沒有想到他眼前所看到的房間是另一個。

「由於窗戶是上鎖的，目擊者一定得繞到左翼正門從房間的門進去，這樣繞了一大段路，再到五號房前，沒有人知道房間的相對位置是不一樣的。目擊者在建築後面發現屍體的房間是五號的右一間，四號房。因為在左翼的房間實在太多了，這兩個關鍵房間又剛好夾在中間，非常適合玩弄這種錯覺把戲。這就好像當我們爬樓梯上大廈時，如果大廈的每一層樓布置得一模一樣，你爬到八樓，別人告訴你這是七樓，你可能也不會察覺有異。」

「等等，」李勞瑞插話，「這樣做不是太冒險了？萬一你離開時是從另一個方向繞到左翼正面，也就是從展覽館那個方向，那你一定會經過真正的案發現場，只要你稍微一轉頭就會發現隔壁還有一個一模一樣的現場啊！」

「沒錯……一開始我要去找雕像時，因為是循著地上腳印的導引去的，比較不可能從展覽館那個方向進入左翼後部；不過離去時就有可能從那裡出去了。這麼一來真正的現場就會先被發現……不過實際上我是不可能從那裡出入的，你們知道為什麼嗎？」

「我知道了……」莉蒂亞露出恍然大悟的神情，「雕像！有雕像堵在出入口！」

「正確答案。那座女妖雕像封死了出入口。Siren石像的形象是女妖側臥在長方形大石上，以寬度而言，正好可以堵住出入口，若是其他石像就不行了，這正是兇手在此處選擇移動Siren石像的原因。

「我發現兇手偽裝的屍體之後，遠遠望去看見雕像擋在對邊，我也只能從來時之路再繞到左翼正面，這就是雕像為什麼必須被移動，因為這是為了讓目擊者在第五案中的出入路徑縮減到只剩下一種可能性。

「但是如果只移動一座雕像的話，很容易就會被看出背後的目的，因此兇手使用『藏葉於林』的方法，也移動了其他幾座，並製造腳印，營造出雕像自動走路的錯覺，混淆了那座關鍵雕像被移動的理由。這就是我一開始所提到的，雕像移動的關鍵在於它的位置，而不是方法。雕像移動一次就是一步棋，四步棋加起來成為一記完美的『將軍』。」

密室傑克——紀劭賢似乎十分滿意這樣的恭維，他略微陰沉的面孔起了一陣漣漪，「若平，你的課堂的確很精采，若不是已經離開學生生活了，我還真想再考進大學去當你的學生呢。不過，你剛剛的理論看似完美，卻還是有致命的漏洞，這個漏洞可以讓你的推理完全崩潰。」

若平淡淡一笑，「我知道你要說什麼，不過還是請你先說明吧。」

「你說這個膠帶密室基本上是用『案發現場誤認』的詭計來完成的，其實也就是跟前三件兇殺案，甚至手機魔術背後的本質是一樣的。」

「沒錯。」

「但以劉益民兇殺案的事實來看，你從窗戶外面看進去的房間，不可能跟你們後來發現屍體的房間不一樣。」

「理由是？」

「理由是窗外的那具雕像，它一直都躺在固定的位置不是嗎？你們發現屍體之後，應該有注意到石像還是躺在窗外吧？那具地上的石像，我猜你也檢查過了，是貨真價實的花崗岩石雕，不可能被移動的……你之前揭露的石像移動方法，本質上也不是真的去移動石像，那只是一種錯覺罷了，而那種錯覺，很明顯地不適用於此處。既然地上那座石像不可能被移動，那麼結論就是密室傑克根本沒有使用攣生房間的伎倆，也就是說，跟此案有牽涉的房間從頭到尾都只有一個，如此一來，密室的問題還是存在。」

若平點頭，「你說得沒錯，可是如果雕像能移動的話，那我的解釋還是可以成立。」

「但顯然雕像不可能被移動啊。」紀劭賢的嘴唇抿成一道堅持的彎線。

「不，」若平溫和地糾正對方，「應該說雕像不可能被『人力』移動。」

紀劭賢的微笑轉化成冷笑，「那麼，難道你要說是被神力移動？」

「也不需要用到神力，事實上，一般移動這種雕像，我們都是藉助機器的力量吧？」

「機器？」紀劭賢擺擺手，「冰鏡莊裡面可沒有吊車或推車之類的東西。」

「是沒有吊車，」若平冷冷地說，「不過冰鏡莊有一臺大型機器，它的力量可是不輸給吊車。」

「哦？有這種東西？」紀劭賢雙手交握，「請恕我愚昧，這樣的東西在哪裡呢？」

「我們現在就在那臺機器裡面，就是這棟旋轉大廈。」

「用旋轉大廈讓雕像移動？」李勞瑞碰碰眼鏡，「這怎麼可能辦到？」

「主要是利用旋轉大廈旋轉時的拉力，」若平說，「兇手事先準備了一條尼龍繩，將一端纏在石像的脖子上，他多繞了幾圈，以防繩子脫落；另一端沿著岩壁拉到展覽館，綁在大門的把手上。這些是事前工作，後來我發現劉益民屍體、從左翼後部奔出來時，紀思哲馬上按下扶手上的控制鈕，讓展覽館一樓順時鐘旋轉一小段距離，躺在地上的雕像受到拉扯，往前前進了一個房間的長度，來到了隔壁房間的窗外。旋轉的幅度及雕像前進的距離、繩索勾搭在門上的位置當然都是事先演練好的。我萬萬也沒想到當我繞了一圈再來到五號房前時，不但是來錯了房間，連窗外的雕像也已經偷偷移動過了。」

「那麼重的雕像，」李勞瑞說，「那條尼龍繩應該耐不住吧？五百公斤的拉力一定會讓繩子斷掉。」

「這就要說到那具人馬獸的雕像了。」若平神祕地說。

「人馬獸？」

「是的。雕像被移動的目的除了堵住左翼後部出入口外，其實還有一個，就是要讓人馬獸雕像位於躺在地上的石士兵與展覽館之間。」

「這是什麼意思？」莉蒂亞皺眉。

「我想大家都聽過滑輪這種裝置吧？」若平說，「我畫的這個簡圖是四分之一省力裝置。如圖所示，要拉動一百公斤的重物只需要出二十五公斤的力。

「我後來發現人馬獸的前腳跟後腳被做成滑輪的裝置，還有立正士兵的頭部也是。顯然在15之中，這兩具雕像的構造不太一樣，這也可以當成破解雕像移動之謎的一個線索……發現雕像產生變化，因此推出有不同雕像組的結論……總之這裡的重點是，兇手用這些雕像上的滑輪製造省力裝置。在這裡兇手做的事很簡單，他完全模仿上圖的裝置，只除了加了一個定滑輪改變施力方向，以及把整個裝置放倒在地上運作。兇手把繩子纏在石士兵頭部的雙滑輪後，再把繩子繞過人馬獸的前腳跟後腳。記得嗎？人馬獸的四隻腳被雕成兩支圓柱的形狀。繞過雙圓柱後，才把繩子拉到展覽館大門固定。看看這張圖（圖二十一、圖二十二）。

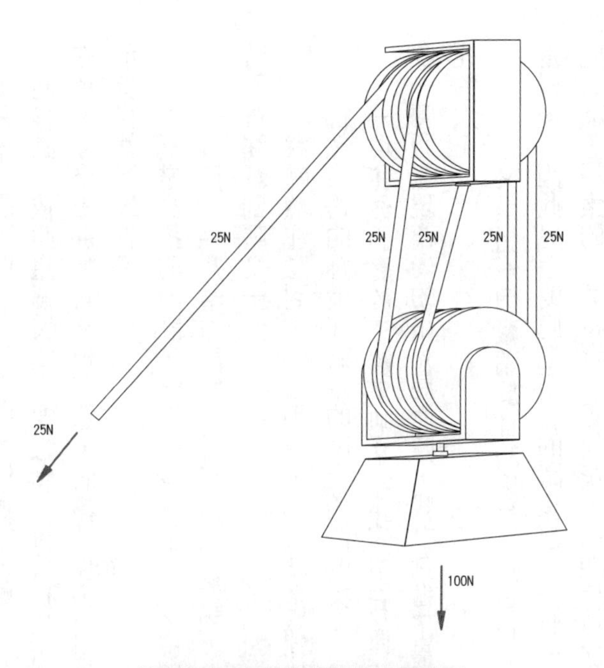

圖二十一　滑輪裝置（1）

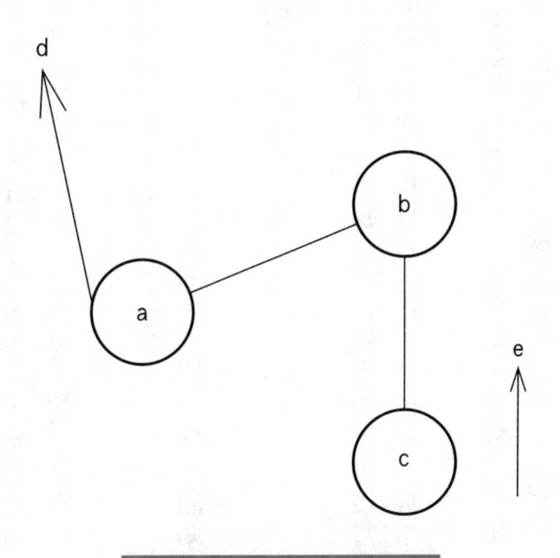

圖二十二 滑輪裝置（2）

「這張圖是上一張圖的簡圖，請對照著看。想像一下這個裝置放倒在地上，圖中的a是人馬獸的前腳所形成的定滑輪，把原本的施力方向改變到相反方向，也就是d標示的旋轉大廈施力方向；b是人馬獸的後腳形成的另兩個定滑輪；c是士兵頭部的兩個動滑輪。施力後，石像會往e的方向移動。依照這個裝置，要拉動五百公斤的雕像只需要出一百二十五公斤的力道，這個力量由旋轉大廈來提供絕對綽綽有餘，而繩子也絕對耐得住。如果是三分之一省力的裝置，繩子能不能承受我就不敢說了。」

「真是高招的設計，」李勞瑞評論，「希臘神話結合物理學所形成的犯罪詭計……」

「可是，」莉蒂亞用不敢置信的語氣說，「那石像……纏著那樣一條繩子，難道你一開始時不會注意到嗎？」

「我當然注意到，」若平說，「這就是為什麼石像必須被打扮成死者的樣子。」

恍然大悟的神情在聽眾的臉上擴散開來。

「現在你們終於了解了吧？在我發現石像頸部纏著一條繩索時，我當然會覺得奇怪，但當我一轉頭發現窗內的吊死屍體時，我立刻做了最直接的聯想，亦即，那具石像代表的是裡面被吊死的人！

「這又是另一個藏葉於林的手法，如果只有最後一件案子的石像上套著繩索，那會顯得相當奇怪，因此兇手乾脆把所有的雕像都『上妝』，並選擇『吊死』來處理劉益民的屍體，這樣才能跟纏著繩索的石像符合。更何況，前四件兇案中有兩人都是被勒死，石像頸部纏著繩索似乎也不顯得那麼突兀……每一個細節都配合得天衣無縫！」

「不過，」李勞瑞說，「難道你發現雕像時沒有注意到那條繩索很長嗎？」

「繩索大半都被藏在草叢中，所以我很難察覺。

「當我們試圖進入劉益民的房間時，在隔壁的兇手立刻拆下窗戶的膠帶，打開窗戶跳了出去，他彎身到雕像旁，用瑞士刀割斷繩子，然後再往回走，繞了一圈左翼到展覽館門前，收起剩餘的繩索，啟動身上的遙控器把展覽廳轉回來，進入展覽廳把繩索藏入展覽櫃中，然後等待。當我們離開劉益民的房間後，他再回到四號房，把房內的東西收拾乾淨並帶走，並處理掉牆上的文字……我想那大概不是噴漆文字，只是用顏料塗上去的吧。」

「這不是有點冒險？」李勞瑞說，「我是說，如果我們離開劉益民的房間後，又順道檢查隔壁房間，那把戲就穿幫了。」

「我承認這裡兇手有點冒險，可是，在兇手跳窗出去剪斷繩索前，他可以先將房門上鎖，避免之後有人進來，而到時紀思哲也可以推說找不到鑰匙。當然兇手出去前會關好窗戶並拉上窗簾，盡量避免讓人從外面觀看就能發現裡面的不對勁。

「最後要補充的是，左右翼建築的構造對兇手來說其實相當方便，如果沒有封閉式的迴廊，那麼任何人只要一開門便能望見廣場及對邊建築的狀況，甚至當我們在交誼廳並將大門敞開時，也能注意到廣場上的動靜，這對兇手的行動來說是相當不便的。也許正是因為這樣，兩邊的建築才故意建成封閉式迴廊……以上，便是冰鏡莊殺人事件的所有真相。」若平停頓下來，靜靜地看著他的聽眾。

「動機呢？」李勞瑞說，「就算是遺書上所說的那樣，紀思哲為何又會牽扯進來？」

若平回答：「動機部分只是我的猜測，我猜大概是這樣吧，紀先生偶然發現自己的兒子是連續殺人魔，他們之間達成了某種協議，紀思哲決定在自己的兒子因絕症而不久人世之前幫助他完成轟轟烈烈的最後奇蹟，因此造就了這次的殺人事件。」

「可是紀劭賢不是一直在美國嗎？」李勞瑞又問，「他怎麼在臺灣犯下冰鏡莊之前的案子？」

「這我就不曉得了，為了籌劃密室傑克的殺人事件，他也許已經偷偷回國好幾年。」

「為了這些殺人事件，」女孩說，「所以建造了冰鏡莊，這實在太不可思議。」

「我想冰鏡莊原本就是紀思哲的別墅吧，旋轉大廈也是原本就有的設計，只是為了因應殺人詭計，才把冰鏡莊切成五個部分，並製作額外的雕像。這樣反過來想，才會讓整件事比較合理一點。好了，密室傑克先生，你有什麼要補充的嗎？」

紀劭賢緊盯著若平，臉上仍掛著淡淡的微笑，若平這才注意到對方似乎正將某種東西收進長褲口袋。

「基本上你全部都說對了，只除了動機的部分跟你想像的有些不同，不過這不打緊，我仍然認為你已經成功地解釋了冰鏡莊的奇蹟，因為這樣，所以我願意放你們自由。在你剛剛說話的同時，展覽廳已經轉回Ⅱ的位置了，也就是說，當你們踏出這棟建築後，你們又會看見那敞開的隧道口，滿溢著光明。」

若平從椅子上站了起來，「遊戲結束了，你輸了，你現在打算怎麼辦？」

紀劭賢冷冷地看著他，「輸？是的，謎團被你解開，我是輸了，不過……」他意味深長地揚起一絲冷笑，「你不算真正抓到我。」

「什麼意思？」

紀劭賢沉默了半晌，才說：「現在，我跟紀先生想靜一靜，請你們先出去。」

「你別想逃。」

「請你們出去。」

「照他的話做吧，」紀思哲抬起他的頭，臉色看起來像秋天的枯葉，「相信我，你們不可能逮住他的，別忘了他手上有槍。」

雙方對峙了半晌，若平嘆了口氣，李勞瑞與莉蒂亞默默站了起來，三人交換了眼神，然後往展覽廳出口移動。

當他們踏出展覽館後，背後傳來上門閂的聲音。

外頭吹著冷風，五座雕像又完好如初地出現在他們面前了，彷彿時間轉回兩天前的晚上。

若平轉身看著展覽館大門，其他兩人也跟隨著他的視線望去。起先的時候，好像什麼事都沒有發生，但當他注意到雙扇門之間的門縫開始往左偏移時，他才意識到整個一樓正在順時鐘旋轉。由於展覽館三層的外觀都是暗藍色，也沒有什麼特別圖樣區隔三層樓，若不是因為大門位置的改變，實在很難看出樓層正在移動。

在這無語的夜幕下，他們靜靜注視著這棟建築奇蹟；在這奇妙的片刻，謀殺的奇蹟反而被遺忘了。一段時間之後，大門整個沒入左側的岩壁，取而代之的是整片暗色的壁面。

「他打算逃掉嗎？」莉蒂亞不安地說。

「能逃去哪裡？」李勞瑞說。

「對密室傑克而言，沒有不可能的事，」若平望著展覽館，「不過紀思哲說得也對，我們是不可能逮住他的。」

「那我們現在該怎麼辦？」女孩問。

「等待黎明到來吧。」若平說完，在地上坐了下來。

三人就這樣默默坐在展覽館前，有好長一段時間沒有人開口。他們在夜的凝視下不知道坐了多久，展覽館大門又緩慢旋了回來。若平率先起身，他上前去推了推門，其他兩人也隨後跟上。門沒上閂，若平把門往內推，走了進去。

圓桌上的電腦還開著，紀思哲仍坐在他的輪椅中，頭部低垂，而紀劭賢不見人影。

他快步上前，來到老人的身邊。若平稍微碰觸了一下對方的肩膀，那瘦小的身軀立刻崩塌，斜倒在輪椅中。

一個小玻璃瓶從老人手中滑落到黑色的皮墊上。

終章——神的假面

殘冬時節，寒假尾聲，熙來攘往的臺北街頭卻透顯著一絲寂寥，彷彿冬神眉頭深鎖，一手托著腮似的從空中俯瞰著行色匆匆的人群，而這廣漠的街景全罩在他哀愁的身影中。

若平在重慶南路一家二手書店中晃蕩，黃鼠狼般的老闆用監視器的雙眼掃射著他；身邊一名戴著眼鏡的年輕人正如獲至寶似的翻閱著一疊過期的推理雜誌，雙手顫抖、眼中泛淚，並不時發出驚歎聲；另一邊則是一對學生情侶，藏身在書架陰暗處卿卿我我，激動的兩人把書架上一本書碰飛，泛黃的書摔跌在地板上，書名大剌剌地朝天展示：《查泰萊夫人的情人》。若平踅到另一側，一排過期的美術雜誌吸引了他的目光，他隨意抽出一本書名是《文化與藝術》的雙月刊，二十五開本，日期是兩年前的一月。

若平平常不看藝術雜誌，但此刻不知道為什麼，突然很想了解臺灣的藝術工作者所謂的藝術到底是什麼。學過藝術哲學的他，很明白藝術客觀性是一個相當棘手的哲學問題，因此他不帶任何成見地翻開了雜誌。

裡面有許多雕塑以及畫作的圖片，對於視覺來說是十分可親的。這時他突然想起大學時期一位留學日本、教授犯罪學的老師所說過的話：「死者的鮮血對於某些殺人者而言就像是紅色的水彩顏料，而殺人現場就是一幅畫作。犯罪藝術家與一般藝術家並沒有太大差別，只是使用的創作材料不同罷了。就連一隻埋藏在盆栽裡的斷掌都可能展現出兇手的藝術品味。」

他默默地又隨意翻了幾本雜誌，最後目光停留在去年一月號的某一頁上。

那是一則藝術家餐會的報導，時間是前年十二月一號晚上七點到九點，上面刊載了與會者的感言，還有活動照片。若平赫然發現李勞瑞也在其中，照片中的他仍舊是一臉泰然自若的表情，穿著整齊的西服，舉杯向其他人致敬。

這個人也算是個奇特的藝術家吧。如果他是犯罪者的話，絕對不會遜色於密室傑克，因為他們都有著同樣冷靜與縝密的腦袋……

像是突然記起什麼事似的，若平止住思緒，再把報導看了一遍，他皺著眉又看了第二遍，然後才緩緩地把書放下。

他掏出手機看了一下時間，十一點半。

若平走出二手書店，黃鼠狼店長、翻著雜誌的年輕人與水乳交融的情侶全消失在記憶的洪流中；他走入流動的人群，開始感受到心臟的搏動。

沒過多久，他踏進一間義式料理店，對迎面而來的服務生說：「我有訂位，兩位。」

對方確認了若平的名字後，便把他帶到一處角落的位置。

他把背包放在隔鄰座椅上，目光掃了一眼昏暗的餐廳，然後等待著。

時間是輕盈的舞者，有時跳著輕快的華爾滋，有時飆著極速的街舞，無論是何者，光陰都在悄聲無息中流逝。

直到他抬起頭來看到那道迫近的人影，他才意識到時間之輪的凍結。

她微笑著走了過來，一如往常，傾瀉的長髮從後頸延伸而下，就像從天空釋放而出的黑色波浪；一雙棕色皮靴讓她跟大地有了連接，順著黑色絲襪扶搖直上，灰色針織衫將她溫熱的身體與冰冷的冬神隔絕開來。她把黑色小提包輕放在椅子上，然後在他面前落坐。

「抱歉，來晚了。」

一段時間沒見面，兩個人的頻率似乎又不同了。他努力思索著，要如何填補因時間與距離產生的隔閡。

「不，妳很準時呢。」

「真的嗎？我不喜歡別人對我說謊喔。」

「我沒有說謊，現在是十二點整。」他出示手機螢幕，上頭的確顯示十二點。

「你的時間還真慢啊，我的錶是十二點十分。」

「妳是故意調快的吧？有些人會故意把時間調快以避免遲到。」

「我看起來是那麼緊張兮兮的人嗎？先點餐吧！」

若平這才注意到服務生已經在一旁呆站很久了。

點完餐後，莉蒂亞舒了一口氣，抬起眼來，兩人視線再度對上；若平腦袋一團混亂，他的嘴不待大腦下達命令就自行吐出了話語。

「不敢想像已經一個月了。」

「是啊，」她點點頭，「距離那場噩夢已經一個月了。」

那像是一場噩夢，更像是不可思議的經歷，冰鏡莊就如同一個虛幻的世界，一個不同的次元，裡面所發生的一切都難以令人想像，不過，它確實存在過，也結束了。

「結果，」女孩說，「警方還是沒有找到他嗎？」

「沒有。」

紀劭賢失蹤了，那天在冰鏡莊，展覽館再度旋轉回來時，裡面只有紀思哲的屍體，很明顯地，他服毒自盡，但紀劭賢本人卻不見蹤影。

他們沒有輕舉妄動去找人，只能待在原地等待。一直到了隔天，就在所有人筋疲力竭之際，紀思哲的黑衣司機出現了，當他獲知冰鏡莊內發生連續殺人事件，而自己的老闆又是共犯時，墨鏡後的雙眼沒有太大的波動。黑衣人似乎原本就不太喜歡他的老闆。

若平借用他的手機報了警，折騰了老半天，一直等到下午警方才抵達冰鏡莊。由於冰鏡莊的構造過於複雜龐大，警方的搜索工作曠日費時，重點是最後並沒有找到紀劭賢。

要逃出冰鏡莊，除非從空中逃逸，否則只能經由隧道口出入。若平必須承認，發現紀思哲的屍體後到警方來到這段時間內，他們沒有任何人能百分之百保證沒有人能躲過他們的視線溜出冰鏡莊，何況對紀劭賢這個魔術大師來說，這種程度的脫逃比起冰鏡莊的殺人事件可是輕鬆了數十倍。

比較耐人尋味的是，在Ｉ1的交誼廳桌上，警方發現了被竊的康德哲學手稿。這份手稿為什麼會在案件結束後又被歸還呢？沒有人知道答案。

「Hermes為什麼把手稿歸還？」女孩歪著頭說，「放在J1的交誼廳，難道Hermes原本就沒有打算帶走那份稿件？」

「其實關於Hermes偷手稿這件事，我一直有一個想法。」若平說。

「哦？」

「Hermes偷走放在冰鏡莊內的手稿，他之後的行蹤只有兩種可能，離開冰鏡莊與留在冰鏡莊。」

「所以？」

「如果Hermes離開冰鏡莊的話，這就代表他先前必須先設法到達冰鏡莊，偷偷潛入、完成偷竊，再不聲不響地離開。如果他在偷竊之後還繼續留在冰鏡莊的話，那麼要嘛他從頭到尾都躲藏起來，不然的話，他就是冰鏡莊賓客的其中一人。」

「你是說……我們其中一人是Hermes？」

「嗯，我比較傾向於這種假設。Hermes在完成偷竊後，如果還躲藏起來，根本沒有意義，而且也沒地方可以讓他躲。當然，除非他知道冰鏡莊的祕密，但我不認為他完成偷竊後有躲藏的必要，因此若是他留下了，他必定是賓客中的其中一人。這個可能性我愈想愈覺得是對的。如果Hermes發出預告信給紀思哲後，設法接近他，成為朋友，這麼一來不是更可以掌握他的受害者的行蹤與資訊嗎？這等於是一種無形的刺探行動。而以賓客的身分，Hermes根本不用再偷偷潛入冰鏡莊，他是光明正大地進入冰鏡莊，再找機會下手偷竊。」

女孩點點頭，「的確，Hermes偽裝成賓客的說法很合理。」

「當然，我沒有證據支持，不過，我相信這個想法是對的，因此我開始推理，賓客之中誰才是Hermes呢？我首先把五個被害者全部剔除，Hermes是智慧型罪犯，不會淪落到被殺害的命運，因此一定是倖存者之一。我很清楚自己不是Hermes；因為性別的關係，也不可能是妳，那麼，就只剩下李勞瑞了。」

「他那冷靜的態勢，的確是很有智慧型罪犯的風貌。」女孩同意地頷首。

「在冰鏡莊時，我極度懷疑他的身分，但因為沒有證據，不能十分肯定。再加上後來手稿被歸還了，我也沒有必要再去追究誰才是Hermes了，因此沒有去找他求證。」

「手稿到底是什麼時候被放到交誼廳的啊？」

「如果Hermes是倖存者之一的話，當我們回到H後他隨時都有機會趁人不注意時把稿子丟到交誼廳裡，只是他歸還的動機我不能明白就是了。」

這時，他們點的餐送上來了；看起來可口的義大利麵暫時攫住了兩人口腔的注意力。默默吃了一陣之後，若平才又繼續說：「其實，究竟李勞瑞是不是Hermes這件事以結果來看已經不是很重要了，但因為我對於謎團總是喜歡追根究柢，因此就想再多了解一下李勞瑞這個人。」

「哦？那你有什麼發現？」女孩抬起頭來，打趣地望著他。

「有的。剛剛我在二手書店閒晃，翻了幾本過期的美術雜誌，赫然發現李勞瑞出現在其中。那是一篇兩年前十二月的藝術家聚會報導，李勞瑞有參加，上頭還有他跟其他人的合照。」

「你的意思是，Hermes假扮這個人假扮得很徹底嗎？還親自去參加藝術圈的聚會。」

「不，正好相反，我的意思是，這件事證明了李勞瑞不可能是Hermes。」

女孩握著叉子的右手微微停頓了一下，她蹙眉，凝視著若平，「怎麼說？」

「這個聚會的時間是兩年前的十二月一號晚上，這時間正好是Hermes在花蓮犯下殺人案的時間。一個人不可能同時出現在兩個地方，而我們確定殺人的是Hermes，因此參加聚會的不可能是Hermes。

「其實在發現這件事之前，我也調查過李勞瑞的一些資料，從我所獲得的資訊來看，他實在不可能只是一個『暫時性』的身分，也就是一個被假造的角色。他在臺灣藝術圈活躍的期間不算短，也定期有成果發表，個人生活也沒有異狀，怎麼看都不像是中途被人假冒盜用身分。不過當時我還沒有證據，因此也不敢妄下斷言。但如今，我認為我的想法已獲得證實。」

「可是，如果李勞瑞不是Hermes，那誰才是……」

「答案就只剩下一個了，」若平的眼神鎖著那對墨黑的眸子，「就是妳。」他輕柔地說。

片刻間，兩人之間只有沉默。

然後她笑了，笑容讓她的臉龐猶如綻放的花朵，「若平，你喜歡編故事也不必編到這麼離譜的地步吧。這真是我聽過最好笑的笑話……」她收起情緒後，嘴角又微微揚起，帶著興味打量著他，「我知道了，這就是推理小說所謂的意外結局，不過也太不合理了吧？Hermes是男性，但我是女生啊！你剛剛才否認這個可能性！」

若平回答：「如果妳看過新聞報導，就會知道Hermes是位易容高手，他曾經打扮成一位性感美女，連我都被他騙了。」

她凝視著他，笑容從臉上消失，「既然你不相信的話，我讓你檢查，我是貨真價實的女人。」

他與她四目對望了半晌，然後別開眼神，「別開玩笑了，我可不想被控性騷擾！」

女孩嘆了一口氣，「說真的，對於我是Hermes這個推測，你能持續相信一分鐘嗎？」

「一秒鐘都不到，」若平喃喃說，「還記得一個月前在冰鏡莊我對妳說的話嗎？我那時就絕對不相信妳會是殺人兇手，而Hermes可是殺過人的。」

「但邏輯告訴你我是。」

「也許是我忽略了什麼細節了。」

「有嗎？」

「我不確定，至少目前看不出來。」

女孩沉默了半晌，然後抬起頭來說：「老實說，除了Hermes這件事之外，你認為冰鏡莊的謎團算是完全解開了嗎？」

「什麼意思？」

「我是說，所有謎團都被破解了嗎？會不會還有沒揭露的祕密？」

若平疑惑地看著她，「難道還有？」

女孩別開眼神，「其實還有兩件事是隱藏在檯面底下的……」她伸出手制止要開口說話的若平，「這兩個祕密沒有被你看穿，並不是你的問題，因為這些祕密只有我知道。」

「祕密，」若平重複一次，「沒錯，祕密是無法用邏輯洞悉的。妳願意告訴我是什麼祕密嗎？」

女孩沒有回答，她伸手拿起手提包，翻找了一陣，抽出一張紙，遞給若平。

那是從網路上列印下來的資料，若平很快地掃視了一遍，那是一篇討論區擷取下來的文章，內容大抵說明了一件幾十年前的車禍案。一名女子駕車墜崖，看似意外，最後警方也以意外結案，但殘存的許多疑點卻被人懷疑女子是先被人撞死，再被偽裝成意外。

直到讀到文章的最後幾段，他才猛然發覺女孩要他讀這篇留言的目的。

「這則報導裡頭死去的女子，是紀思哲以前的外遇對象？」若平差點弄倒眼前的玻璃杯。

「是的……這也是動機，是冰鏡莊事件的動機。冰鏡莊事件的犧牲者不單是享樂型殺人下的產物，」女孩看著桌面，「密室傑克殺了那些人的心態應該是異常心理促成的沒錯，但紀思哲會幫他殺人，可不是為了成就自己兒子的死前奇蹟。」

「難道……」

「紀思哲的妻子在這件事不久以後病逝了，我不清楚她知不知道外遇的事。紀思哲把這件事隱藏得很好，他深愛著這個婚姻之外的女人，大概是因為無法接受她死亡的事實，所以他才會開車狂奔，發生車禍而導致半身不遂。」

「妳為什麼會關心這些事？」

「因為我是那個女人的小孩。」

若平感到胸口一陣波動，他不敢置信地望著女孩，嘴巴卻吐不出話語。

「我在臺灣上了沒幾年小學，母親就出事死了，後來我被母親在美國的家人接回去。」

「那妳出現在冰鏡莊是……」

「只是想看看我的親生父親，」她低下頭，「我媽那邊的人對紀思哲很不能諒解，他們認為是他間接害死了我媽，因此從小就對我灌輸紀思哲的負面印象。但人嘛，總是會有好奇心。我拜託在臺灣工作的編輯朋友跟紀思哲搭上線，說要採訪，恰巧發生Hermes的事情，我就藉著個機會去了。」

「所以，妳朋友跟紀思哲聯絡，然後現身的是妳？」

「當然。」

「難怪，我就在想，妳中文這麼差的人怎麼可能當編輯。這些事……妳之前怎麼不提呢？」

「我為什麼要提？這與密室傑克一案沒有太大關聯，這是我個人的祕密，我只是覺得讓你知道無妨而已。」

「所以……冰鏡莊的五個犧牲者是……？」他覺得答案呼之欲出。

「紀思哲應該深信我母親不是意外死亡，所以後來委託了偵探去調查。我猜他查到的結果大概是，那天晚上有人駕車意外撞死了我母親，而當時意外肇事的一群人就是顧震川與劉益民等四人，而梁小音應該就是當年路過現場卻不報警的過路人。」

「我明白了。」

「在冰鏡莊的時候，我就懷疑過這種可能性，因此離開之後，我委託徵信社去調查，發現這群人在我母親出事的那個夜晚，他們的確結伴到花蓮去玩，紀思哲一定是為了報仇，才會設計這次的事件殺害他們四人。我想罹患癌症的根本不是密室傑克，而是紀思哲吧……」

她始終沒有用「父親」這兩個字，也許紀思哲對她來說，仍舊是個疏遠的存在吧。

「但是，」若平問，「這樣的話就變成紀思哲利用自己的兒子去幫他報仇了，雖然紀劭賢是連續殺人魔，但這樣的做法也實在太殘忍了。另外，為什麼當初在冰鏡莊時妳就懷疑紀思哲是為了報仇才殺人？妳是怎麼看出的？」

「因為，」女孩回答，「我知道紀劭賢不是連續殺人魔。」

「妳說什麼！」若平放在桌面上的手指僵硬起來。

「紀劭賢不是密室傑克，從來就不是。」她說道。

在玻璃杯中融化一半的冰塊又凍結起來，像刺眼的冰晶。

女孩的眼神沉靜地落在他身上，「不，若平，你的推理並沒有錯，這只是文字遊戲罷了。在冰鏡莊中你逮到的兇手應該就是密室傑克，只是他說謊，謊稱自己是紀劭賢。」

「難道……」若平可以聽見自己的心跳聲，一個猜測在腦中驟然成形。他卻說不出口。

「你大概也猜到了吧？我才是真正的紀劭賢。」

若平吸了一口氣，他沒說話。

女孩繼續說：「當密室傑克說他是紀劭賢時，我便知道他在說謊。我知道紀思哲根本不是在幫自己的兒子完成什麼奇蹟，我才會懷疑他的動機另有所圖。」

「所以紀思哲對外所宣稱在美國唸書的長子，其實就是妳？」

「嗯，他其實一直很想把我帶回身邊扶養，但我媽那邊的人不讓他這麼做，他便故意說是把小孩送到美國唸書，以為這樣就可以在這場爭奪戰中占上風。因為我的名字太男性，因此被誤傳是長子。我媽那邊的人對此事視而不見，而紀思哲也因為心虛，所以沒有出來澄清。」

「原來是這樣，我終於明白了。」

「總之，我這次來臺灣的心願已了，見到了父親……雖然是很不好的收場，但也沒有任何遺憾了。他替母親報的仇，或許可以看成是一種贖罪吧……你怎麼了？」

若平呆坐著，兩眼茫然地盯視著玻璃杯中的冰塊，他的身子顫抖著。

「你沒事吧？」女孩伸手觸碰他的右手背。

溫暖的觸感一傳來，他才回過神來。

「抱歉，」他說，「多虧了妳的自白，我才明白了一件事。」

「什麼事？」

「那天離開冰鏡莊前，密室傑克暗示這件案子仍有些祕密未揭開，我現在知道那是什麼了。」

「是什麼？」女孩一臉訝異。

「就是密室傑克的真實身分。」

「對……他不是紀劭賢。」

「他不只不是紀劭賢，他還是一個我們早就知道的人。」

「真的？」女孩挺直身子，睜大著兩眼。

「這個人冒充紀劭賢跟我在華建集團的辦公室會面，擁有這麼高明的變裝技巧及邪惡的縝密心思，這樣的人會是誰呢？妳還記不記得我們的拼圖還少了一片？」

「你是指？」

「Hermes還沒在冰鏡莊中找到自己的位置。」

「啊……」

「沒錯，我沒猜錯的話，密室傑克就是Hermes，他們自始至終都是同一人。」

「我早該看出來的，」若平低下頭，「一個封閉場所出現兩名智慧型殺人魔，然後一人不見蹤影，這種巧合百年難得一見，好一個一人飾二角的把戲。」

「你的意思是……密室傑克扮成Hermes？還是Hermes扮成密室傑克？他們一直是同一人？還是其中一人在冰鏡莊暫時假扮成另一人？」

「這麼說好了，這個兇手先以Hermes的名義在犯罪圈闖出名號來，再用密室傑克的身分犯下三件殺人案，然後繼續用這個身分在冰鏡莊殺人，並同時使用了Hermes的身分。沒錯，他們是同一人，警方的犯罪紀錄必須修改，他們面對的是一名罪犯，而不是兩名。」

「但紀思哲怎麼會和密室傑克扯上線？」

「我不知道，我只能猜想他們兩人在偶然的機會得知彼此的需求，一個人想實行犯罪奇蹟，一個人想報仇卻沒有能力，於是他們達成合作的共識。密室傑克犯下三件殺人案後便銷聲匿跡，一定是因為之後的時間都在與紀思哲籌畫冰鏡莊的事件。紀思哲應該不知道Hermes就是密室傑克。

「密室傑克利用Hermes在冰鏡莊製造煙霧彈，帶給他許多便利。這不但讓紀思哲在禮拜五晚上有理由把賓客聚集在展覽館，以利旋轉大廈移動，也為物品失竊製造了煙幕。

「Hermes在逃出冰鏡莊時把手稿留下應該算是在承認他一部分的失敗吧。因為他設下的謎團被解開了。他雖然是個惡毒的殺人犯，但在講求公平規則上還是個君子。真的是個很特別的罪犯。」

莉蒂亞凝視著他，「他們自始至終是同一人……你能肯定這個想法是對的？」

「天底下沒有任何絕對確定的事，只有可能成立的事。我只能說這件事能以高機率成立。我曾經懷疑過密室傑克怎麼會從連續殺人的模式跳到冰鏡莊的大量殺人模式，這種轉換在連續殺人魔中是不常見的，現在這點也有合理解釋了。這件案子的兇手根本不屬於任何一種特定類型的殺人魔，應該說，他自己就是一種新型態的罪犯，一種沒有特定殺人模式的罪犯。他的心中充滿野心與妄想，他自以為能掌控一切，他妄想成為無所不能的上帝。

「他扮演偷書賊、連續殺人魔、縱慾殺手，他設計不可能的犯罪，籌畫冰鏡莊的奇蹟，他利用紀思哲，愚弄冰鏡莊的倖存者跟警方。他保留他最後的身分直到最後一刻，若不是妳，我可能永遠都不會曉得謎團的真相。他躲在幕後享受著全能與全知感，也就是神的權力。他是一名不折不扣的幻想家。」

「但沒有人能成為神的，不是嗎？」

「人本來就不可能成為神，」他深嘆了一口氣，「冰鏡莊的犯罪也不全然是成功的，他也意識到這點，才會心虛地交還手稿。無論如何，正是因為這種偏執的妄想，才會造就這樣一名可怕的殺人魔。」

若平語畢之後，兩人默然無語。

女孩把話題轉到別的方向，之後的一個小時，他們在較為愉快的氛圍下用完餐，沒有再談到冰鏡莊的事。

飲料與甜點上桌後，若平不經意地問：「妳現在是借住在妳那位編輯朋友家嗎？」

「當然。」

「什麼時候回紐約？」

「明天。」

「這麼快。」

「嗯，這裡沒有什麼好留戀的了。」

他沉默了，靜靜地用長湯匙攪動玻璃杯中的果汁。冰塊隨著水流旋轉，就像許多六面體的鏡子，映照出無限多的幻影。

「你怎麼了？」她輕聲問。

「噢……我可以替妳送機嗎？」

她愣了一下，搖頭，「不必了，你今天特地上來臺北，應該馬上又要回花蓮了吧？」

「我今天可以在臺北找地方住。」
「真的不需要。明天那班飛機時間很晚的，今天就當作是送行了。」
「這樣啊……」他垂下眼神。
若平本來想再堅持，但不知道為什麼，堅持的話語始終沒有說出口。
終於，兩人起身離開餐廳。
「妳怎麼回去妳朋友那邊？」站在餐廳門口，若平望著川流不息的街道，問。
「我叫計程車就行了。」
兩人面對面，似乎都在猶豫誰要先說出離別的話。
若平仔細看著她的臉，時間彷彿跳回一個月前，他們剛見面的時刻。冰鏡莊發生的一切如影帶般在腦海中快轉，然後時間又跳回現在。
他心中糾結的那分感覺，始終還是沒有化成言語，接觸到外面的時空。
「無論如何……」女孩的聲音輕觸著他，「還是很高興認識你，名偵探。」
他望著她的臉，輕輕地搖頭，「不要叫我名偵探，這個詞有造神的感覺，我不喜歡被神化，況且……我也沒那個資格。」
「好吧，很高興認識你，若平。」她靜靜看著他，那對眼眸沉靜而深邃。
「我也很高興能認識妳。」
「有空一定要來紐約玩。」
「一定。」
她看了他最後一眼，然後收走視線，轉身踏進一輛停在路邊的計程車。

車子駛出的瞬間，他望見她仍透過窗玻璃對著他揮手。他抬起右手，輕輕擺動。等到車影沒入車潮中，漸行漸遠，溢出視線之後，他才轉身離開。

第一屆「島田莊司推理小說獎」得獎作品評語

日本推理小說之神／島田莊司

這個作品與《快遞幸福不是我的工作》的寫法有很大的不同，是典型的「密碼型」創作，直接繼承了「館作品」的本格體質，不閃閃躲躲，也不刻意安排什麼，而是大大方方地正面迎戰，竭盡所能地思考發想，不斷地向前推進，讓這部作品呈現出尖銳、複雜的風格。

本作的結構，就是主軸設置了一個很大的詭計，藉著這個詭計的運作，再配合事件的進行，鋪陳了許多大大小小、各式各樣的謎。

這種乾淨俐落與一本正經，以及彷彿能為自己所信仰本格推理創作犧牲的態度，讓我非常喜歡，日本也有不少和這位創作者一樣的同好。不過很可惜，現在愛好本格推理的人並非多數。

我覺得《冰鏡莊殺人事件》在二〇〇九年的今日問世，有些生不逢時。如果《冰鏡莊殺人事件》是在綾辻先生的「館作品」之前，或在拙作的《斜屋犯罪》之前出現，那麼毫無疑問的，這部作品應該就是本獎的得獎作。然而現在本獎期待的，應該是可以領導日本現狀，給予其他創作者有效啟發的作品，而這個作品卻沒有這樣的特質。

當然，我也知道這個獎是為台灣而設的獎，所以從台灣的推理文壇看來，只要選出的作品足夠新穎，應該就算達到這個獎的使命了。然而，假設這是在「館作品」風潮初期或最鼎盛時期問世的條件下做評論，那麼我要說本作品帶出謎團的手法，其魄力與創新都稍嫌不足。

隱藏在作品背後的素材原理不夠新、太規格化，這些都不要緊；解謎機制太過複雜，這也無所謂；追溯原理，發現作品中的詭計騙局早有先例，也不是什麼重罪。對讀者來說，推理小說最重要的，就是提供了什麼樣的驚喜給讀者。

很遺憾的，這個作品中的謎是以前出現過的，而且是已經形式化的東西，結果，這個作品無法當然地帶給讀者太大的驚奇。很多密碼型的本格推理讀者都有這樣的經驗，我可以想像華文的讀者應該也一樣吧！

這位作者在創作過程中，對於作品背後詭計所使用機關的架構，以及謎團如何在舞台上呈現的手法，在兩者間並不加以區隔，可以想像創作者很努力地想把這兩者合而為一。雖說這個努力的本質是為了精益求精，但也顯示出過度沿襲前例的狀況。

喜好推理的同路人，會認為只要背後的機關夠巧妙，就可以成就出好的作品，因此給作品較高的評價，然而讀者看到的只是表面的部分，並就自己看到的部分來表達喜惡。關於這點，基本上所有的創作者都必須了解。雖然讀者之中有些推理迷因為深知推理小說的沿革，會和推理寫手有相同的看法，但是創作者如果不下意識地區別背後的機關與舞台的呈現，那麼整個故事的演出就會索然無味，也容易讓整體運作變得曖昧不清。

今天，本格的「館作品」時代已告一個段落，然而一旦出現本作品這種結構的作品，足以讓人去思考如何延續「館作品」的生命，這是相當有意義的事，或許也是當今重要的課題。

我期待這位作者的下一部作品能有讓讀者大開眼界的想法，提出更具立體感的構思。我的感想有點嚴厲，但是，作為一個喜愛本格推理的人，我還是喜歡這位作者這次的作品，而且我敢肯定，日本一定有人在期待這部作品的翻譯本。

快遞幸福
不是我的工作

不藍燈 著

《快遞幸福不是我的工作》巧妙地把「網路小說」的書寫風格「借來」撰寫推理小說，它有案子(一個如假包換的謀殺案)，有布局，有轉折，有懸疑，最後也還有驚奇，故事男主角更從嫌疑犯掙脫，成為自己破案的要角；小說還有各種陪伴的角色，包括一個極具偵探實力的法律系高材生朋友……這些元素與設定，當然都是你在推理小說裡早已熟悉的，但小說的腔調是新的。

——【PChome Online董事長】詹宏志

他是個「快遞」！但快遞的是浪漫的情歌。
沒想到這次竟然有人要他吹薩克斯風給屍體聽？
這麼「新鮮」的差事還真是史上頭一遭啊……

這不是阿駒第一次快遞情歌，但肯定是最驚駭的一次！

常有人問他，「情歌快遞」究竟是什麼？能吃嗎？他通常回答不出來，就像他現在瞪著眼前的屍體一樣，一整個無言！阿駒看到了這輩子都忘不掉的景象：一個赤裸女人的頭破了個大洞，斜躺在按摩浴缸裡，血和腦漿從她破掉的腦袋裡流得全身都是……
不用說，薩克斯風根本不用吹了！因為這個死狀悽慘的女人已經被警方抬了出去，他也被當成頭號殺人嫌疑犯，扭送到警局去了！阿駒立刻急叩好友Andy來幫忙！他頭腦冷靜、思緒縝密，還是法律系的高材生，而且最重要的是，他現在是自己唯一的一根救命浮木！
果然，Andy不但把阿駒保了出去，還跟小平頭警官混成了麻吉，挖到了許多內幕！據可靠消息指出，死者名叫Angel，是個援交妹，目前涉嫌最重的三個人則分別是：阿崑、Monkey和張俊宇，三人都和死者有過一腿！但其實，兇手是誰阿駒根本不在乎，他只想知道，陷害他去「發現屍體」的那個缺德鬼，究竟是誰？……

第1屆
島田莊司
推理小說獎
決選入圍作品

THE FIRST SOJI SHIMADA
MYSTERY FICTION AWARD

虛擬街頭漂流記

寵物先生 著

「假想」世界和「現實」世界，西門町的「過去」和「現在」，「人類」和「人工智慧」，以及「兇手」和「偵探」——作品中所配置的對稱性在彼此產生共鳴的同時，戲劇化地描寫出成為「謎——推理」的終點，也就是揭開真相那一幕的悲哀構圖。

本作品是二十一世紀本格推理的指標作品，也讓華文推理獲得了可以和日本匹敵的地位。

——【日本知名推理評論家】玉田誠

在這個虛擬幻境裡，所有的感覺都只是假相！

只有眼前那具蒼白的軀體，是唯一的真實……

人為的創造永遠抵不過天降的破壞，西元二〇二〇年的西門町正是最好的證明——六年前一場大震災，讓西門町從此一蹶不振，曾經繁華的都市地標，最後卻成了衰敗的象徵。

眼看現實的榮景已無法挽回，政府於是委託一家科技公司，以二〇〇八年的西門町為背景，開發一個「看起來真實、觸摸起來真實、聽起來真實」的虛擬商圈VirtuaStreet，沒想到計畫還在最後測試階段，這個虛擬的空間裡，竟然發生了一件再真實不過的殺人案！

報案者是VirtuaStreet的天才設計人大山和部屬小露。兩人在做測試時，因為系統的數據出現問題而進入虛擬世界調查，結果看到了一具趴在街角的「屍體」！警方調查後發現，死者是後腦遭重擊而亡，然而，現實世界裡的陳屍地點是一個從內反鎖的房間，虛擬世界裡也找不到任何兇器。更奇怪的是，系統顯示案發當時，VirtuaStreet內只有死者一人——

不！除了死者以外，還有另外兩個人，那就是屍體的發現者，最清楚這整個虛擬實境的大山和小露……

國家圖書館出版品預行編目資料

冰鏡莊殺人事件 / 林斯諺著.--初版.--臺北市：
皇冠文化. 2009〔民98〕.09
面；公分（皇冠叢書；第3888種）
（JOY；106）
ISBN 978-957-33-2577-2（平裝）

857.81　　98014457

皇冠叢書第3888種
JOY 106

冰鏡莊殺人事件

作　　者—林斯諺
發 行 人—平雲
出版發行—皇冠文化出版有限公司
台北市敦化北路120巷50號
電話◎02-27168888
郵撥帳號◎15261516號
皇冠出版社(香港)有限公司
香港灣仔駱克道93-107號利臨大廈1樓
電話◎2529-1778　傳真◎2527-0904
出版統籌—盧春旭
責任編輯—張懿祥
美術設計—王瓊瑤・吳欣潔
行銷企劃—李嘉琪
印　　務—陳碧瑩
校　　對—鮑秀珍・陳秀雲・張懿祥
著作完成日期—2009年2月
初版一刷日期—2009年9月

法律顧問—王惠光律師

讀者服務傳真專線◎02-27150507
電腦編號◎406106
ISBN◎978-957-33-2577-2
Printed in Taiwan
本書定價◎新台幣250元/港幣83元